인생의 향기가 묻어나는
요양원 풍경

Prologue

    출근길 창밖으로 쏟아지는 눈부신 아침햇살과 향기 가득한 꽃내음은 하루시작을 상쾌하게 한다. 손가락 사이사이로 보이지 않는 바람의 물결이 속도에 따라 부드럽게 또는 강하게 스치고 지나간다. 그렇게 설레이는 가슴을 안고 오늘은 어떤 그림이 펼쳐질까 궁금해 하며 요양원 문을 들어선다. 삶이라는 한폭의 그림속에 붓을 든 나는 어떤 내용으로 색칠을 하게 될까 무척 신이 난다.

    요양원에 거주하는 어르신들은 병들고 소외되어 희미한 생활을 한다고 생각이 들지도 모르겠다. 희망이 없고, 죽을 수도 없어 내일로 이어질 오늘을 무작정 살아가고 있다고 편견을 가질 수도 있다. 물리적으로 죽음을 강요하는 버려진 공간이 요양원이라고 한쪽으로 기울어진 생각을 가질 수도 있다.

    그러나 요양원에 계신 어르신들은 자신이 젊었을 때 현재 자신의 모습을 생각이나 했을까? 전혀 그렇지 않다. 누구나 건강한 노후로 행복한 삶을 이어가길 바랐을 것이다. 현재 신체나 정신이 건강하지 못한 어르신들은 일상생활이 불편할 뿐이지 어느 누구나와 똑같이 이 세상을 살아가고 있다. 요양원에 거주하는 어르신들의 삶을 통해 오늘로 이어질 노년의 자신을 살펴보고 삶을 준비하는 계기가 되었으면 한다. 반드시 다가올 노년은 우리의 이야기가 아니라 지금 나의 모습이기 때문이다.

우리 모두에겐 공평한 시계추와 쓰고도 남을 산소량을 매일같이 선물로 받았다. 출발점은 똑같지만 노년을 들어다보면 남아서 버린 시간과 산소덩어리가 허다하다. 아무리 후회된다고 해도 지난 과거의 시간과 산소를 현재로 가져와서 더 사용할 수가 없다.

또한, 부모님이 주신 '나'라는 최고의 값진 선물을 올바로 사용하지 않는 것은 절대적인 불효다. 오감을 활용할 수 있는 신체 구석구석과 가슴, 그리고 두뇌는 자신의 달란트에 따라 최대한 활용해야한다. 시계추가 잠들어있거나 잠으로만 산소를 사용한다면 얼마나 아까울까 생각해본다. 그렇기에 중요한 것은 '지금'을 자각해야한다는 것이다. 이 땅위에 수많은 어르신들이 온몸을 던져 '현재'를 깨우치라고 알려주고 있다.

요양원에 거주하는 어르신들은 각자의 환경속에 살아온 무수한 인생 이야기를 생방송으로 전하고 있다. 자신의 가족, 건강, 경제, 삶의 희망이 살아가는 수많은 관계속에서 말하고 싶은 인생의 노하우를 말이다. 가르쳐 달라고 인위적으로 이론화하는 것이 아니라 있는 그대로의 삶을 통해 현재의 나 자신에게 반영하는 것이 이 책이 말하고자 하는 주요 골지다.

2012년 4월. *한광현*

집에 가는 길

또 버스를 타고 내렸다. 집에 가는 길이다. 편의점을 돌아서 50미터만 가면 우리 집이다. 삼십 년도 넘게 산 내 집이다. 집에 가까이 가니 익숙한 대문이 날 반긴다. 문을 열려고 손잡이를 잡아보니 문이 잠겼다. '내가 열쇠를 놓고 나왔나?' 주머니 어느 곳에도 열쇠가 보이지 않는다. 다행하게도 초록색 문 옆으로 초인종이 보인다.

"딩동~!"

"누구세요?"

"나다."

"나가 누구세요?"

건너편 목소리가 약간 커졌다. 아버지 목소리도 못 알아듣다니 기가 막히다.

"나라니까. 얼른 문 열어!"

지친 발걸음에 피로가 쌓여 좀 예민해졌는지 나도 모르게 지시투로 말했다. 잠시 후, 안쪽 문이 열리고 딸이 나온다. 초록색 문을 열고는 그런다.

"누구세요?"

자세히 보니 딸이 아니다. 이상하다. '내가 누구지? 내가 여길 왜 왔지?' 자세히 주위를 둘러보니 우리 집이 아닌 거 같기도 하다. 뭐라고 대답해야 하는데 갑자기 말문이 막혔다. 민망한 시선과 익숙한 문을 뒤로하고 발길을 돌렸다. 해는 지평선 아래로 숨기 시작했다.

이젠 진짜 내 집을 찾아야한다.

Contents

Part 1

치매, 세상을 말하다

내가 어릴 때 우리 동네에 제일 나이 많은 노인이 있었어. 엄마는 그 노인에게 절대 가지 말라고 항상 말했지. 장난기가 발동한 난 해가 기울어지는 시간 그 집을 지나치게 되었어. 그 집 할머니는 나를 보자마자 사나운 늑대처럼 욕을 하며 막 달려오더군. 난 무서움에 떨며 울면서 도망쳤지. 그 후 난 그 집을 절대 가지 않았어. 그 할머니는 도끼눈을 가진 괴물 같았어. 그리고 마치 미친 사람처럼 행동했어. 그 후에 나이 들어서야 그 할머니가 치매에 걸렸다는 것을 알게 되었지. 난 절대 치매에 걸리지 않을 거라고 생각했어. 그 무서운 병 치매 생각만 해도 끔찍해!

60년 후, 과거 속 도끼눈을 가진 할머니가 매번 나를 찾아와 헤치려는 피해망상이 삶을 뒤엎어 치매의 넋에 빠지고 말았다.

할머니가 이상해!

"엄마! 할머니가 이상해요!"

"무슨 일인데 그러니?"

"엉뚱한 말을 해"

"무슨 말을 하는데 그래?"

"느닷없이 나보고 할머니 돈을 내놓으라는 거야. 난 할머니 돈 가지고 간적이 없는데."

"음! 그랬구나."

"그리고 막 화를 내. 너무 무서워. 나를 바라보는 눈빛이 정말 소름끼쳐. 이제 할머니 보기가 겁나."

"많이 놀랐구나. 그래도 할머니한테 소름끼친다는 그런 말은 하면 못써."

"네. 잘못했어요. 그런데 할머니가 왜 갑자기 그런 거야?"

"할머니는 병에 걸려서 그런 거야."

"무슨 병이야?"

"나이 들면 생기는 병이야. 노인성 치매라고 하는데 암보다 더 무서운 병이란다."

"그럼 수술하면 낫는 거야?"

"현재로는 치료방법이 없단다."

"엄마, 너무 무서워. 이젠 할머니 어떻게 해?"

"걱정할 필요 없단다. 나이 들면 누구에게나 생길 수 있어. 그러니 할머니 감정이 손상되지 않도록 잘 배려해주면 돼."

"네, 알겠어요. 하지만 제가 잘 할 수 있을지 모르겠어요. 할머니를 보면 너무 섬뜩한 건 어쩔 수 없어요."

"애야, 할머니는 오랜 시간동안 우리와 함께 했던 분이고 앞으로도 그럴 거야. 사람이 바뀌거나 아주 달라진 것이 아니란다. 병으로 인해 조금 변했어도 지금 그대로 우리 할머니이시니 다른 사람 대하듯이 피하거나 겁내서는 안 되는 거야."

"네, 엄마"

"근데 너 할머니에게 물어보았니?"

"뭘요?"

"돈을 얼마나 훔쳐갔는지 말이야."

"아뇨, 안 물어봤는데요. 근데 그게 중요한 것은 아니잖아요."

"나한테는 오천이백 원 훔쳐갔다고 정확하게 말했거든."

"그럼 저를 못 믿으시는 거예요?"

"누굴 믿고 안 믿고는 문제가 아니야. 인지기능 손상의 대부분은 기억을 담당하는 뇌세포가 망가져서 나타나는 질환이거든. 할머니가 숫자를 정확하게 계산했다면 기억의 문제가 아닐 수도 있단 말이지. 그래서 엄마가 의도적으로 할머니 지갑에서 돈을 빼낸 거야."

"그럼 치매가 아닐 수도 있단 말이에요?"

"글쎄. 할머닌 인물오인으로부터 망상장애가 있기 때문에 정확한 건 검사를 받아봐야 알 수 있을 거야. 치매를 초기에 발견해서 치료하면 속도를 늦출 수 있거든."

"네, 알았어요. 할머니 지갑에서 얼마를 빼내셨나요? 확인해볼게요!"

할머니에게로 갔다.

"할머니, 돈 찾으셨어요?"

"돈? 근데 넌 누구냐?"

"할머니 손자잖아요."

"음. 내 손자 그려……. 누구 아들이지?"

"둘째 아들 ○○○이요."

"걔가 벌써 결혼했어? 아이고, 참 세월 빠르다."

"네."

"그래, 니 아부지 어디 갔냐?"

휴~~ 할머니하고 원하는 대화를 할 수가 없다. 이런 때를 첩첩산중이라고 하는가보다. 해결할 방법은 하나하나 처음부터 풀어가는 것뿐이다. 손자는 웃으며 할머니 눈을 보았다. 그리고 또 입을 열었다.

내가 누군지 알기나 해?

"저런 ××같은 년이 있나! 얼른 안 나가!"

이른 아침부터 김어르신이 계신 방에서 심한 욕설이 지붕을 뒤흔들었다. 욕설은 일방적이어서 한쪽 지붕만 들썩인다.

"저년 저 쳐다보는 것 좀 봐! 저 불여시 독사 같은 년!"

아무 대꾸도 하지 않는 이어르신은 그저 머쓱하게 서 있다.

"저년이 저런다니까! 무슨 대꾸를 해야지, 전혀 반응이 없잖아! 날 우습게 생각하는 거야?"

아무 잘못도 없는 이어르신은 폭풍 같은 된서리를 온몸으로 흡수하고만 있다. 뱉어내질 못한다. 그건 귀가 어두워 잘 듣지 못하기 때문이다. 김할머니의 표정이나 행동을 보면 짐작할 수도 있겠지만 이할머니는 정신도 온전하지 않다.

"어딜 기어나가! 저년이 내 말은 하나도 안 듣고 내뺀나니까."

안에 있으면 있다고, 나가면 나간다고 난리다. 어쩌란 말인가! 귀가 어두운 이할머니는 상관치 않고 거실로 나간다.

"할머니? 저 할머니한테 왜 그러시는 거예요?"

김할머니는 아직도 분이 삭지 않았는지 씩씩거린다.

"저런 독여시 씨부럴 년!"

"저 할머니가 뭐 잘못했어요?"

"갈아 죽여도 시원찮을 년! 개 후려칠 년!"

강력한 자음과 억양이 뒤섞인 욕설은 듣는 이의 마음을 찡그리게 만들었다. 어떤 사연이 있을까? 무척 궁금했다. 잠시 후 가슴으로부터 입술이 진정되었는지 더 이상 심한 욕설은 나오지 않았다.

"저 할머니하고 무슨 일 있었나요?"

"저년이 날 모함했어! 저년 때문에 내 손가락이 잘려나갔어!"

할머니는 새끼손가락이 없다. 젊었을 적 사고로 인해 손가락을 잃었다고 했다. 어떤 사고인지, 왜 그런 일이 언제 발생했는지, 점점 물음표가 커졌지만 더 이상 물어보지 않았다. 내 물음표가 커지는 것처럼 할머니 감정상태도 격해질 것이 분명했으니까 말이다. 점심시간 즈음 이 할머니는 아무렇지도 않게 방안으로 들어오고 있었다.

"저런 미친년이 여기가 어디라고 또 기어들어와!"

김할머니는 거동이 불편한 와상어르신인데 이할머니는 거동이 가능하다. 이할머니가 우위를 점한 건강으로 김할머니를 해코지할 수도 있는 강자임에도 불구하고 김할머니의 일방적인 싸움이 되고 있다.

"저거 처먹는 것 좀 봐! 정말 구역질나게 먹고 있네."

한시도 가만 놔두질 않는다. 하는 짓 모두가 다 밉고 싫은 것이다. 같은 공간에서 숨을 쉬고 있다는 것 자체가 정말 화나는 모양이다. 한 방에 세 명이 사는데, 또 다른 제3자인 박할머니는 숨죽이며 식사하고 있다.

김할머니와 이할머니는 본래 아는 사이가 아니다. 이곳에 와서 알게 된 사이다. 김할머니의 인물오인증상으로 다른 사람과 착각하고 있는 것이다. 어느 날 악몽을 꾼 이후부터 이할머니는 김할머니가 가장 싫어하는 시누이가 된 것이다. 긴 시집살이를 하면서 가장 힘들게 한 사람 중에 한 사람이 바로 시누이다. 그 시누이 때문에 사고가 났다. 그때 손가락을 잃었다. 시누이가 나이 들어서도 한방에서 함께 생활하니 얼마나 진저리가 날까 싶다. 시누이로 각인된 이할머니와 함께 한방에서 생활하지 않도록 방을 옮기는 것이 가장 현명한 방법인 듯싶다. 아무 잘못이 없는 이할머니는 양보하고 참아야하는 상황이다.

김할머니와 이할머니가 서로 다른 방에서 지낸 지 두 달이 지났다. 이할머니는 지남력 장애로 가끔 김할머니 방에 들어가시기도 한다. 폭풍우처럼 욕설이 쏟아질 줄 알았는데 조용하다. 김할머니는 이할머니가 시누이였다는 기억을 잃었기 때문이다. 여느 할머니처럼 대하고 있다.

김할머니의 악몽같은 현실의 주인공은 또 누가 시누이가 되어 나타날까 염려된다.

저들이 나를 죽이려 해

밥에 독약을 넣었다고 한다. 밥의 색깔이 이상하다고 한다. 밥을 먹고 난 후 호흡이 가빠지고 가슴에 통증이 있다고 한다. 밥을 가져다 주면서 나를 쳐다보는 눈길이 석연치 않다고 한다. '왜 나를 죽이려할까?' 걱정이 태산이다. 목이 타들어가고 몸이 마르기 시작한다. 영양실조에 걸릴 수도 있다. 입에 넣는 음식은 모두 독이 들어있는 것뿐이다.

"어르신!! 그럴 리가 있나요? 독 넣지 않았어요. 제가 먹어볼게요."

할머니 식탁 위에 놓인 밥을 같이 먹었다. 그럼에도 의심은 사라지지 않는다. 처음엔 큰일 났다고 걱정하시더니 잘 먹고 있는 날 보고 이번에만 밥에 독약을 넣지 않은 거라고 말씀하신다. 또 어느 순간엔 수저질을 한 부분만 독을 넣지 않은 것이라고 억지를 부린다. 그렇다고 맨밥을 섞어가며 매 끼니때마다 시식을 할 수도 없는 노릇이다. 잘못된 믿음이 현실로 고착화된 현상, 즉 망상이다. 하늘이 두 쪽 나도 결코 자신이 정답이다. 그게 병이다. 밥에 독약을 넣어 자신을 죽일 거란 어르신의 증상은 피해망상 중 피독망상이다. 전혀 일어나지도 않은 일들을 걱정하는 병, 과대망상이 할머니 주위에 가득하다. 하루를 그렇게 산다.

"내가 분명히 봤어. 밥에 약을 타더라고. 난 절대로 이 밥을 먹지 않을 거야!"

그러나 한방에 계신 다른 어르신들은 아랑곳하지 않고 맛있게 밥을 잘 드신다.

"저것들이 내 밥에만 약을 넣어! 나랑 무슨 원수가 졌다고."

할머니는 밥시간만 되면 거실로 나온다. 음식을 의심하는 것처럼 음식을 만들고 가져다주는 사람들까지 전혀 믿지 않는다. 적지 않은 실랑이를 통해 밥을 드시게 하거나 빵을 몰래 할머니 방에 놓아두거나 그것도 드시지 않으면 따님이 또 다녀가셔야 한다. 대화로 이해할 수만 있다면 얼마나 좋을까. 의심과 불신의 확신이 할머니에게 가득하다. 사람과 환경이 바뀌어 새로운 변화를 유도하는 방법이 있지만 매번 그럴 수도 없는 노릇이다. 할머니도 사람이니까 배고프면 드시겠지. 그렇지 않다. 전혀 아니다. 독이 있는데 배고픔이 무슨 이유가 되겠는가. 굶어죽는 한이 있어도 독약을 탄 밥은 절대 먹지 않는다. 문제는 이것만이 아니다.

자신을 죽이기 위해 사람들이 모여서 모의하고 있다고 한다. 자신을 쳐다보는 눈빛이 음흉하다. 날마다 정해진 시간마다 자신을 해치려는 연구를 하고 있단다. 밤에 몰래 들어와 자신을 감시하고 있다. 누워있는 자신에게 다가와 이불을 살며시 뒤지고 내 숨소리를 듣는 것을 여러 번 확인했단다. 자고 있는 사이에 자신을 해코지할 것이 분명하다. 아침에 가슴이 답답하고 입술에 침이 흥건한 건 간밤에 자신에게 못쓸 짓을 했기 때문이다. 내가 잠자는 사이에 날 죽일 것만 같아서 잠을 도저히 잘 수가 없다. 치밀하게 날 수시로 경계하고 있어 저 사람들과 정말 무서워서 살 수가 없다. 이곳을 빠져나가야한다. 이대로 죽을 수는 없다. 어제는 짐차(부식업체 차량)가 와서 내 물건을 다 실어갔다. 이젠 내가 죽으면 저 차로 날 싣고는 산속으로 데려가 버릴 것이 분명하다.

이 같은 망상은 관계에서 비롯된다. 주위의 아무것도 아닌 말이나 태도가 자신과 아무런 관련이 없는데도 불구하고 특별한 의미를 부여하여 자신에게 관련짓는 망상이다. 관찰망상이다. 약물치료하면 좋겠지만 약조차 거부당하고 만다. 폭력적인 행위까지 나타내기도 한다. 자신의 생명을 지키기 위해 방어기제를 사용한다고 생각할 수도 있지만 폭언과 폭력은 쉽게 받아들일 수 없는 정신학적 증상이다. 반복적인 일상이라고 대수롭지 않게 여기거나 무시하거나 과민반응으로 해결될 일이 아니다.

"할머니 밥에 독약을 넣었다고요?"
"그래, 내가 분명히 봤어."
"이걸 써보세요? 이걸 밥에다 넣으면 아무 이상 없어요."
물통에 보리차를 해독제라고 하여 드렸다.
"그래? 이 귀한 것을 어디에서 구했어? 아이구! 이렇게 고마울 데가."
"할머니 이제 식사 잘하시고 건강하셔야 해요."

이 방법도 오래가지 못할 것이다. 그렇다고 걱정할 필요는 없다. 방법은 또 연구하면 되니까 말이다.

세탁물에 대한 오해

요양원 세탁실에 가면 세탁기 속에 전동기와 연결되어 있는 회전날개 돌아가는 소리가 하루 종일 쉴 새 없이 귓가를 진동한다. 일반 가정용 세탁기를 사용하고 있어 많은 어르신들의 옷과 이불 등의 세탁물이 언제나 세탁기 속에서 회전되고 있다. 일주일에 3~4일은 목욕을 하는 날인데 그때에는 세탁물과 한바탕 전쟁을 치른다. 빨래건조기가 없는 우리는 탈수한 후 실내외에 건조시킨다. 50명이나 되는 어르신의 의류, 양말, 속옷, 타월, 이불, 요, 베갯잇, 침대보 등 각양각색의 세탁물을 구분하기도 쉽지 않다.

건조대에서 건조 중인 세탁물들은 여러 사건의 빌미를 제공하기도 한다. 식사가 한창인데 베란다 쪽에서 서성거리고 있는 윤할머니를 보았다. 문을 열지 못해 안절부절 어쩔 줄 모르고 있다. 베란다엔 빨래가 널려있다. 할머니 옆에 다가서니 반가운 아군을 만난 듯 긴박하게 이야기 하신다.

"내 옷이 저기(베란다)에 있는데 누가 훔쳐갈지 모르니 빨리 꺼내 와야 해!"

쉽게 문을 열고 옷을 보니 전혀 마르지 않았다.

"할머니 옷이 마르지 않았어요. 마르면 꼭 챙겨드릴게요."

믿기지 않는 듯 확인하고서야 방으로 가서서 다시 식사를 하시면서도 누가 훔쳐 가면 어찌하나 노심초사하신다. 일이 바빠 난 다른 곳의 손길을 도와주고 있었다. 요양원 식사시간은 참 바쁘다. 조금 뒤 잘 드시고 있던 할머니는 본대로 쉽게 문을 열고 결국 빨래를 한 움큼 꺼내오고서는 자신의 것이 없다며 울상이다. 마침 식사도움이 끝난 내 팔을 잡고 도와달라는 눈빛을 역력히 보낸다.

"큰일 났네! 내 빤스가 안보여. 어디 있나 한번 살펴봐."

"네. 할머니."

아직 덜 마른 빨랫감 위로 세제향기가 스치고 지나갔다.

"내 이름은 윤〇〇인데 잘 찾아봐. 그 빤스 새것이야. 나 빤스 없으면 안 돼. 내 나이가 팔순이 넘었는데 내가 돈 벌어서 살 수도 없어. 막내 딸이 큰돈 주고 사온 귀한 물건이야. 그거 잊어버리면 큰일 나!"

빨래에는 어르신들의 성함이 적혀있다. 그중에는 할머니 팬티가 없었다. '어떻게 하지?' 난감했다. 귀가 어두운 할머니에게 귓속말로, "할머니, 아직 빨래가 마르지 않아서 할머니 것은 빨랫줄에 있을 거예요"라고 말하자마자, 할머니는 바로 베란다로 가셨다. 위기를 모면하고자 순간적으로 한 말이었는데 할머니는 베란다에 떨어진 팬티를 주어선 내게 보인다.

"윤〇〇이라고 적혀있어?"

"네, 할머니. 할머니 거 맞아요."

휴~ 다행이었다. 할머니는 생일선물 받은 어린아이처럼 기뻐하시며 나를 안고서는 감사 표현을 하신다. 나 또한 기쁘고 즐거워서 할머니를 얼싸안고 웃음 지었다. 아직 마르지도 않은 세탁물이 바닥에 떨어져 더러워졌지만 할머니는 상관하지 않았다.

잠시 후, 할머니가 거실로 나왔다.
"할머니 옷을 많이 입으셨네요?"
"다 내 옷이야"
"추우세요?"
"아니."
속옷을 겉옷 위에 입고 있다. 수퍼맨 아니, 원더우먼 패션을 방불케 하는 나이든 모델이 거실을 부자연스럽게 거닐고 있다. 자신의 모습을 봐달라고 이목을 집중시키지 않아도 많은 사람들이 할머니를 본다. 원더우먼처럼 파란 색깔의 팬티라도 입었다면 요양원 지붕이 들썩거렸을 것이다. 할머니는 옷에 대한 집착이 많다. 많은 사람들이 살고 있으니 자신의 것을 꼭 지켜야한다. 누군가 자신의 옷을 가져가거나 분실할 수도 있기 때문이다.
"이건 할머니 옷이 아니에요."
"이게 내 옷이 아니라구?"
"아이구 창피해. 얼른 벗어서 제자리에 놓아요. 다른 사람들이 보기 전에요."
"그래? 그럼 안 되지."
방으로 함께 들어갔다. 그런데 걷는 모습이 불편해 보였다.
"어디 아프세요?"

"아니, 아픈데 없어."

다리부분을 살펴보았다. 옷이 두꺼워보였다. 바지 위의 팬티를 벗기고 겉옷바지를 벗기니 또 바지가 있다. 양파 같은 바지 두 벌을 더 벗은 후에야 맨살이 드러났다. 젊은 사람도 입기 힘든 네 겹의 옷을 할머니 혼자 어떻게 입었을까? 믿지 못할 광경은 꼭 눈앞의 현실로 나타나 아이러니를 더해준다. 바지만 그렇게 겹겹이 입은 것이 아니다. 윗옷도 세 겹을 입고 계셨다. 양말도 두 켤레를 신고 있었다. 어떻게 이걸 다 혼자 입으셨을까?

"할머니 옷은 깨끗하게 해서 잘 정리정돈 해놓을 테니까 밖에 걸린 남의 옷 입지 마세요."

"그래 알았어."

귀찮다는 듯 의미 없이 지나치는 말임을 잘 알고 있다.

다음날에 건조대 앞에서 서성거리는 할머니를 보았다.

"할머니 여기에서 뭐하세요?"

"내 옷이 안보이네."

넌 누구니?

 이제 갓 돌이 지난 아이가 하루가 다르게 성장하고 있다. 매시간을 풍성하게 소화하더니 신체기능과 감각기능, 인지기능이 초고속으로 발달해가고 있다. 아이가 전신거울 앞으로 다가갔다. 처음엔 거울속의 자신을 인식하지 못한다. 아이는 손을 내밀어 거울속의 자신을 만져보며 탐색한다. 잡히지도 않고 느껴지지 않으니 이번엔 혀를 내민다. 혀로 확인해 봐도 아무 맛도 없다. 아이는 '넌 누구니? 뭐니?'라는 표정으로 거울 앞에 있다. 지켜보던 엄마가 아이 옆으로 갔다. 거울 속에 비친 엄마의 모습을 보더니 아이가 웃는다. 소리를 지른다. 엄마는 웃으면서 아이의 눈을 가리킨다.

 "이건 눈이고, 그 위에 있는 눈썹, 이건 코, 입, 귀, 이마, 볼, 머리카락이야."

 엄마는 친친히 하나하나씩 일러준다. 그런 후에 엄마는 김 조각을 아이의 오른 쪽 볼에 붙였다. 거울을 보고 있는 아이는 김 위치를 정확하게 파악하고서는 거울 속 자신의 볼에서 김 조각을 떼어낸다.

"우리 아가가 거울을 볼 줄 아는구나."

오랫동안 집중할 수 없는 아이는 그새 싫증났는지 다른 곳을 향한다.

나이든 아이가 전신 거울 앞에 섰다. 거울 속 세상에 내가 존재하는 것인지 거울 밖의 세상에 내가 살아가는 것인지 도무지 영역을 구분할 수가 없다. 나조차 잃어버리는 천벌의 고통인 치매란 사실조차 인지 못하는 제2의 삶, 블록처럼 산산 조각나 흩어진 기억들은 오늘도 여러 소각들을 만들어낸다. 기억의 순서가 정리정돈 되지 않아 엉켜버린 복잡함만이 머릿속을 가득 채우고 있다. 남아있는 기억의 조각들은 더 잘게 깨지고 부서져 여러 파편들이 삐죽삐죽 튀어나와 현실을 혼돈스럽게 한다. 내 얼굴도, 내 존재도 잊는다. '내가 누구지? 여긴 어디지? 내가 존재하는 걸까? 내가 뭘 하고 있는 거지? 난 뭐지?' 자아를 상실한 오늘은 끝없는 오늘의 오늘이 연속일 뿐이다.

할머니가 이상하다는 듯이 고개를 갸우뚱거리며 나에게 다가왔다.

"내 귀가 잘못되었나봐. 우리 집에 친구가 왔는데 도무지 대답을 하지 않아."

"친구는 누구인가요?"

실명을 찾는 듯 잠깐 머뭇거리더니 대명사에 의존한다.

"그 애는 어렸을 때부터 친한 친구야."

"네, 그렇군요. 친구한테 뭐라고 했나요?"

또 머뭇거린다. 잠깐 기억을 잃어버린 듯하다. 힌트를 주어야한다.

"식사했냐고 물어봤나요?"

"그래 맞아! 같이 밥 먹자고 했지. 근데 대답을 안 해. 입모양을 보면 뭐라고 말을 하는 것 같은데 내 귀가 잘못되었나봐. 내가 이야기를 못 듣는 게 아닐까 몰라."

식사했냐고 물어봤는지는 확인할 길이 없다. 분명한 것은 할머니는 질문을 하고 그 친구는 대답을 하지 못했다는 것이다.

"할머니는 제 이야기가 잘 들리잖아요. 그러니까 할머니 귀는 잘못된 게 아니에요."

"근데 그 친구가 하는 이야기가 전혀 들리지 않아!"

"그 친구가 어디에 있어요?"

현관 앞에 있는 거울을 가리키며,

"항상 저기에 서 있어."

거울 주위엔 아무도 없다. 할머니가 거울 앞에 서야만 친구가 존재하는 것이다.

"오늘 저녁에는 제가 이야기해볼게요."

라디오를 귀에 달고 사는 할머니가 있다. 할머니의 스피커에선 쉴 새 없이 이야기가 흘러나오거나 허밍으로 알 수 없는 리듬을 타기도 한다. 할머니가 전신거울 앞에 멈춰 섰다. 부드럽게 머리를 쓰다듬듯이 가벼운 미소로,

"그동안 잘 지냈니?"라고 물어본다.

거울 속의 자신이 똑같이 따라한다.

"여기까지 오느라 힘들었지?"

대답이 없지 할머니는 자신이 물어보고 자신이 대답한다.

"응~ 너무 힘들었어."

소꿉놀이하는 엄마와 아이의 대화 같다.

"아이고, 그랬어? 얼마나 힘들었어~? 이제부터 내가 보살펴줄게. 자!
이리 따라와."

발걸음을 거울 밖으로 돌리더니 뭔가 잊어버린 듯 멈칫하고는 다시
거울 속으로 되돌아온다.

"근데, 왜 이제야 왔어?"

거울 속에 비친 자신은 딸이 되어 아무 대답이 없다.

"네 꼴이 이게 뭐야. 잘 살지도 못하고."

거울 속에 초췌해진 딸이 불쌍한 모습으로 자기를 쳐다보고 있다.

"이년아! 엄마 말을 잘 들었어야지!"

할머니는 조금씩 감정이 고조되기 시작했다.

"이년아. 처신을 잘해야지. 팔자가 드세 어찌할 수도 없고……."

거울 속의 딸이 자신이 말할 때마다 격양된 표정으로 자신에게 반항
하는 모습을 보니 더 화가 치밀어 오른다.

"이년이 뭐가 잘했다고 눈을 똑바로 쳐다보고 있어! 나쁜 년!"

거울을 산산조각 낼 듯이 노려보고 있다.

"엄마 말은 하나도 안 듣고 맘대로 살더니 꼬라지 좋다."

거울 속의 딸이 비아냥거리는 듯하다.

"저리가 이년아! 꼴도 보기 싫어! 사라져버려!"

할머니 앞에서 사라지지 않는다. 입에 담을 수 없는 욕을 퍼붓는다.
무섭게 노려보며 당장이라도 머리채를 낚아챌 것만 같다. 그때마다 딸
은 옛날의 모습처럼 더 거칠게 대항한다.

"이 쌍년이!! 퉤퉤퉤!"

침을 뱉어도 화가 풀어지지 않는다. 침묵이 흐르고 침으로 얼룩진 딸
의 모습이 잘 보이지 않게 되자 목소리도 한풀 수그러졌다.

"니가 남자 복이 있냐, 재물 복이 있냐? 뭐가 있냐. 이 불쌍한 년아."

신세 한탄하듯이 입안에서만 중얼거리던 입술이 또 라디오가 되어 주위를 서성거린다.

할머니에게는 두 아들만 있을 뿐 딸은 존재하지 않는다. 그렇다면 할머닌 자신의 젊은 과거에게 이야기하는 것은 아닐까? 사실 아무도 이 상황에 대해서 정확한 답변을 할 수가 없다. 할머니 본인이 말해주거나 우리가 할머니가 되지 않는 이상 말이다.

내 거울 앞에 무엇이 있는지, 거울 속에 무엇이 있는지 생각해본다.

기억의 조각

펜을 들었다. 피아노 위에 넘실거리는 콩나물처럼 펜의 먹물이 흰 백지위에서 자유롭게 리듬을 탔다. 오늘 한 일이 많다. 일도 많았으니 감정의 변화와 느낀 점 또한 많다. 오늘부터 나 자신을 되돌아볼 수 있도록 일기를 쓸 작정이다. 삶의 의미와 가치를 부여하여 나 자신을 더없이 사랑하고 더 나은 내일을 살아가기 위한 가장 좋은 방법이 일기쓰기란 것을 이제야 깨닫고 실천에 옮긴다. 오늘 내가 누구를 만나 무슨 이야기를 했는지, 또 어디를 다녀왔는지, 내가 한 일과 행동은 무엇인지, 오늘 하루 중 가장 의미 있는 것과 부정적이었던 것은 무엇인지, 내 감정은 어떠했는지, 내일은 무엇을 할 것인지 세밀하게 머릿속의 무수한 조각을 꺼내 적을 것이다.

손가락 사이에 준비한 펜이 있다. 그런데 건반위에서 자유롭게 리듬을 타야 할 손가락이 움직이지 않는다. 손가락이 잘못된 것도 아닌데 어떻게 해야 할지 모르는 바보가 되어버렸다. 머릿속이 하얀 백지가 되어 오늘 무엇을 누구와 어떻게 했는지 전혀 기억나지 않는다. 숨이 막힐 지경이다. 생각하려하면 할수록 기억의 백지장속으로 깊게 빠져드는 느낌이다. 내가 오늘 뭘 했지? 내가 오늘 어떻게 지냈지? 나에게 오늘 무슨 일이 있었지? 내 일을 누군가에게 물어봐야할 어처구니없는 상황이 나에게 벌어지고 있는 것이다. 옆 사람에게 물어보았다.

"오전에 큰따님이 면회 왔었어요. 그리고 오후에는 치료레크리에이션 프로그램에 참여하셨구요. 식사와 간식도 잘 하셨구요. 또~~."

내가 오늘 저렇게 많은 일을 했나? 아무리 설명을 해주어도 내 머릿속은 여전히 하얀 백지장이다. 절망이다.

안되겠다 싶어 뭐라도 써야겠다는 생각이 들었다. 간단한 내용이라도 좋다. 나의 발자취를 남기자라는 마음으로 펜을 정성껏 손끝으로 모았다. 단기기억을 담당하는 뇌의 해마에 온 신경을 집중했다. 간절한 마음이 전달된 것일까. 손가락 끝의 펜이 조금씩 움직이기 시작했다. 순식간에 쓴 글이지만 이상한 느낌이 들었다. 마치 타임머신을 타고 다른 세상에 다녀온 듯한 기분이 들었기 때문이다.

오늘 엄마에게 야단을 맞았다. 거짓말이 들통 났기 때문이다. 책을 산다고 거짓으로 돈을 받은 것이 탄로 났다. 꼬리가 길었던지 내 책상을 확인한 엄마는 머리위에 뿔이 두 개나 솟아있었다. 엄마는 날카로운 칼날 목소리로 무처럼 굳어있는 날 베어냈다. 조각난 상처의 아픔을 울음으로 대신할 수밖에 없었다. 내가 잘못했음을 정말 뼛속까지 새기도록 작정한 모양이다. 얼마나 울었는지, 얼마나 아팠는지, 내 얼굴과 종아리가 새빨갛다. 분명 저 사람은 내 친엄마가 아닐 거야. 이른 저녁. 눈물이 마른 피곤한 잠자리에 엄마가 살며시 들어왔다. 난 자는 척했다. 엄만 내 종아리를 어루만지며 기도하고 있었다. 기도가 끝난 후 난 일어나서 엄마의 품에 안기며 잘못했다고 진심으로 뉘우쳤다. 그리고 아파서 흘린 눈물보다 더 뜨거운 눈물을 쏟아냈다.

할머니는 60년도 넘은 지난 어린 시절의 기억을 생생하게 담아냈다. 그때의 그 느낌과 감정, 사건을 다 기억해냈다. 무의식중에 담고 있었던 엄마와의 추억이 아닐까. 할머니의 일기는 치매의 먹구름 속에 사는 현재에 또 다른 궁금증을 자아낸다. 사회복지사인 내가 더 궁금하다.

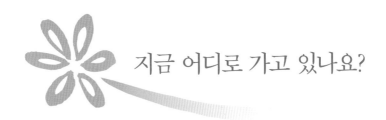

지금 어디로 가고 있나요?

아들은 머릿속의 복잡한 생각을 아무 이유 없이 차창 밖의 신비로운 자연에 걸어두었다. 신호가 바뀌자 뒤차가 경적을 울렸다. 뒷자리에서 새 장난감을 가지고 놀고 있는 아들은 재미있는가 보다. 얼마나 지나왔을까. 아이의 헌 장난감이 되어버린 실증은 또 다른 새 장난감이 필요했다. 아이는 익숙하지 않은 창밖을 보며 신기한지 눈을 떼지 못한다. 창밖은 새로운 장난감이 되었다. 궁금한 것이 많기도 하다. 아이는 말 끝마다 물음을 할머니에게 건넨다.

"가만히 있어!! 정신 사납잖아. 할머니 귀찮게 하지마라."

"괜찮다. 궁금한 것이 많다는 것은 희망으로 가는 동기부여니까. 저 나이 때는 다 그런 거야."

할머니는 아이의 여러 물음표를 마침표로 바꾸어 주었다. 물음표가 바닥이 났는지 이번엔 할머니와 놀아달라고 떼를 쓴다. 할머닌 지금 놀아줄 여유도 마음도 없다.

"너 한번만 더 까불면 혼날지 알아!"

그러나 엄마의 솜방망이 매질은 오 분을 채 넘기지 못했다.

"할머니 저 구름 좀 봐~."

아이가 검지를 하늘로 가리켰다. 할머니도 창밖에 시선을 두었는데 생각은 다른 곳에 있었다. 아이가 할머니 어깨를 흔들며 재촉하지 않았다면 정말 이 멋진 광경을 놓칠 뻔했다. 수천 마리의 양떼가 푸른 하늘 속으로 천천히 움직이고 있었다.

"이놈의 자식이! 혼나려고……."

엄마의 목소리가 커졌다.

"어미야. 놔둬라. 그리고 너도 창밖을 한번 봐라."

며느리는 창밖을 보더니 재빨리 핸드폰을 꺼내 하늘로 향했다. 어린 아이가 되어 창밖을 바라보는 차안은 한동안 말이 없었다. 자동차 네 바퀴가 쉴 새 없이 굴러가는 것처럼 각자가 살아온 양털만큼의 많은 세월이 저 멀리 하늘 속으로 사라지고 있었다.

따스한 날씨와 차안의 적당한 흔들림은 아이를 꿈속으로 불러들이기에 충분했다.

"큰 이모님의 연세가 어떻게 되죠?"

"글쎄, 나이를 많이 먹었지. 나보다 네 살 위니까 올해 65세네."

어머니는 어릴 적 큰언니가 생각났는지 눈가가 발갛게 되었다. 큰언니하고만 공유할 수 있는 추억과 기억은 이제 더 이상 생생한 그 느낌을 나눌 수가 없게 되었다. 아들은 아차 싶었다. 어머니는 환갑잔치 이후 자신의 나이가 멈춰 버렸다. 올해로 84세인데 늘 환갑의 나이라고 고집하신다.

"애비야 잠깐 쉬었다 가자."

"네, 어머니. 바로 휴게소에요."

네 바퀴는 휴게소에서 멈추고 할머니는 화장실로 갔다. 잠시 후 손수건 사이로 촉촉한 할머니 눈물이 배어들었다. 큰언니를 생각하면 늘 눈물이 앞선다.

엄마가 사온 옥수수를 먹으며 아이의 팔다리는 쉴 새 없이 움직인다.

"얘야. 발 떨지 마라. 복 나간다."

할머니의 늘상 같은 잔소리에 아이는 들은 척도 하지 않는다.

"할머니 아직 멀었어요? 얼마나 더 가야해요?"

요즘 세상이 그렇듯 아이도 지극히 자기위주다.

"조금만 가면 되니까 얌전하게 있어!"

엄마가 대신 대답하는데 목소리에 엄격함이 묻어있다. 아랑곳하지 않는 아이는 묻는다.

"할머니~ 어디로 가는 거예요?"

할머니는 눈물 젖은 손수건으로 눈가를 닦으시며 잠시 머뭇거렸다. 그리고 주위를 둘러보았다. 전혀 모르는 곳이다. 불과 한 시간 전에 무슨 일이 일어났는지 전혀 기억이 나지 않는다.

"이 할머니도 60년을 살았지만 도대체 여기가 어딘지 또 어디로 가는 것인지 아직도 모르고 있단다."

불길한 예감이 든다. 갑자기 다른 사람이 되어 엉뚱한 말을 하는 것 같다. 그러나 애써 평정심을 유지하며 가족 모두에게 별일 아님을 보여주어야 한다. 앞좌석에서 운전대를 잡고 있는 아이의 아빠는 백미러에 비친 어머니에게 미소를 띠며 아이아빠는 밝은 목소리로 계속 말한다.

"여기는 청원이구요. 25분 후에 내선에 도착할 거예요."

"그리고 어머니 걱정하지 마세요. 저는 길을 확실히 알고 있으니까 어머니 옆에서 늘 안내해 줄 테니 길 잃어버릴 일은 없을 거예요."

할머니는 미소를 보이곤 힘없이 혼잣말을 창가에 던진다.

'네가 내 인생을 살아주는 것도 아니고, 너와 내 앞의 인생에 어떤 일이 벌어질지도 모르는데 부모란 큰 산을 자식이 어떻게 품을 수가 있겠니? 네가 운전대를 잡고 있고 지도를 볼 줄 안다고 해도 인생이 네 의도대로 움직여주는 나침반이 될 수 있을까……?'

아들은 생각한다. 큰 이모님의 갑작스런 죽음이 남일 같지 않았다. 환경적으로 비슷한 어머니에게도 큰 영향이 있을 거란 생각이 들었다. 어머니가 우울증이라도 재발되면 어떻게 할까 머릿속으로만 고민하고 있었다. 몇 해 전 아버지를 갑작스럽게 떠나보내고 몇 달 동안 어머니는 무표정한 생활을 하고 있었다. 무기력한 생활 속에 한곳을 주시하는 시간이 많아지더니 어쩔 땐 정신이 나간 사람처럼 보였다. 매번 다니는 길이라 대전 가는 방향을 정확하게 잘 알고 있을 텐데 어머니는 기억을 하지 못한다. 정말 모르시는 걸까? 그러나 어머니 본인은 전혀 이상하게 생각하지 않고 있다. 그렇다고 일상생활에 문제가 있는 것도 아니다. 나이 들면 깜빡할 수 있겠지 싶다. 머리가 아프다. 생각하기 복잡하다. 내일 출근하면 또 할 일이 태산이다. 아들은 라디오 볼륨을 좀 더 키운다. 그리고 흘러나오는 음악소리에 그저 고개를 끄덕이며 박자를 맞춘다.

그 후 2년이 지난 후 어머니는 중증의 치매증상을 보이셨다. 그때 초기에만 잘 대응했어도 이렇게 심한 상태까진 오지 않았을 텐데……. 아들은 가슴을 치며 후회했다. 할머니 혼잣말대로 언제나처럼 누구의 인생이든 그 길의 정답은 없다. 돌이킬 수 없는 혼자만의 치매의 길을 가야한다. 그 길은 목적도, 방향도, 동행자도 없으며 또 얼마나 가야할지 아무도 모른다.

밥을 주세요

"이봐요! 사람 살려주세요!"

애절한 목소리가 발목을 붙잡는다. 울상이 된 이할머니는 눈물을 머금고 간절하게 도움의 손길을 기다리고 있다. 문 앞의 나를 보자마자 생기를 띠며,

"나 좀 살려줘!"

목소리가 더 커진다. 이할머니의 목소리에 그 상황을 해결해 드리기 위해 방안에 들어섰다. 실제로 위험에 처한 상황은 아니란 것을 잘 알고 있다.

"할머니 어떻게 불편하세요?"

"나가지 말고 여기 일단 앉아봐~. 나 죽겠어!"

이할머니의 손을 잡은 난 할머니 옆으로 바짝 다가가 경청하기 위한 자세로 제대로 고쳐 앉았다.

"나 배고파! 여태 밥을 안줘."

시계바늘은 밤 9시를 향하고 있다. 나이든 어르신들은 밥힘으로 사

는데 식사를 못하셨으니 얼마나 배가 고프실까.

"저 할망구 요즘 이상해. 매일같이 밥타령만 하고 있어! 보는 사람마다 밥을 달라고 해."

옆자리의 홍할머니가 별일이라며 귀찮듯이 눈을 흘긴다. 그러나 이할머니는 홍할머니의 말에 아랑곳 하지 않고 영양실조 걸리겠다는 의지로 확신에 차 이야기한다.

"나 배고파! 누구도 나에게 먹을 것을 가져다주질 않아!"

"내 살다 살다 저렇게 이상한 노인은 처음 봤어."

올해로 93세가 되신 진할머니가 혀를 내차며 별일도 다 있다며 어이없어 하신다.

"저 노인네 이상한 병이 걸렸는가봐. 정신이 요상해. 밥을 잘 먹고도 딴소리를 해."

"할머니는 배가 고파서 그러시는 거예요."

"저녁에 밥 한 그릇을 다 먹었다니까!"

"아냐! 아냐!! 나 밥 안 먹었어!"

한방에 네 명의 목소리가 섞이니 신호등 없는 교차로 같다. 난 호루라기를 꺼내들었다.

"할머니, 제가 이할머니랑 이야기할 테니 잠시만 기다려주세요."

"저 할머니 정신없는 헛소리에 아주 진저리가 나."

옆자리의 홍할머니와 진할머니는 꺼져가는 연기처럼 뒷말을 흐린다.

"할머니 배가 많이 고프시구나. 근데 지금은 식당이 문을 닫아서 밥을 할 수가 없어요. 여기 바나나가 있는데 드셔보시겠어요?"

"그럼 뭐 할 수 없지. 그거라도 줘 봐."

할머니가 시시때때 요구하는 식탐을 위해 미리 준비해놓은 바나나와 간식거리가 있다. 할머닌 팔목만한 바나나 하나를 맛있게 드신다. 그 모습을 보고서야 그 방을 빠져나올 수 있었다. 난 다른 방 두 곳을 더 들렀다. 퇴근을 하려고 이할머니 방 앞을 지날 때였다.

"사람 살려~!"

애절한 목소리가 또 들린다. 할머니는 금방 나를 보고서는 처음 본 듯이 이야기한다.

"배가 고파서 도대체 살 수가 없어."

꺼진 줄 알았던 연기가 다시 짙어지기 시작한다.

"저 노인네 땜에 도무지 시끄러워서 살 수가 없어! 좀 어떻게 해봐."

어떻게 해야 할까요? 할 수 없이 할머니에게 더 드실 수 있도록 침상 옆에 바나나 두 조각을 놓아드렸다. 그렇게 맛있게 드시는 모습을 보니 나도 모르게 잔잔한 미소가 지어졌다.

그 후 계절이 두 번이나 지났다. 점심시간에 이할머니 방에 올라가 보았다. 이할머니는 식사를 못한 지 이틀째라 병원에서 진료 받고 수액이 투여되고 있었다. 할머니 좋아하시는 두부무침과 된장국이 있어도 전혀 드시질 못한다. 입맛이 없다고 한다. 바나나도 배려서 못 드시겠다고 한다. 이할머니는 점점 쇠약해지고 말라가고 있다.

'사람 살려'라며 폭식했던 그때가 그리운 요즘이다.

집착

점심시간이 끝난 직후, 거실에 들어서니 전어르신이 신기한 일이 있는지 보여줄게 있다며 내 팔을 잡아 이끈다.

"무슨 일이 있나요?"

"아니 글쎄, 여기 이 할머니 주머니 속을 좀 봐."

조신하게 거실 소파에 앉아계신 조할머니 주머니 속으로 길쭉한 막대 같은 것이 들어있었는데 막대가 길어서인지 주머니를 채우지 못한 부분이 겉으로 살짝 삐져나와있다. 누군가에게 들킬까봐 옷자락으로 숨기고 있었는데 옆에서 보면 다 보인다.

"저게 뭐예요?"

"저거 숟가락이야."

웃음이 생긴다. 누군가에게 빼앗길까봐 한 손으로 주머니속의 숟가락을 꼭 쥐고 있다.

"저걸 가지고 있어야만 밥을 먹을 수 있다고 생각하나봐. 전에도 밥을 못 먹었는데 저게 없어서 먹질 못했다더군. 저건 저 할머니 밥줄이야."

"네 그렇군요. 잘 챙겨야겠네요."

할머니를 뒤따라서 함께 방에 들어갔다. 그리고 할머니가 한눈을 파는 사이에 수저를 빼내려고 했다. 그러나 할머니는 수저의 머리부분을 꼭 쥐고 놓지 않았다. 생명과도 같은 수저를 뺏길 수 없는 것이다. 힘으로 수저를 빼앗았더니 이내 눈물을 흘리며 울음을 터뜨린다.

"할머니, 제가 잘못했어요. 죄송해요."

할머니에게 수저를 다시 드렸다. 해맑은 미소와 함께 울음소리는 더이상 들리지 않았다. 방에서 벗어나려고 하자 룸메이트인 전할머니가 뭔가 또 보여줄 게 있다며 조할머니 침상 쪽으로 나를 이끈다. 그리고 조할머니의 서랍장 문을 연다. 서랍장에는 음식 묻어 그대로 굳어버린 수저가 몇 개나 더 있었다. 매끼니 때마다 할머니는 수저를 숨긴 것이다. 어쩔 땐 남의 수저까지 챙겨 서랍장에 모아둔단다. 그런데 서랍장엔 수저만 있을 뿐 젓가락은 하나도 없다. 젓가락은 왜 없을까? 아마 반찬보다는 밥이 더 중요해서, 또는 젓가락보단 수저가 더 많은 양을 담을 수 있어서 그랬지 않았을까싶다. 할머니 서랍장엔 수저가 많지만 그것을 꺼내 사용하신 적은 없다. 모아두기만 할뿐이다. 주머니의 수저를 서랍장에 넣으면 즉시 주머니가 가벼워져 수저가 없어진 것을 알 텐데도 할머니는 무감각하다. 서랍장의 수저도 신경 쓰지 않는다. 오늘 내가 이 수저를 다 꺼내 가서, 언젠가 서랍장을 열어 넣어둔 수저가 없어진 것을 알아도 별다른 일은 일어나지 않을 것이다. 왜냐면 숟가락을 숨긴 자체를 기억하지 못하기 때문이다. 또 숟가락을 숨긴 이유와 목적이 현실에서 쓸모가 없기 때문이다.

이유와 목적을 매번 그렇게 잊고, 잊혀지고, 잊으며 살고 있다.

흙 묻은 흰쌀밥

요양원에 계신 분들은 쌀 한 톨까지 아껴야 살 수 있는 지독한 가난을 거쳐 먹을 것 걱정 없는 현재의 경제성장을 이룩했다. 그 과정 속에 노년에 이르렀는데 결국 치매라는 늪 속에 빠졌으니 이 세대의 불행은 언제 끝날 것인가. 아직도 하루 끼니를 걱정하며 사는 이들이 있고, 한쪽에선 엄청난 음식쓰레기를 버리고 있다. 결코 부정할 수 없는 그 현실의 과거 속에 살고 있는 치매어르신이 있다.

할머닌 못 볼 것을 본 것처럼 난리를 쳤다. 울음을 터뜨리며 발을 동동 구른다. 이걸 어찌해야하느냐고 한다. 표정만, 어르신 모습만 보면 당장에 큰일이 일어난 것처럼 보인다. 그런데 주위사람들은 아무 일 아닌 듯 아무런 관심이 없다. 저녁식사 후 다 드신 잔밥을 처리하고 있는데, 할머니가 그것을 본 것이다. 흰쌀밥을 버린다고 아깝게 그거 왜 버리느냐고 그런다. 자신은 정녕 배고파 죽겠는데 흰쌀밥을 왜 버리느냐고, 아까워서 그거 어떻게 그럴 수 있냐고 그런다. 분을 삭이지 못한다.

괘씸하다는 듯이 이를 갈며 이야기한다. 다 늙은 노인이 엄마를 부르며 도움을 요청한다. 남은 음식 재활용한다는 것을 잘 모르신다. 단지 버려지는 쓰레기로만 알고 계신다. 저거 왜 남겼냐고……. 엄마! 엄마! 엄마를 연신 불러댄다.

"별일이 다 있군."

"오늘은 또 무슨 일이야?"

뒷짐을 진 어르신들은 옆을 지나칠 뿐이고 면회 오신 다른 가족들은 그냥 어이없이 바라보고 있다. 옆에 계신 할머니들은 힐끗 쳐다보거나 그냥 먼 산 보듯 관심이 없다. 시내 한복판에서 아이가 죽을힘을 다해 울고 있는데도 사람들은 담담하게 '애 엄마가 오겠지'라며 그저 제 갈 길을 가고 있는 것이다.

할머니 손을 잡았다. 무슨 일이냐고 그랬다. 활활 타오르는 불길을 잡을 수 없어 그저 울먹이며 자신의 집에 불이 난 상황을 어쩔 수 없이 바라만 보는 사람 같다. 할머니에게 잔반 처리하는 걸 보이면 안 되겠다 싶어 프로그램실로 모시고 갔다. 할머니와 함께 의자에 앉았다. 그리고 시원한 물 한잔 드렸다. 촉촉하게 젖은 할머니의 눈동자를 타고 어느덧 시계바늘은 수만 번 뒤로 되돌아가 있었다.

우리 집은 너무 가난했다. 그 시대 다른 집들도 마찬가지였지만 우리 육남매가 사는 집은 너무 좁았다. 숨 쉬는 것조차 힘들 지경이었다. 우리들의 평생소원은 밥 한공기 배부르게 먹는 것뿐이었다. 뒤돌아서면 배고파 물을 아무리 마시고 마셔도 구멍 난 항아리처럼 딩 빈 것 같은 느낌은 처절한 공복감뿐이었다. 뒤돌아서면 배가 고팠다. 물을 아무리 마시고 마셔도 구멍 난 항아리처럼 텅 빈 것 같은 느낌이 들었다. 처절한 공복감, 그것뿐이었다. 우린 명절만 애타게 기다렸다. 며칠만 있으면 명절이다. 아버진 요즘 허리가 더 휜 것 같다. 해는 동에서 떠서 서로 지기를 반복하더니 드디어 명절이 되었다. 코끝으로 전해지는 음식향기는 입안에 침을 가득 채우고 있었다.

막내의 누런 이 사이로 송곳니가 날카롭게 닭고기에 꽂혀 있다. 어머니는 정성스럽게 준비한 음식을 몰래몰래 훔쳐 먹는 다섯째와 막내를 야단쳤다. 끈질기게 기다린 끝에 우리들은 음식이 식기 전 같은 상에 주르르 둘러앉았다.

한 공기의 밥을 싹 비웠다.

"좀 천천히 먹어."

들은 척도 하지 않고 오직 먹는 데만 관심이 집중되었다. 명절이라도 부족한 공급량은 수요량을 따라갈 수 없었다. 이제 막 한창 자라는 다섯째와 철이란 전혀 없는 막내와 밥그릇 싸움이 벌어졌다. 한 그릇 남아있는 밥을 서로 먹겠다고 옥신각신하고 있는 것이다.

"이리 내놔라. 엄마가 나눠줄게."

"누나는 아까 나보다 더 많이 먹었단 말이야."

"이 쪼그만 게 얼른 이리 안내놔!"

그 순간이었다. 다섯째가 막내의 밥그릇을 잡아채려고 하자 막내는 뺏기지 않으려고 안간힘을 썼다. 그러다 힘의 균형이 깨져 밥그릇이 마루 밑 땅바닥으로 떨어져버렸다. 밥은 흙 범벅이 되어 뒹굴었다. 막내가 울음을 터뜨렸다.

"이놈들이. 내가 못살아!"

엄마는 자신이 먹던 밥을 사이좋게 나눠주시고는 땅바닥에 떨어진 밥그릇을 치웠다. 구석에 있는 누렁이가 헛바닥을 날름거리며 쳐다본다.

그 시선 아래로 고인 침이 땅바닥으로 한두 방울씩 떨어지고 있었다. 상관할 바 없이 다섯째와 막내는 엄마의 밥으로 그렇게 굶주린 배를 채울 수가 있었다.

다섯째는 배부른 배를 어루만지고 웃음 지으며 잠자리에 들기 전에 습관처럼 소피를 보러 밖에 나갔다. 부엌에선 아직도 설거지를 하는 엄마가 보였다. 부엌에 들어갔다. 엄마는 다섯째를 보자 깜짝 놀란 듯이 허리춤으로 뭔가를 숨겼다. 뭔가 드시는 것 같았다.

"엄마 뭐 먹는 거야?"

"얼른 들어가 자거라. 내일 학교가려면 일찍 자야지~."

다섯째 배속엔 거지가 들어있는 것이 분명하다. 식욕이 또 생겨났기 때문이다.

"엄마 뭐 먹어? 나도 조금만 줘!"

다섯째는 엄마 허리뒤춤에 있는 뭔가가 너무 궁금했다. 재빠르게 엄마뒤쪽으로 움직였다. 그러나 허리뒤춤에 있는 것을 보고 한동안 넋을 잃었다. 아무리 철이 없는 다섯째지만 엄마가 너무 불쌍하게 보였다. 엄마는 흙 묻은 밥알을 물로 헹궈가며 김치와 드시고 있었던 것이었다. 다섯째는 엄마의 품에 안겨 엉엉 울었다.

다섯째는 자신이 누구인지, 시간과 공간의 개념도, 기억도 빼앗긴 노년이 되었지만 흰쌀밥만큼은 절대 잊을 수 없는 기억이 되었다. ·

불쌍한 우리 아버지를
도와주세요!

아들은 출장 가는 일이 많다. 긴 출장이 끝나고 늦어지는 퇴근시간에 피곤을 핸들위에 놓고 집에 돌아오는 길이었다. 그런데 앞차가 갑자기 중앙선 쪽으로 피하면서 경적소리를 요란하게 울렸다. 급브레이크 소리가 사방에 퍼졌다. 정신이 바짝 들었다. 아찔한 순간이었다. 마주 오는 차가 없었기 망정이지 정말 큰일 날 뻔했다. 앞차가 지나간 뒤로 낯익은 모습의 한 노인이 도로가로 위험스럽게 길을 가고 있었다. 한순간 사고로 인해 목숨을 잃을 뻔한 아들은 경적을 울리며 쌍시옷자를 무의식적으로 내뱉었다.

"이런 제길! 저 미친 노인네가 밤에 왜 도로가로 다니고 있어! 술을 먹었나! 사고 나려고 환장을 했나!"

하마터면 차 밖으로 던져질 뻔한 자신의 심장을 되찾아오며 가슴을 쓸어내리고 안도의 긴 숨을 내쉬었다.

어느새 차는 집 가까이에 다가가고 있었다. 흥분이 채 가시기 전에 집에 돌아오니 긴 하품이 졸음을 재촉했다. 그래도 옆동에 사는 아버지에게 가봐야 한다. 개인 간병인은 퇴근했을 테니 아버지가 어떻게 잘 지내셨는지 인사해야한다. 출장동안에 간간이 아버지를 돌봐주시는 간병인에게 소식을 접하긴 했으나 얼굴을 보고 확인해야 직성이 풀리는 성격은 어쩔 수 없다. 며칠 동안 잠을 푹 자지 못해 피곤함을 가지고 아버지에게 갔다. 집안에서 기척소리가 없다. 열쇠를 꺼내 문을 열고 집안에 들어가 보니 아버지가 없다. 집안 구석구석 아버지 흔적이 없다. 불안감은 공포가 되어 아들을 괴롭혔다. 조급해졌다.

어디 나가셨나? 또 길을 잃어버리신 건가! 아버지 휴대폰은 먹통이다. 간병인에게 전화를 걸어 오늘상황을 확인했다. 여느 때와 다르지 않았다는 일상적인 이야기만 할뿐 걱정을 덜해줄 말은 전혀 없었다. 먼저 경찰에 신고했다. 주위를 다니며 아버지의 그림자를 본 사람들이 있나 물어보았다. 단숨에 달려온 간병인과 아파트 주위를 샅샅이 뒤지기 시작했다. 해는 이미 땅속으로 꺼져버린 지 오래인지라 어둠은 더 짙어지기 시작했다. 불길함은 걱정과 함께 꼬리를 물고 아들의 복잡한 머리를 괴롭히기 시작했다. 시간이 지나면서 울상이 된 얼굴이 각종 사고의 위험성에 설마하면서도 점점 절대적 공포로 굳어졌다.

아버진 배회성 치매증상을 가지고 있다. 두 다리가 쉬는 시간은 짧은 잠을 자거나 음식을 먹거나 배설하는 때이다. 두 발을 쉴 새 없이 움직인다. 멈출 방법이 없다. 생각을 고쳐낼 수가 없다. 눈뜨면 이유와 목적이 없는 배회증상이 시작된다. 장소의 개념이 없다. 일상생활에 대한 장애는 전혀 없는데 노년에 찾아온 길 잃어 방황하는 모습은 또 다른 수수께끼를 자아낸다. 배회증상과 지남력(시공간) 장애에 대한 문제는 시간이 지날수록 점점 생존에 영향을 미치게 된다.

아들은 미간이 찡그러지며 머릿속에서 번개가 번쩍함을 느꼈다. 출장 다녀오는 귀가 길에 사고로 지나쳤던 노인이 혹시 아버지가 아닐까란 생각이 든 것이다. 아들은 급하게 핸들을 잡고 엑셀을 힘껏 밟았다. 아들의 후회의 눈물이 창가를 흐릿하게 만들었다. '좀 더 관심 갖고 볼 걸……. 사고는 일어나지 않겠지……. 정말 아버지면 어떻게 하나……. 아냐! 아버지여야만 해!' 심한 욕과 경적소리로 저주했던 자신이 너무 죄스러웠다. 얼마 후 사고 날 뻔한 그 길을 지나쳤다. 차로는 오 분 정도의 거리였지만 10km도 넘은 길이었다. 저 앞에 한 노인이 보인다. 위험한 걸음걸이는 여전하다. 백 미터, 오십 미터, 십 미터 점점 가까워지니 아버지의 익숙한 모습이 눈 안에 확실하게 들어온다. 아들은 차를 세웠다. 그리고 그러지 말았어야하는데 그만 아버지를 윽박지르고 말았다.

"아버지! 정말 왜 그러세요? 왜! 왜~!"

아버진 익숙한 아들을 보고 반가운 듯 웃음 지었다.

"전화는 왜 안 받으세요?"

"전화 했었어? 몰랐네."

아버지 바지 속에서 꺼낸 휴대폰에 부재 중 전화가 수십 통이다. 귀가 어두운지라 볼륨을 최대로 해놓았지만 길가의 소음때문에 들리지 않았던 모양이다. 아들은 진동 후 벨로 설정하고 아버지에게 건넨다.

"지금 어디가시는 거예요?"

"나? 담배랑 술 한 병 사려고 나왔는디?"

아무렇지도 않은 듯 일상처럼 이야기한다. 아들은 기가 막혔다. 아파트 단지 옆에 슈퍼가 줄지어 있는데 10km도 넘는 밤길을 홀로 걸어오신 것이다. 주위에 있는 사람들 아무도 도와주지 않았다. 아니 관심이 없었다.

"얼마나 걸어오신 거예요?"

"한참 왔는데 이상하게 가게가 안보이네."

걸어온 길가엔 가게가 많다. 아버진 목적을 잃어버린 걸음을 하신 것이다.

"여기가 어딘지 아세요?"

"집 근처지."

장소와 위치, 공간을 초월해버린 아버지의 삶에 어떻게 대처해야할지 막막하다. 아버지는 되돌아오는 차안에서 담배를 깊숙이 빨아들이는 동시에 하얀 연기와 긴 숨을 내쉬었다. 하얀 담배연기는 짙은 안개가 되어 아버지와 아들의 인생길을 가로막는 것처럼 답답하게만 느껴졌다.

아버지가 처음 길을 잃어버린 후 아들은 전문의의 진단을 받아보기 위해 병원을 찾았다. 지남력 장애에 대한 부분적인 이상행동 외에는 특이한 증상을 발견할 수 없어 큰 문제로 여기지 않았다. 뚜렷한 처방이나 진단 없이 달력은 빠르게 찢겨나가더니 아버지 배회증상은 횟수를 더해가기 시작했다. 잃어버릴 때마다 경찰에 신고했지만 위치추적을 해줄 수는 없다고 했다. 밖으로만 나가시려하고, 나가시면 길을 잃어버리는 무서운 증상의 해결방법은 없었다. 관심을 다른 곳으로 돌려도, 소일거리를 통해 집중력을 부각시켜 드리려 해도 그때뿐이었다. 할 수 없이 개인도우미를 두어 함께 산책하도록 했다. 시간이 지날수록 비용부담은 많아지고 아버지 증상에 대한 문제를 근본적으로 해결할 방법은 없었다. 마지막으로 찾은 곳이 바로 요양원이다.

"어르신은 본인 스스로 요양시설에 계시기가 어려울지도 모릅니다. 요양원은 개인간병인처럼 일대일 24시간 아버지만을 돌보아 주지 못합니다. 또한 알코올과 담배, 수면장애를 동반한 배회증상은 요양원에서 감당하기 어렵습니다. 더구나 폭력과 돌출행동은 요양원의 인적, 물적 환경이 제대로 갖추어지지 않아 어르신의 입소는 불가능합니다."

아들은 자존심이 상했다. 폐쇄적인 시설과 한정된 공간에서 어떠한 일이 벌어지는지 알 수 없는 곳, 그 인권의 사각지대에 가난하고 버려진 불쌍한 노인이 어쩔 수 없이 가는 곳이라고만 생각했었다. 이젠 그곳에 들어가기 위해 부탁까지 하고 있는 자신이 한심했다. 눈물로 호소한 진심이 요양시설관계자에게 전달된 것일까? 다음날 입소하게 되었다.

어르신은 골격이나 근육도 건실해보였다. 성함, 연세, 고향, 날짜, 사람구분, 이해력 등 간단한 인지기능테스트는 완벽했다. 그러나 오전에 들어온 어르신의 부적응은 시간이 지날수록 조금씩 나타나기 시작했다. 끝내 일이 터진 것은 시계바늘이 자정을 향하던 때였다. 낮에는 사람들과 이야기도 하고 관심거리가 많았는데 해가 떨어지니 당신 집에 가야한다는 불안감이 절정에 다다른 것이다. 담배도 피우게 하고 약간의 술로 어르신의 마음을 돌리려 했으나 어르신의 집에 대한 집착은 황소 천 마리의 고집이었다. 약간의 실랑이가 요양원 내부의 적막을 깨우기 시작했다. 어르신은 119에 신고하고 직원은 취소하기를 몇 차례 반복했다. 체력과 의욕이 소진되는 것은 당연할 텐데 어르신만은 더욱 애절했다. 더구나 어르신의 폭언과 폭력은 직원이 물리적으로 감당하기가 어려운 상황이었다. 문제는 이 같은 상황이 오늘 하루만 견뎌내면 해결되는 것이 아니라는 것이다. 어르신은 요양원에 들어올 준비가 전혀 되지 않았을 뿐만 아니라 요양원은 그런 어르신을 모실 인적, 물적 환경이 준비되지 못한 상태였다. 결국 보호자에게 설명하고 모셔 가게 했다. 자신의 익숙한 집에서 다시 기약 없는 배회와의 싸움이 시작되었다.

일 년이 지났다. 수화기 너머로 아들의 숨가쁜 목소리가 들린다.

"지금 막 아파트 주위를 두 시간이나 산책하고 들어오는 길입니다. 예전의 생활과 비슷한데 배회증상만큼은 더 심해지는 것 같네요."

장기요양인정 신청, 치매인식표 등록 등을 보호자에게 다시 한 번 안내해드리고 수화기를 제 위치에 내려놓았다. 부양가족의 삶을 송두리째 빼앗아가는 배회성 문제행동, 아들은 생업도 포기한 채 하루의 대부분을 아버지와 산책하는 데 시간을 할애하고 있었다. 증상이 반드시 악화될 수밖에 없는 노년이지만 그 과정 속에 자녀도 함께 나이 들어가고 있음은 부정할 수 없는 현실이다.

Part **2**

가족, 그 소중한 이름

"다음에 갈게요. 지금은 너무 바빠서요."
집에 가면 용돈이라도 드려야하는데, 어머니 좋아하시는 과일이라도 사가
야 하는데 아파트 관리비 내기도 버겁다.
"애들 학원 가느라 시간이 없네요. 나중에 찾아뵐게요."
아이들 키우느라 시간이 없다. 큰아이 시험이 당장이다.
"할일이 너무 많아요. 다음 달에 꼭 갈게요"
피곤하다. 주말이면 푹 쉬고 싶다. 그뿐이다.

"자주 찾아뵙지 못해서 정말 죄송해요. 어머니!"
영정사진 앞에서 서럽게 울고 있는 사람은 다름 아닌 "나"였다.

엄마가
요양원에 계세요

"자기야…… . 뭐해?"

아내는 한참동안 말이 없다. 뭔가 우두커니 보고 있는데 물기 가득한 눈망울은 툭 건드리기만 하면 뺨 아래로 넘쳐 흘러내릴 것만 같았다.

"무슨 일 있는 거야? 왜 그래?"

장모님 방에서 장모님이 생활할 옷을 챙겨가려는데, 아내가 뭔가를 발견했나보다.

"여보, 난 나쁜 딸인가 봐."

아슬아슬하게 담겨있던 호수가 결국엔 넘쳐버렸다. 나는 아내에게 다가가 어깨를 토닥였다. 흐느낌이 느껴진다.

"우리 엄마 불쌍해서 어떻게 해. 어떻게 해…… ."

"그렇지 않아. 당신은 최선을 다했어. 지금도 최선을 다하고 있고. 그러니 우리 조금만 더 힘을 내자."

이 집에서 오랫동안 살아왔지만 오늘은 낯설게만 느껴졌다. 아내와 장모님간의 비밀을 발견한 것처럼 다가설 수 없는 괴리감이 느껴지는 것은 어찌할 수 없었다. 그건 모녀간에만 느낄 수 있는 찐한 사랑이 아닐까 싶다. 아내는 장모님에게 줄 새 옷을 움켜쥐고 있었다.

　장모님과 함께 생활하면서 아내의 일상생활은 송두리째 사라져버렸다. 장모님은 많이 아프다. 24시간 함께하지 않으면 무슨 일이 벌어질지 모른다. 막 걷게 된 아이보다 더 위험하다. 자신에게만 문제가 나타나는 것이 아니라 타인과 환경에 대한 인적, 물적 영향을 줄 수 있기 때문이다. 그건 도구를 부분적으로 사용할 줄 알고 조작할 수 있는 것으로부터 이해력, 사고력이 현저하게 떨어진다. 언젠가 욕실 수도꼭지를 잠그지 않아 온종일 물 전쟁을 치렀다. 음식을 한다고 켜놓은 가스불로 인해 화재가 날 뻔한 적도 몇 차례나 된다. 그렇게 서서히 시작된 치매 증상은 점점 심해져, 근래의 장모님은 이유 없이 폭력을 행사하고 폭언을 일삼았다. 생물학적인 생활패턴도 무시되었다. 엉뚱한 이야기에, 사리에 맞지 않는 행동을 했다. 아내는 장모님과 아이들을 돌보느라 일상이 물에 젖은 솜처럼 팔다리가 늘 천근만근이었다. 내 자식 돌볼 여유조차 없어졌다. 지금 같은 현실에선 맘 편히 잠을 잔 적도, 외출한 적도 없다. 아내는 가끔씩 내게 미안해하면서도 하소연을 늘어놨다. 자기 몸이 부서져 버릴 것만 같고, 우린 돈도 없고 마음의 여유도, 내 맘 같은 형제도 없다고 했다. 도저히 엄마 고집을 막을 수 없으니 제발 나 좀 내버려두라고도 했다. 내 머리가 터져버려 미칠 것만 같은데 어떻게 해야 하냐고 방법이 무엇이냐고 물었다. 그랬다. 정말 겪어보지 않으면 얼마나 힘든지 이해할 수 없다. 처음엔 인터넷 카페에 가입하어 징보도 파악하고 많은 공감대를 형성했다. 정말 적지 않은 위안이 되었다. 그렇지만 엄마와 함께 하는 시간이 많아지고 물에 젖은 솜같은 팔다리로 일상의 대부분을 시시각각 처리해야 하니 맘의 여유가 생기지 않았다. 그래서 결정한 것이 요양원이다. 2등급을 받은 엄마가 요양원에 들어가신 지 이제 보름이 지났다. 요양원에서 장모님의 생활복을 요청하여 아침부터 준비하고 있는 것이다.

"당신이 가기 힘들면 내가 애들하고 다녀올게."

"아니야. 같이 가야지."

"근데 무슨 생각했어?"

"어제 엄마 드리려고 옷을 샀잖아. 이 옷을 사면서 엄마가 어떤 색깔을 좋아하는지, 사이즈는 맞는지, 이런 디자인을 좋아하실까하는 생각을 하기보다는 그저 필요에 의해서 하는 내 행동을 되돌아보니 내가 너무 무심한 거야."

아내는 새 옷을 곱게 접고서는 계속 말을 이었다.

"엄만 이 옷을 입어도 자신의 생각을 표현하지 못하니 또 슬퍼지는 거야. 전에 엄마는 멋쟁이셨거든. 내가 어렸을 때 엄마는 나에게 예쁜 옷을 많이 사주셨어. 내 옷을 사면서 얼마나 궁금해 하고 기뻐하셨을까? 엄마는 그렇게 옷에 대한 집착이 남달랐었는데……. 그러나 지금 엄마에게 옷의 역할은 본질적일 뿐이야. 지금 이 옷을 입고 거울을 봐도 아무 의미 없을 거란 슬픔보단 그럴 것이라고 단정지어버리는 내 편견이 슬퍼. 이 편견은 현실에서조차 옷의 본질적인 의미만을 더 크게 부여해서 구입하게 되는 내 모습을 생각하니 더 마음이 편치 않네."

"현실에 맞춰 어머니 상황을 최대한 반영해보자. 우린 어머니를 가장 가까이에서 함께 생활한 가족이잖아. 자기말대로 어머니가 옷에 대해 인지를 하지 못한다면 무의식적으로라도 자기는 어머니가 좋아하는 옷의 색깔, 크기, 모양을 가장 잘 아는 사람이니까 또 그렇게 구입했을 거야. 그리고 이젠 그 역할을 전문가가 있는 요양원에서 잘 해줄 거야."

"그래 당신 말이 맞아. 처음 일주일은 엄마가 요양원이라는 낯선 환경에서 잘 지낼 수 있을까? 내가 엄마에게 못된 짓을 한 건 아닐까? 온통 엄마 걱정에 마음속으로 괴로웠어. 그런데 자식이라는 사람도 간사한가봐. 엄마가 요양원에 들어간 일주일 이후로는 신체적으로 너무 편안했어. 차츰 마음에 여유도 생기고 애들에게 좀 더 신경써줄 수 있는 환경이 되어서 너무 좋아. 왜 진작 요양원에 모시질 않았을까 후회도 했어."

"그럼 잘 된 거잖아."

"응, 아주 잘 된 거야. 나에게만……."

요양원에 계신 어머니에게 무슨 일이 있었는지 아내는 출발을 재촉했다.

"무슨 일이 또 있는 거야?"

아내는 긴 숨을 들이마시더니 이내 곧 천천히 내쉬었다.

"엄마가 집에 보내달라고 소리치고 문을 부수려고 했대요. 요양원에선 무척 난감했나봐. 여보, 어떻게 해야 해?"

사실 나도 장모님이 요양원 가신 이후로 큰 짐을 내려놓은 것처럼 마음의 부담이 크게 줄어들었었다. 요양원에서 모시고 가라고 할까봐 한편으로는 마음이 편치 않으면서도 어떻게 하는 것이 가장 바람직할까 생각하니 머리가 복잡해졌다.

"요양원에 가서 상황을 들어보고 상담을 받아보자. 정 마음이 놓이지 않으면 다시 집으로 모시도록 하지 뭐."

"여보, 정말 당신한테 미안해. 그리고 고마워. 엄마 때문에 우리가족이 너무 힘들어."

"그런 말 하지 마. 그 누구의 잘못도 아니야. 방법이 있을 거야. 문제엔 원인이 있고 원인이 있다는 건 해결책이 존재한다는 것과 같으니 너무 걱정하지 마."

난 사회과학에 빗대어 인용한 내 짧은 식견이 어쭙잖다고 생각했다. 삶은 이유나, 원인, 해결점이 없는 일들이 다반사이기 때문이다. 그러나 아내는 내 말에 힘을 얻었는지 눈빛이 초롱초롱 빛이 났다.

어느덧 무거운 마음으로 요양원 현관에 들어섰다. 문이 열리고 장모님이 아내를 보았다. 울상이 된 장모님는 한걸음에 달려와서 아내를 껴안는다. 설움이 복받쳤는지 그간의 힘겨움을 눈물로 다 이야기한다. 아내는 애써 눈물을 참으려고 어린아이가 된 장모님을 다그쳤다.

"그러게 내가 잘 있으라고 했잖아!! 여기 선생님들이 잘 해주니까 말 잘 듣고 건강하게 있으면 얼마나 좋아. 내가 못살아. 엄마 때문에 살수가 없어."

아내는 장모님을 보며 마치 자신에게 이야기하듯 말했다. 장모님에 가려 아내의 얼굴은 보이지 않았지만 물기 가득한 목소리로 보아 코끝이 터져버린 게 분명했다. 눈물이 많은 아내는 주위의 시선 따위엔 관심이 없었다. 아내가 엄마와 함께 있을 동안 난 사회복지사와 상담을 했다. 장모님의 일상생활은 큰 어려움이 없는데 해질 무렵만 되면 배회에 따른 귀가본능이 문제였다. 이는 환경부적응에 따른 일시적인 문제일 수도 있고 증상이 더 악화될 수도 있는데 그건 어르신에 따라 다르게 나타난다고 했다. 방법은 대략 세 가지 정도였다. 먼저, 자신이 거주하는 집이라는 인식을 지속적으로 각인시켜 적응시키는 것이다. 시간이 얼마가 걸리더라도 당분간 면회와 외박, 외출을 제한하여 이곳에서의 환경적응을 최우선하는 것이다. 심리적 안정을 통해 가족이라는 인식을 가질 수 있게 지속적으로 지지해주는 것이다. 두 번째로는, 어르신의 과격한 폭력과 폭언, 기물파괴의 문제를 약물로 조절할 수 있는지 의료상담을 받자는 것이다. 마지막으로는, 요양원에서 퇴소하여 가정에서 방문요양서비스를 이용하거나 주야간보호센터를 이용하는 것이다. 방법에 정답은 없으며 어떠한 돌발 상황이 나타날 수 있으므로 선택의 부담은 늘 보호자의 몫이었다. 난 아내에게 이같이 설명해주고 방법을 결정할 운전대를 아내에게 건넸다.

"난 자기가 어떠한 선택을 하든 든든하게 지원할거야."

아내는 한참 골몰하더니 이내 어떤 결정을 했는지 회심의 미소를 지었다.

치매와 어머니

　김어르신이 입소한 그날 이후부터 4년 동안 한 번도 빠지지 않고 일주일에 한 번 이상을 면회 오는 아들이 있다. 다른 형제들도 있지만 이 아들만큼 정성을 다하진 못한다. 면회 와서는 한참을 어머니와 함께 보내다가 집으로 간다. 의사소통이 전혀 되지 않는 모자 사이지만 아들의 지극한 사랑은 보는 사람들에게 많은 귀감이 되고 있다.

　사무실 벽시계 시침이 저녁으로 기울어지는 퇴근길에 전화벨이 울렸다. 김어르신의 아들이다. 자신의 건강이 좋지 않아 수술하러 병원에 입원하면 당분간 면회를 오지 못한다는 것이다. 어머니를 뵙지 못한다는 불안감과 아쉬움이 전해졌다. 비용과 응급 상황시 연락할 전화번호를 남긴 후 두 달 동안 아들은 면회를 오지 못했다. 일주일이 네 번 지날 무렵 김어르신은 아들을 기다리는지 창가를 보는 횟수가 늘어났다. 결국 창가에 비친 익숙한 얼굴은 아들이 아니라 동네 지인들이었다. 난 지극정성인 그 아들이 궁금하여 물어보았다.

"아드님이 효자네요. 매번 이렇게 면회를 자주 오는걸 보면 말이에요."

"네. 그 아들은 동네에서도 소문난 사람입니다. 몇 년 전에 어머니 때문에 이혼까지 했죠."

"그랬군요. 왜 이혼했나요?"

"치매 걸린 시부모를 누가 모시겠어요? 일이 년도 아니고. 더구나 효자아들에다 견디기 힘든 생활고는 짙은 안개 속을 헤매는 기분이었을 거예요."

"아드님은 무슨 일을 하나요?"

"서울에서 좋은 직장 다니다가 어머니가 치매 걸린 이후 모든 걸 정리하고 고향으로 내려왔죠. 어머니 때문에 직장생활은 못하고 조그마한 자영업을 하고 있는데 벌이는 시원찮은가 봐요."

"지금 어디가 아픈가요?"

"얼마 전에 어머니 모실 때 치매 걸린 노모가 눈을 찔러 한쪽 눈을 다쳐 계속 치료하고 있었지요."

"수술한다고 들었는데 그럼 눈을 수술하는 건가요?"

"네. 한쪽 눈은 시력을 잃을 거라 하네요."

"그런 일이 있었는데도 참 대단한 효자네요."

김어르신은 동네 지인들과 의미 없는 대화 속 짧은 면회를 마치고 깊어지는 창밖을 바라보고 있었다.

"할머니? 누가 보고 싶어요? 누구를 기다리세요?"

"ㄴㄱ ㅁ~"

김어르신과는 전혀 의사소통이 되지 않는다. 김어르신은 배회증상에 언어장애, 인지기능의 저하로 중증이상의 치매증상을 가지고 있다. 어린아이가 되어 단순한 행동만 할 뿐이다. 침상 옆에는 붉은 색의 강아지 인형과 단란한 아기사진이 어르신의 일상을 지원하고 있다.

더딘 두 달이 지나고 아들이 건강한 모습으로 면회를 왔다. 긴 면회를 마치고 되돌아 갈 무렵 난 어떻게 해서 가정도, 직장도, 자신의 삶도 다 아낌없이 어머니를 위해 내던질 수 있었는지 궁금해 물어보았다.

"어머니에 대한 효가 남다른 것 같은데 각별한 이유가 있나요?

"효라뇨? 저는 불효자입니다."

아들은 효라는 말에 잠시 쓰라린 상처를 소독하는 것처럼 미간을 찡그리더니 뒷말을 계속 이어갔다.

"언젠가 말이죠. 내가 얼마나 나쁜 아들이었나 생각이 들었죠. 아버지를 일찍 여의고 어머니가 절 정말 힘들게 키워주셨는데 전 정말 어머니께 해준 것이, 또 할 수 있는 것이 아무것도 없더라고요. 내가 할 수 있는 건 고작 물질뿐이었어요. 지금 어머니에겐 아무 소용없는 물질적인 것들이요. 너무 늦게 철이 든 것이지요."

"어머니가 치매증상을 갖기 전엔 불효자였나요?"

"글쎄요. 전 너무 바쁘게 살았죠. 내 생활의 울타리 안엔 어머니가 없었습니다. 명절조차도 바쁘다는 핑계로 얼굴도장만 찍었죠. 전 저의 미래에 대한 청사진을 향해 무한 질주했습니다. 부와 명예를 갖기 위해 내 모든 것을 아낌없이 투자했습니다. 그런데 느티나무였던 어머니가 쓰러졌습니다. 뇌졸중이었죠. 늘 건강한 어머니였다고 생각했는데 병원에서 힘없이 링거를 맞고 있는 어머니를 보니 마음이 무거워지더군요. 그후부터 내 생활 속 울타리 안에 어머니가 들어왔습니다. 나의 생활에 많은 변화가 있었죠."

"어머니 건강이 많이 나빠지셨나요?"

"아니요. 어머니는 건강을 빠르게 회복했습니다. 그리고 저도 회사에 복귀하려고 했는데 그날 저녁이었어요. 밥상을 차리고 밥상 앞에 앉아 계신 어머니가 멍하니 절 쳐다보시는 거예요. 한참동안을 쳐다보는데 아무 말씀이 없는 겁니다. 아무 표정도 없어요. 전 어머니에게 무슨 일 있냐고, 왜 그러시냐고 물어보았죠. 어머니는 아무 일 아닌 듯 수저를 들고 식사를 했어요. 조금 의아하긴 했지만 별다른 문제는 없었습니다. 근데……, 그게 시작이었습니다."

"치매증상이 시작된 건가요?"

"아뇨. 이미 진행되고 있었던 겁니다. 뇌졸중으로 쓰러지기 전부터 일 상생활에 대한 소소한 문제들이 있었다고 이웃들이 말해주더군요. 전 전혀 알지 못했습니다. 무심한 아들이었죠. 그때부터 제 삶은 치매와의 한바탕 전쟁이 시작되었습니다. 그 후 어머니로부터 크고 작은 기억의 문제와 행동의 이상함을 더 느끼게 되었죠. 어머니는 언어장애와 망상, 이해, 판단능력이 급속도로 나빠지기 시작했습니다. 집에서 혼자 생활하는 것은 물가에 내놓은 어린아이와도 같았습니다. 가스와 칼, 수도 등으로 문제가 발생했습니다. 그때부터 어머닌 내 울타리 안에 핵심이 되었습니다. 아니, 어머니 울타리 안에 제가 뛰어 들어 갔습니다. 전 어머니와 일거수일투족을 함께하게 되었습니다. 결국 회사도, 가정도, 내 청사진도 모두 다 그을려버렸습니다. 어머닌 성격적인 변화도 나타나 고집이 무척이나 강해셨습니다."

"많이 힘드셨겠군요."

"네. 정말 미칠 것만 같았습니다. 일이 년도 아닌 5년 동안 희망 없는 어머니와 함께한다는 것은 그리 쉬운 게 아니었습니다. 돈도, 가족도, 형제도 다 떠나간, 술 취한 가을밤에 집 방문을 열어보니 어머니가 밥상에 앉아서 음식을 헤집으며 손으로 장난을 하는 것이었습니다. 어머니의 모습을 보니 화가 나 견딜 수가 없었습니다. 모든 게 원망뿐이었습니다. 나의 현재가 너무나도 초라했습니다. 술이라는 아군을 등에 지고 상을 뒤집어 엎어버렸습니다. 방안에 있는 모든 것을 발로 찼습니다. 그릇 깨지는 소리와 함께 상다리가 부러졌습니다. 어머니는 무서움에 떨며 아무 말 없이 저를 빤히 쳐다보았습니다. 순간 정지된 눈빛교환은 제 머리 속을 혼란스럽게 했습니다. 정말 후회가 폭풍처럼 밀려왔습니다. 전 무릎을 꿇고 어머니를 안았습니다. 제자신이 너무나 미웠습니다. 그때였습니다. 어머니가 반사적으로 자신을 방어한다고 포크를 휘두른 것이 제 우측 눈을 찌르고 말았습니다. 어머니는 몸을 부르르 떨며 바지자락을 적시고 말았습니다. 전 소리 내어 엉엉 울었습니다. 찔린 눈이 아픈 게 아니라 가슴이 찢어질 듯한 현실이 너무 고통스러웠기 때문이었습니다."

결코 쉽게 지난 속마음을 이야기하기가 매우 어려웠을 텐데도 그는 고해성사를 하듯 모든 것을 다 토해냈다.

"밥상에서 절 빤히 쳐다본 그때부터 어머닌 제가 누군지도 모르는 것이었습니다. 나 혼자 감당해야할 상황이 아니라는 것을 깨달은 전 요양시설에 어머니를 모시기로 결정했습니다. 시력은 점점 나빠지기 시작했지만 전 나름대로 안정을 되찾아가고 있습니다."

"앞으로의 희망이나 계획을 여쭤 봐도 될까요?"

"10년 동안 치매어머니와 함께하며 많은 생각을 하게 되었죠. 어머닌 자식을 위해 모든 것을 헌신한 분이었습니다. 뇌졸중으로 쓰러지기 전까지 아들에게 보탬이 되겠다며 악착같이 돈을 벌었습니다. 자신의 세월을 온전히 자식에게 내던진 어머니는 그 흔한 여행도 한 번 다녀온 적이 없습니다. 전 어머니를 생각했습니다. 어머니의 지난 삶, 그리고 현재의 저를 말이죠. 본인이 번 그 많은 돈으로 자신을 위해 즐겁고 행복한 세월을 보내지 않고 어머닌 아들을 위해 썼습니다. 그런데도 전 너무나도 어머니에 대해 소홀했습니다. 성인이 된 이후에도 전 저를 위해 살아왔거든요. 바쁘다는 이유로 떠나는 짧은 어머니와의 만남에도 어머닌 늘 괜찮다며 얼른 가보라고 자리를 털어내곤 했습니다. 얼마나 자식과 함께 더 있고 싶었을까 생각해보니 전 너무나도 이기적인 아들이었죠. 전화는 생신이나 아버지 기일에서야 짧은 통화만 했을 뿐 전 전적으로 나 자신을 위해 살아왔습니다. 그렇게 내 청사진을 달성하기 위한 바쁜 시간을 보내는 아들을 위해 어머니는 세월을 바쳐 헌신하고 외로움을 털어내며 준비하고 있었던 겁니다.

요즘엔 어머니가 저를 알아보는 것 같습니다. 제 얼굴을 만지고 미소를 담아냅니다. 사실 어머니 형제나 부모, 친척, 남편으로 착각하는지도 모르죠. 하지만 전 어머니 아들로 정성을 다하려고 합니다. 어머니와 떨어져 생활했던 것보다 더 많은 시간을 어머니와 함께하며 추억을 연장시킬 겁니다. 그것이 제가 할 일이고 앞으로의 청사진입니다."

그는 정말 머릿속의 생각을 입술로 표현하고 온몸으로 실천하고 있었다.

할 수 있을 때
당장 해!

요양원에서 면회를 마치고 돌아갈 채비를 하고 있었다.

"얘야, 어디로 가니?"

"엄마도 참, 집에 돌아가야죠."

"그래. 넌 돌아갈 집이라도 있으니 얼마나 감사하니."

엄마도 늘 집에 가고 싶어 하신다는 것을 잘 알고 있다. 엄마는 사십 년 전 내가 어린 시절, 오빠 동생들과 함께 단란했던 우리 가족의 모습과 행복하게 살았던 그 기억 속에서 벗어나지 못하고 있는지도 모른다. 나 또한 내 자식들과 내 울타리를 과거의 엄마처럼 만들어가고 있지 않은가.

"엄마, 여기(요양원)가 많이 불편하세요?"

"아니다. 어서 가거라."

돌아서려는데 발걸음이 무겁다. 그렇다고 요양원에서 엄마와 함께 살 수는 없는 일이다. 더구나 집에서 모시는 것은 더욱 어려운 일이다. 버려진 엄마가 얼마나 외롭고 슬펐으면 저렇게 말씀하셨을까? 자식 된 내가 뭘 할 수 있을까? 생각해보니 나도 모르게 눈가가 발갛게 되었다.

"엄마 죄송해요. 정말 미안해요."

엄마이기에 쉽게 내뱉어지는 이 말을 또 하고 말았다.

"내가 괜한 말을 했구나. 얼른 가거라."

"엄만 사람 울려놓고는……."

쉽게 발이 떨어지지 않았다. 결국 엄마가 저녁 식사를 하는 것까지 본 후에야 요양원 문을 나섰다. 집에 돌아오는 길에 서둘러 휴대폰을 꺼내 들었다.

"오빠 나야. 이번 엄마 생신 때에는 꼭 가족여행을 함께 가자. 제발 이번에는 반드시 시간을 내줘."

"그래 매번 미안하다. 이번엔 오빠가 선물을 준비할게."

안도의 한숨이 나왔다. 오빠가족만 번번이 약속을 어겨 가족여행이 물거품이 됐다. 동생 둘에게 날짜와 꼭 참여한다는 약속을 재확인하고, 바닷가를 가고 싶어 하는 엄마를 위해 서해안에 위치한 콘도를 예약했다. 아직 두 달이나 남았지만 이번엔 온가족이 함께 모여야만 한다는 생각에 일정의 최우선순위에 두고 주 단위로 형제들에게 날짜와 참여를 확인했다. 구체적인 여행계획을 세웠다. 세부적인 일정을 기획했다. 그리고 엄마가 좋아하시는 음식목록과 경비, 형제들이 해야 할 일들에 대한 구체적인 설계를 했다.

창밖으로 비가 거세게 몰아치고 있다. 이른 새벽 뉴스 일기예보에서는 이번 주 주말까지 폭우가 예상된다고 했다. 이번 주 주말은 우리가족 모두가 어머니와 여행을 가는 날이다. 괜스레 불길한 예감이 스쳐갔다. 뉴스가 끝나자 요양원에서 연락이 급하게 왔다.

"어르신이 밤새 안녕히 주무시고 오늘 아침에 눈을 뜨지 못했습니다."

청천벽력이었다. 눈물을 흘리며 요양원으로 갔다. 엄만 정말 편안한 모습으로 임종하셨다. 엄마가 그토록 소원했던 전 가족이 모일 수 있는 날을 불과 일주일 남기고 두 눈을 감으신 것이다. 가슴이 찢겨지는 고통이 밀려왔다. 전날의 엄마는 일상과 다르지 않았다. 활력증후도 특이사항이 없다고 했다. 심장질환이 있었던 엄마는 유언도 없이 마지막을 혼자 보냈던 것이다. 며칠 전 면회 때 엄마는 함께 놀러갈 마음에 들떠 있었는데 우리가족이 다 함께 모이게 된다는 상상으로 흐뭇한 표정을 보이셨는데……

여행 때 엄마가 입을 새옷이 이젠 주인 없이 외롭게 걸려있다. 엄마는 머리맡의 저 옷을 보며 얼마나 여행날짜를 기다렸을까. 이번 가족 여행은 오 년 전부터 계획만 세우고 실행하지 못해 기다림이 더 컸는지도 모른다. 마음과 정성을 다한 확실하고 완벽한 계획을 엄마는 기다려주지 않았다. 아니, 우리는 자꾸만 미뤄왔다. 작은 것부터 지금 당장 실행하지 않으면 두 번 다시 기회가 없어질지도 모른다. 딸은 가족여행을 위해 지금까지 준비했던 과정에서 진정한 깨달음을 얻게 되었다. 그러나 그것을 뼛속까지 알 수 있게 해준 깨달음의 대가치고는 너무나도 가혹했다.

사랑의 대물림

"여보세요? 엄마, 저예요. 잘 지내고 계시죠?"

"그래. 엄마는 잘 있어. 너도, 애들도 건강하게 잘 지내고 있지?"

오월의 싱그러운 휴일 아침의 시작처럼 엄마의 목소리가 밝고 경쾌하게 들려온다.

"지난 생신 때도 못 찾아뵙고 죄송해요."

엄마는 하고 싶은 용건을 재빨리 이어간다.

"오늘도 많이 바쁘니?"

잠시 말이 없다. 엄만 그 이유를 잘 알고 있다.

"아니다. 다음에 시간 내서 오거라."

"엄마 미안해요. 오늘 중요한 손님이 온다고 해서 집안청소부터 이것저것 해야 할 일이 많네요."

"괜찮다. 넌 늘 이곳에 있는데 뭘. 손님 집대나 잘 하어라."

목소리에 아쉬움이 담긴 엄마의 그늘진 모습이 수화기를 타고 내 눈앞에 보인다. 그렇지만 현실은 부정할 수 없이 중요하다.

"엄마 또 전화할게요."

미안한 마음에 전화를 금방 끊었다. 마음이 편치 않다. 찾아뵙기 귀찮은 마음을 애써 변명처럼 합리화한 것 같아 무거운 마음이 석연치 않다.

'잊자! 아니, 다른 생각을 하자!' 서둘러 청소기를 들었다. 요란한 모터소리가 잡생각을 떨쳐버리게 해준다. 집안 구석구석 깨끗하게 청소했다. 걸레를 들고 먼지 묻은 책장을 닦았다. 그리고 오래된 서랍장속에 노트가 눈에 들어온다. 큰아이 돌잔치 때 일기장에 쓴 글이다.

난 이 세상에서 가장 소중한 선물을 받았어. 너를 만나기 전부터 새벽마다 두 손을 모으고 눈물로 기다렸지. 탄생의 경이로움 속에 최고의 선물이자 작품인 너를 만나게 되었기에 생살이 찢어지는 고통을 참을 수 있었어. 그렇게 부모라는 이름을 주고 의미를 더해줘서 얼마나 감사한지 몰라.

나와 분리된 이후에도 난 한시도 너에게서 한눈을 팔지 않았어. 현미경이 된 내 두 눈은 너의 세포 하나하나까지 살펴보고 또 살펴보았어. 시간이 지날수록 눈이 뜨이고, 귀가 열리고, 입이 벌어질 때도 한결같이 너의 옆에서 함께 했지. 너의 작은 뒤척임도, 숨소리도, 배설물까지도 순간순간이 감동 그 자체였어. 잠자는 네가 어쩜 이렇게 예쁠까? 손가락, 발가락, 배꼽이 이렇게 경이로울 수가 있을까? 보고 있어도 보고 싶은 마음을 실감했어. 눈에 넣어도 안 아프다는 말을 수없이 경험했지. 밤낮이 바뀌어 잠을 제대로 못자도 피곤함은 너의 존재에 비하면 아무것도 아니었어. 어느 날 잠에서 깬 너는, 내가 보이지 않자 얼마나 울었는지 몰라. 너에게 이 세상의 전부인 내가 보이지 않으니 나타날 때까지 울고 있었던 거지. 너는 나를 보자마자, 언제 그랬냐는 듯이 해맑게 웃음 지었어. '내가 떠난 줄 알았니? 언제나 네 옆에서 지켜줄게.' 그때 난 이렇게 다짐했어. 넌 엄마인 내가 전부이듯이 엄마 또한 네가 내 전부야. 사물을 구별하고 머릿속에 생각이라는 사고가 생겨나고 본능적인 움직임이 이유 있는 행동으로 바꾸어질 때 우린 너의 신체적인 관심사에서 미래지향적인 주제로 화제가 전환되어 이야기꽃이 만발하게 되었단다.

지난여름 눈 깜짝할 사이에 일어난 사고로 인해 손가락을 다친 너를 안고 눈물로 뛴 경험은 결코 잊을 수가 없어. 아파서 죽을힘을 다해 우는 너에게 진정 내가 해줄 것이 아무것도 없었어. 미칠 것만 같았어. 병원에서 결과를 기다리는 동안 대신 아플 수도 없어 심장이 타들어가는 고통의 시간은 피를 말리게 했어. 아무이상 없다는 의사선생님의 진단에 또다시 너를 안고 눈물범벅이 되었지.

일 년 동안 너를 키우면서 느낀 것은 바로 이것이야.

나도 너처럼 이렇게 자랐다는 거지. 부모님이 나를 이렇게 키워주셨다는 것이야. 난 몰랐어. 자식위해 심장까지 도려낼 부모님의 마음을 그저 당연하게만 생각해. 조건 없이 받는 것에만 익숙했던 난, 내 배 아파 내속으로 낳은 자식 때문에 부모님 마음을 조금은 알 수 있었어. 내 관심이 오직 아이에게 집중된 것처럼 부모님 또한 날 그렇게 키우셨던 거야. 그 어려운 시대에 상처 하나 없이 날 키워주셨지. 밤낮으로 날 업고 안고 달랬을 부모님이 생각나. 내 평생이 마음을 결코 잊지 않을 거야. 부모님 덕분에 지금이 있고 오늘의 나와 아이와 행복한 가정이 있다는 것을 알았어. 오늘의 행복함을 마음에 새기고 늘 지금처럼 살 것을 다짐해. 니도 부모님이 기워주셨던 것처럼 그렇게 아이를 기우고 있고 또 키울 거야. 이제야 부모님께 뭔가를 해줄 수 있을 것 같은데 부모님은 주름살이 늘어가고, 약봉지가 많아지고, 기운이 쇠하여지고 있어. 그럼에도 분명한 것은 어머니 아버지가 살아 계셔서 그저 감사할 따름이야. 내 평생을 용기내어 말해봐. 가슴에 담아 진심으로 하고 싶은 그 말을 아이 돌잔치를 빌려 용기내어 말한다. 어머니, 아버지 진심으로 사랑합니다.

난 나도 모르게 외출준비를 하고 있었다. 조금 전의 편치 않았던 수화기의 끝자락이 눈가를 촉촉하게 만들면서 왜 이렇게 굼뜨냐며 날 재촉하고 있었다. 남편에게 금방 다녀올 거라고 말하고 엄마가 계신 요양원으로 네 바퀴를 돌렸다. 서둘러 도착한 요양원엔 아침에 수화기 너머로 보였던 엄마의 그늘진 영상이 현실로 나타났다. 엄만 요새 더욱 기력이 쇠약해져 약을 더 처방받았다고 한다. 자식의 발걸음이 멀어진 이후엔 소리도 없는 무거운 한숨이 침상위에 수도 없이 널브러져 있었다. 엄만 그 무거운 한숨과 함께 침상에 누워계신다. 엄만 한 움큼 들어있는 약을 드시며 약봉지를 털어냈다. 옆에 있는 간호사가 빈 약봉지를 치우며 말했다.

"감기에 고열, 몸살기가 있어서 약을 추가로 드셔야 해요."

기척소리에 무슨 일인지 고개를 돌려 나와 시선이 마주쳤다. 쏙 들어가 퀭한 눈동자를 보니 눈물이 와락 쏟아졌다. 엄만 나를 보자 네가 어쩐 일이냐며 눈이 휘둥그레졌다. 아침의 밝은 톤의 목소리와는 다르게 수척해진 저음의 목소리는 엄마의 연기였다. 자식걱정 할까봐 목소리를 밝게 했던 것이다. 내 자식 돌잔치 때 그때의 엄마이자 내 돌잔치 때 그때 키워주셨던 35년 전의 엄마인데 난 거추장스러운 오늘의 엄마만 생각하고 있었던 것이다. 그래서 생활의 우선순위에서 자꾸만 밀어냈다.

큰아이 돌잔치 때 찍었던 가족사진을 보여줬다. 엄만 금세 눈물이 한가득해지며 내손을 꼭 잡았다.

"내 평생에 그렇게 행복한 때가 없었단다. 네가 한 아이의 엄마가 된 것보다 진정한 내 딸이 된 것에 더욱 감사했어. 돌 잔칫날 부모의 마음을 진심으로 꿰뚫고 다짐했던 그 시간에 나 또한 나의 친정어머니를 생각하게 되었지. 너에겐 미안하지만, 그때 내가 흘린 눈물은 내 어머니에 대한 감사함이 더 컸단다."

"엄마, 괜찮아요. 나도 내 자식을 위해 내 모든 것을 쏟아 붓을 텐데요. 엄마가 나보다 외할머니를 더 기억하고 생각했던 것처럼 저도 어머니께 그럴 것이고 제 자식에게도 그렇게 할 거에요."

어머니와 사진을 보며 그간의 이야기를 나누었다. 되돌아오는 길에 마음 편했던 어깨는 집에 도착할 무렵에서야 휴대폰의 부재중 전화와 남편의 얼굴로 무겁게 현실로 느껴지기 시작했다. 하지만 뭐든지 긍정적으로 해결할 수 있을 거란 당당한 자신감은 마음을 여유롭게 하여 미소까지 생겨나게 했다.

차창 밖으로 부딪혀오는 바람이 시원하게 느껴진다.

통장 안에 있는 것은
돈만이 아니다

　점심식사 후, 시야에 내리는 5월의 햇살이 눈부시게 따스하다. 두 손의 엄지와 검지를 직사각형으로 모으면 어느새 카메라 앵글이 되고 보는 곳곳마다 짧은 탄성과 함께 자연의 신비로움에 빠져들게 하는 요즘이다. 젊은 사람들은 약간 더울 수도 있지만 어르신들에겐 더없이 편안한 날씨다. 눈을 감은 두 뺨 위로 스치는 바람과 함께 내려앉는 햇살을 여유롭게 즐길 즈음에 김할머니의 푸념 섞인 목소리가 풍금을 타고 귓가에 전해온다.

　"난 말이야. 통장이 다섯 개나 있었지. 30년 이상 꾸준하게 적금을 부었어. 통장의 액수가 점점 불어나고 거기에 이자까지 쏠쏠한 재미가 붙었지. 처음엔 몇 만 원씩 적금을 붓다가 점점 십만 원, 백만 원 단위로 그 액수가 불어나게 되었어. 천만 원 단위가 되었을 땐 도저히 감당할 수 없을 정도로 부담되었지만 난 어떻게 해서든 밀리거나 해약하는 나약한 모습을 보여주지 않았어. 그럴수록 더 억척같이 돈을 모았어. 그 통장은 내 삶의 전부이자 내가 사는 이유와 목적이야. 그 5개의 통장은 똑같은 적금형으로 만기가 30년 이상이야. 먹고 싶은 것도, 가고 싶은 곳도, 멋을 내고 싶은 옷도, 내 젊음의 즐길 시간도, 가지고 싶은 그 무엇도 다 참으며 오직 통장에만 신경을 썼지. 난 나보다 통장에 모든 것을 걸었어. 그 통장은 내가 살아온 과정이자 결과물이야. 내 젊음은 그 통장 안에 다 들어있어. 그런데 말이야. 이상한 일이 생겼어. 만기가 되어 은행에 가서 찾으려고 했는데 통장에 아무것도 들어있지 않은 거야. 그 통장이 내 젊음을 송두리째 가져갔는데 남아 있는 게 없어! 은행이 사라진 것도 부도난 것도 아닌데 전혀 쓸모없는 휴지가 되어 버렸더라고."

할머니 휴~하고 길게 숨을 내쉬더니 이야기를 계속 이어갔다 .

"30년 만기가 지났지만 나에겐 통장내용물이 없어. 잊어버린 것이 아니야. 도둑맞은 것도 아니야. 나에게 남은 통장내용은 단지 소모성이고 폐기된 통장 종이쪼가리에 불과할 뿐이야. 가슴 처절하게 슬픈 것은 그 통장들의 명의가 내 것이 아니란 거야. 사실 난 처음부터 내 명의의 통장이 아니란 것을 잘 알고 있었어. 그 통장은 내 것이 아니지만 그 안에 돈(명예)이 쌓이고 쌓여 더 많은 것에 활용할 수 있다는 자체가 희열을 느끼게 할 뿐이었지. 난 그저 통장의 무게가 무거워지는 것이 좋았을 뿐이야. 그 통장의 먹물이 많아질수록 잘 될 거라고, 성공할거라는 청사진만이 아무 이유 없이 통장에만 더욱 애착을 가지게 할 뿐이었어. 결국 통장의 화려함은 내 명예와 기대치를 위한 것이었음을 알게 되었어. 통장은 결국 나를 위해 만든 거나 마찬가지라고. 인생의 끝자락에 그것을 알게 된 게 억울하지는 않지만 다시 되돌아간다고 해도 다른 방법이 없을 거 같아. 얼마 전 통장 두 개를 잃어버렸을 때 얼마나 가슴이 무너지던지, 난 그렇게 슬픈 적이 없었던 것 같아. 그 통장을 거저 받은 그들은 오늘까지도 원금뿐이 아니라 이자도 결코 내주는 일이 없어. 나의 또 다른 통장이 있는지 집요하게 확인할 뿐이야. 그래서 통장을 아예 없는 것으로 생각하며 살았지. 그런데 나에겐 새끼통장을 또 만들게 될 수밖에 없는 어이없는 일이 생기게 되었어. 큰 통장이 사라지고 나니 큰 통장이 감당해야 할 새끼통장이 나에게 찾아온 거야. 난 내 살을 깎아먹는 새끼통장을 만들기 싫었지만 있는 통장을 내다버릴 수 없기에 다른 선택의 여지가 없었지. 난 늙고 힘들어 통장을 관리할 수 없었지만 내 나름대로 최선을 다했어. 새끼 통장은 내게 남아있는 기력의 모든 시간을 샅샅이 가져가더라고."

그 이후엔 어떻게 되었는지 말씀하지 않아도 다들 자신들의 처지와 비슷하다는 것을 잘 알고 있는 듯하다. 등나무 아래 그늘진 곳에 자리를 잡은 할머니의 이야기가 야외라 목소리가 분산되었다. 바로 옆에서 휠체어에 의지한 할머니는 경청하고 공감하면서 자신의 이야기를 사방에 분산시키지 않으려고 할머니들에게 방향을 잡고 목소리의 톤을 높이며 이야기한다.

"할망구는 그래도 괜찮은 거야. 내 이야기 좀 들어봐. 난 정기적금 이런 건 처음부터 키우지 않았어. 남들보다 먼저 경제에 눈을 뜬 나는 경제학을 전공하고 관심을 가진 덕에 수익성이 꽤 높은 보험과 펀드형 예탁이란 걸 알게 되었지. 살림이 괜찮았던 우리 집은 무리할 정도로 투자금액이 많았어. 경제성장과 맞물려 던지기만 하면 황금잉어가 그물을 찢어낼 듯이 가득 올라왔지. 그땐 통장 키우는 재미가 정말 쏠쏠했던 거 같아. 단기금융상품으로 CMA, MMDA로 개별 맞춤형 목돈에 따른 예치금액으로 높은 금리를 적용하여 시장실세에 의한 고금리 투자이익을 얻게 되었지. 재능이 많은 금융상품들은 여러 결과를 중간중간 나와 우리 집에 제공했지. 정말 살 맛 나더라고. 주위사람들의 칭찬과 선망의 대상이 된 우리 집은 무서울 것도, 부러울 것도 없이 이 세상이 다 내 소유이자 내 아래에 있는 것이라고 생각했어."

그때를 생각하는지 처음의 탄식 섞인 목소리와는 다르게 밝고 희망차 보였다. 그러나 그것도 잠시뿐 할머니는 고개를 숙이며 다소 목소리가 수그러졌다.

"투자금융상품이 수익을 더 크게 얻을 것이라 생각하고 없는 것까지 끌어 모아 투자를 계속했지. 그런데 말이야. 무너지는 것은 한순간이더라고. 그땐 원금이라도 찾아보려고 빚을 져서라도 더 투자를 강행했지. 그리고 되돌아가기 어렵다고 정신을 차렸을 땐 이미 늦어버린 후였어. 난 빚을 갚으려고 뼈가 부서져라 일했어. 그 통장은 실패를 했음에도 불구하고 다른 통장들을 괴롭히고 있어. 이건 처음부터 통장관리가 문제였던거야."

함께 그 자리를 지키고 있던 젊은 직원이 말한다.

"요즘은 통장을 끝까지 책임지지 않아요. 우리도 선진국처럼 통장은 20년 이하로 관리해야 해요. 일방적으로 통장에 투자하거나 특약조건을 상세하게 보지 않고 가입하는 건 위험천만한 일이라고요. 통장을 가지고 외국으로 나가는 경우도 많아요. 특히 변동이 큰 우리사회에서는 어떤 일이 언제 닥칠지 모르는 일이잖아요. 통장을 20년 이하로 기한을 정해놓게 되면 자기 자신뿐만 아니라 통장의 주인까지 좋은 본보기가 될 수 있어요. 그건 지금까지 어떻게 살아왔으며, 또 앞으로 어떻게 살아가야할지 통장의 내역을 보고 미래를 준비하는 중요한 자료로 활용하여 자신의 역량을 펼칠 수 있는 시야를 갖게 되는 것이지요. 자신의 인생에서 어떤 폭풍우를 만나더라도 곤고해지는 뿌리를 더욱 깊숙이 자리를 잡을 수 있게 하는 것입니다. 제 주위에는 조그마한 비바람에도 손끝하나 다치지 않게 온실 속의 통장을 30년 넘게 보호해주는 부모 님들이 많더라고요. 시간이 지나 온실밖에 내던진 통장은 품안의 온실 속을 그리워하거나 자신이 자라온 품안의 온실을 탓하며 더 많은 땀과 인내를 배우더군요. 부모가 통장을 쥐고 있을수록 온실 밖은 더욱 적 응하기 어려워질 것입니다. 가급적 온실 속의 통장을 밖으로 내던져야 합니다."

어르신들은 고개를 끄덕이며 되돌아갈 수 없는 공감을 했다. 거만하 게 팔짱을 끼고 앉아있던 박할머니는 한심하다는 듯이 말한다.

"으이구, 이 바보들아! 난 애초부터 통장을 만들지 않아. 무통장이 상팔자이기에 말이야. 통장으로 인해 내 인생이 올무에 걸려 빠져나오 기 어렵다는 것을 잘 알고 있거든. 통장은 덫이야. 나를 위해 살기도 어 려운 짧은 인생을 왜 통장에 허비해? 외롭지 않느냐고? 천만의 말씀! 내 인생 82년 동안 이렇게 살아왔어. 긴 밤이 싫을 때도 있지만 통장으 로 골치 썩는 것보단 낫지. 그렇지 않나?"

김할머니는 자리에서 일어났다. 그리고 그 옆의 휠체어 할머니도 김 할머니를 뒤따라가려고 브레이크를 열었다. 젊은 직원이 휠체어를 밀며 물었다.

"박할머니, 통장의 진정한 의미를 아세요?"

"글쎄."

"뼛속까지 사랑하는 것입니다."

박할머니는 담배 한 개비를 꺼내 불을 붙이고는 허공으로 사라지는 하얀 연기를 연거푸 하늘로 뿜어냈다.

나와 다른
부모님 생각

　명절이다. 각지의 바쁜 이유들이 오늘에서야 한자리에 모였다. 어른들
은 식탁주위에서 각자의 이유를 풀어내고 오랜만에 만난 아이들은 금
세 친해져 이른 아침 나뭇가지위의 새처럼 쉴 새 없이 움직이며 재잘거
린다. 저녁식사 후 과일 앞에 모두들 모였다. 옹기종기 저마다의 환경에
서 할 이야기들이 참 많다.

　"하음아, 너는 뭘 제일 하고 싶으니?"

　초등학교 3학년인 조카에게 말했다.

　"왜요? 고모가 게임기 사 줄 건가요?"

　한창 뛰어놀고 친구들을 좋아할 나이다. 자신이 가지고 싶은 물건들
이 참 많다. 호기심으로 가득한 세상 속에 흥미로운 것들이 빼곡히 차
있는 듯하다.

　난 눈을 돌려 요즘 어깨에 힘이 빠져있는 큰 조카에게 다가갔다.

　"무슨 걱정이라도 있니? 이모가 기도해줄게 말해봐?"

"이모, 공부로 시간과 그 많은 돈을 다 쏟아 부었잖아요. 그런데 학교를 졸업해도 부모님 눈치만 보고 있는 내가 참 답답하기만 하네요."

"취업하기가 힘들지? 마음과 뜻이 있다면 꼭 하나님이 길을 예비해 주실 거야."

"네, 저도 그렇게 생각해요. 하지만 저도 이젠 내손으로 뭔가 해내면서 살고 싶어요."

"그래. 힘내!"

얼마 전에 새로운 사업을 시작하게 된 작은 오빠는 요즘 정신없이 바쁘다.

"오빠, 요즘 장사는 어때?"

"첫 달엔 재미가 쏠쏠하더니 요즘은 월세내기도 부담스러워."

오빠는 온통 가게 걱정뿐이다. 오늘 같은 짧은 명절도 가게 때문에 벌써부터 올라가 채비를 하고 있었다.

각자 자신을 둘러싼 환경의 울타리 속에서 저마다의 고민과 이유가 있다. 명절을 기다린 것이 아니라 자식을 기다린 엄마에게 갔다. 엄만 명절이 되기 며칠 전부터 자식 맞이할 준비를 하느라 더 늙어보였다.

"엄마? 엄마의 희망은 뭐야?"

"지금 네 큰언니가 아프잖아. 언니가 빨리 건강했으면 좋겠어."

"그 다음은?"

"동민이 말이야. 얼른 장가가야 할 텐데……. 언제 가려고 그러는지."

"또 다른 건?"

"니 아빠 말이야. 뭐라도 했으면 좋겠는데……. 집에서 그냥 시간 보내는 모습이 안쓰러워."

"엄마 또 없어?"

"음……. 네 이야기를 하지 않아서 그러니?"

엄마는 나에 대해 생각하는 듯 했다. 나는 엄마의 기도제목에 별로 없는 사람이었다. 자녀도, 건강도, 하는 일도 큰 문제가 없기 때문이다. 하지만 그건 내 짧은 생각이었다. 지금의 내 가정이 건강하고 행복하게 생활할 수 있었던 것은 매일 새벽 문을 연 엄마의 기도 때문이었다.

"한서방의 건강과 하는 일의 번창함과 무엇보다 교회에서의 직분을 잘 감당할 수 있도록 매일 기도하고 있단다."

"엄마 고마워요."

그러나 난 너무 슬펐다. 엄마의 기도제목에서조차 엄마 자신이 포함되지 않았기 때문이다. 명절에 부모님 댁에서 부모님생각을 조금이라도 함께 나누면 좋을 텐데 자식들은 다들 자기위주로 사느라 엄마는 안중에도 없다. 혹 짧은 시간 겉치레로만 부모님걱정을 할 뿐이다. 그런데 엄마세상의 중심엔 늘 자식뿐이다. 엄만 본인도 건강하지 못하면서, 하는 일도 많은데 늘 자식을 품고 있다. 자식이 생기는 그날부터 모든 희망과 바람은 자식들에게 옮겨간 듯하다. 자식들이 부모의 품을 떠나 스스로 생활할 수 있음에도 불구하고 인생의 내리막길에서조차도 자식생각뿐이다. 자녀들은 지극히 자신을 위주로 생각하고 있다. 나 또한 내 자식, 내 환경, 내 남편, 내 교회만을 위해 기도하지 않았던가! 얼마나 부모님을 생각하고 또 실천하고자 노력했던가! 늘 생각뿐이지 않았던가! 머릿속으로만 생각하고 중일거리던 입술을 꺼내 실천해야히는데 지주 전화하겠던 아주 쉬운 실천도 하지 않고 있지 않은가!

"엄마? 내가 언제 엄마한데 사랑한다고 말했는지 기억나?"

"글쎄……. 잘 모르겠네."

하지만 엄만 알고 있다. 자식의 사랑한다는 말은 이 세상을 다 갖는다 해도 덜하지 않다는 것을 나 또한 경험을 통해 잘 알고 있기 때문이다.

"엄마 사랑해. 이제부터 많이 듣게 될 거야."

닫혀있던 입술부터 열어야겠다. 그리고 생각을 꺼내 실천해야겠다. 엄만 내 손을 살며시 쓰다듬어주면서 그새 물기 젖은 눈동자가 되어 말한다.

"얘야. 엄만 네가 내 배속에 있을 때부터 널 사랑하고 있단다."

낳고 키워주신 우리 엄마를 살며시 안았다. 따뜻한 사랑의 온기가 온몸을 휘감았다. 난 다짐했다. 머릿속에 갇혀있던 생각을 지금부터 입술로 행동으로 옮길 거라고…….

평생을 자식만 사랑한
치매 어머니

"많이 힘드셨죠?"

"애써주시고 관심 가져 주셔서 감사합니다."

요양원 요양보호사 선생님은 이미 어머니의 유품을 챙겨놓고 날 기다리고 있었다.

"살아생전에 늘 바쁘게 지내시더니 이제야 좀 편히 쉬시겠네요."

"그러게요. 어르신은 좀처럼 두 다리를 펴고 맘 편히 누워계신 적이 없었던 거 같아요."

그랬다. 어머닌 늘 바쁘게 지내셨다. 젊어서부터 얼마 전까지만 해도 무척 바쁘게 움직이셨다. 가파른 오르막길의 인생을 쉼 없이 달려오시다가 여유를 부릴 연세가 된 인생의 내리막길에서조차 치매란 불청객을 맞이하여 자신을 잃어버린 후에도 늘 바빴다. 그건 배회증상이 심했기 때문이다. 정신이 없으면 좀 쉴 만도 할 텐데 목석 없는 서성거림을 동반한 수집 장애는 별 쓸데없는 에너지를 평생 동안 소비하고 계셨던 것이다. 어머닌 신체적으로는 건강하여 거동이 자유로웠으나 망상, 집착

등의 신경학적인 행동장애를 가지고 있었다.

　이곳에서 어머니와 많은 시간을 보냈는데 이제 오늘이 마지막이다. 요양원 생활실 구석구석 어머니의 향기가 느껴진다. 지난겨울 생일에 사드린 스웨터가 옷장에 걸려있다. 어머니 체취가 코끝으로 느껴진다. 자식된 도리를 다하지 못한 죄책감에 늘 마음 한 구석에 아려왔던 가슴이 눈물로 터졌다. 남들이 볼까 애써 눈물을 삼키며 세수했다. 옷장에서 어머니 유품들을 정리했다. 평생 함께 했던 실내화, 물컵, 칫솔, 양말, 옷가지가 눈에 밟힌다. 모퉁이 한 곳에 놓인 어머니 물품 중에 낡은 나무상자 하나가 눈에 띄었다. 처음 보는 낡은 상자다. 작고 볼품 없어 별로 대수롭지 않게 생각하고 있었다. 그러나 유품 중에 소모품으로 구분하여 처분하려고 했던 담당 요양보호사 선생님이 중요한 내용물이 있을지도 모르니 꼭 확인해보라고 한다. 어머니가 이곳에서 새 식구가 된 며칠 후 요양보호사 선생님이 물품을 정리하다가 낡고 오래된 그 나무상자를 보고 내용물이 있을 거란 생각도 없이 생각도 없이 "버릴까요?"라고 여쭈어보았다가 난데없이 어머니로부터 심한 욕설을 들었다고 한다.

　그 후로 담당 요양보호사는 어머니에게 안 좋은 기억으로 각인되어 관계를 회복하는 데 많은 시간이 걸렸다고 했다. '혹 보석이 들어있는 건 아닐까?' 나무상자는 조그마한 자물쇠로 굳게 닫혀있어 이곳에 오신 이후 한 번도 열린 적이 없다고 했다. 난 물리적으로 그 나무상자를 열었다. 그리고 넋을 잃은 사람처럼 한동안 말을 할 수가 없었다. 그 상자 안엔 내가 기억할 수 있는 어머니와의 추억이 고스란히 담겨 있었다. 난 어머니의 따스한 마음으로 거슬러가는 비밀통로를 발견한 것처럼 현재로부터 이어지는 과거와 맞닿게 되었다.

어머니는 늘 바쁘게 일하셨다. 새벽같이 일어나시고는 톱니바퀴가 돌아가는 것같이, 하루일과를 순차적으로 일하는 개미처럼, 결코 고장나지 않는 국방부 시계추 같았다. 기억할 수 있는 어머니의 젊어서의 모습은 현재의 모습과도 너무나 흡사하다. 새벽부터 밤늦게까지 일만하셨기에 연세에 비해 더 늙어 보이신다. 농사일이라는 것이 본래 자신의 품삯을 파는 일이라 한다. 땅은 흘린 땀방울의 양만큼 결과에 대해 거짓을 나타내지 않기에 배움이나 기술이 없었던 어머니는 악착같이 자신의 젊음을 온전히 들판에 내던졌다. 먹을 것, 입을 것에 부족함이 없다고 느꼈던 나는 놀기 좋아하는 철없는 소년이었다. 철이 없던 나는 중학생이 되어서도 부모님의 생각은 안중에도 없었다. 바라기만 하고 조르기만 하면 뭐든지 내 손에 들어왔기 때문이다.

"오늘 소풍가는데 이거 가지고 어떻게 가?"

어머니는 용돈 1천 원을 주셨다. 난 소풍가는 날이 생일날처럼 일 년에 몇 번 없는 용돈을 구하기 좋은 날이라는 것을 잘 알고 있었다.

"이놈아, 이거면 됐지 뭘 더 달라고 해! 어서 학교가!"

"나 오늘 학교 안 갈 거야."

이거 받고 가느니 차라리 생떼를 쓰며 가치를 더 높이려 난 극단의 처방을 내렸다.

"아이구! 저놈 땜에 내가 못살아."

몇 번의 실랑이가 오가고 등교시간에 가까워진 시계바늘은 협상을 내 쪽으로 유리하게 당기고 있었다. 안되겠다 싶었는지 어머니는 옆집으로 가셨다. 옆집도 닉닉하지 않은지 어머니는 이웃집 두 곳을 더 기서야 집으로 되돌아오셨다. 삼천 원을 주시며 얼른가라고 하신다. 손끝에서 약간의 떨림이 어머니 젖은 가슴으로부터 전달된 것을 느낄 수 있었으나 난 목적달성에만 관심이 있었다. 그렇게 난 그 돈을 받고 쏜살같이 학교로 향했다. 소풍은 참 재미있었다. 용돈을 어렵게 구했지만 막상 쓰려고 하니 쓸데가 없어서 거의 쓰지 못했다. 아침일이 생각나 용돈의 반을 들여 나비 모양의 브로치를 샀다. 그리고 어머니에게 드렸다. 농사일이 바빠 외출할 일이 별로 없었던 터라 브로치를 착용한 어머니의 모습을 한두 번인가 본 적이 있으나 이내 일상에 묻혀 기억 속에서 잊혀졌다.

대학생이 되었다. 난 학비를 한 번도 밀린 적은 없었다. 그렇다고 무작정 부모님에게 손을 내미는 철부지 대학생은 아니었다. 방학이 되자, 긴 방학을 이용해 돈을 벌어보려고 집을 떠났다. 그리고 타지에서 한 달간 머물며 노동일을 했다. 돈을 얼마나 벌기 힘든지, 내손으로 돈을 벌게 된 게 내 스스로 너무나 자랑스러웠다. 처음으로 내가 직접 돈을 번 것이다. 사장님은 센스 있게 첫 월급이자 마지막 월급을 은행에서 새 돈으로 50만 원을 챙겨주셨다. 팔월 중순의 한여름날인 어머니 생신날에 맞춰 좋아하시는 수박과 함께 힘들게 번 돈 모두를 어머니에게 드렸다. 어머니는 기특하게 생각하시며 현금 50만 원을 흔쾌히 받았다.

대한민국 남자라면 누구나 피해갈 수 없는 군 입대를 하게 되었다. 강원도 중부전선인 최전방에서 고된 군 생활이 시작되었다. 군대에 있으면서 행군할 때도, 훈련할 때도, 보초를 설 때에도 어머니가 가장 많이 생각났다. 부모님에 대한 감사와 사랑은 자신이 가장 힘이 들 때 더욱 크게 느껴지는가 보다. 이등병시절 마음을 담아 어머니에게 편지를 썼다. 밥 잘 먹고 건강하게 잘 있다고, 어머니 무릎이 좋지 않은데 건강은 어떠시냐고. 내 평생 어머니 사랑한다는 말을 군이라는 특별한 환경을 빌어 처음으로 말하게 되었다. 후에 아버지께 전해들은 이야기지만 어머니는 그 편지를 읽을 때마다 눈시울을 붉히셨다고 한다.

　결혼을 하고 계속 집에서 어머니를 모셨다. 아니 내가 얹혀살게 되었다. 마음씨 착한 아내는 싫은 소리 없이 어머니와 딸처럼 쉽게 친하게 되었다. 나중에 알고 보니 성격도 천성이지만 서로 많은 노력을 하고 있었다고 한다. 삶의 환경과 방식이 서로 달랐지만 서로에게 상처 주는 일은 없었다. 나 또한 자식을 낳아보니 어머니 마음을 조금이나마 깨달을 수 있었다. 어머니가 나에게 그러했듯이 난 내가 속해 있는 나의 울타리에 더욱 신경 쓸 수밖에 없었다. 그렇게 소홀해질 수밖에 없는 어머니임에도 불구하고 어머니는 여전히 날 어린 자식으로만 여겼다. 아이를 둔 아빠이면서도 엄마의 자식인 난 그저 어머니의 그늘아래 도움만 받고 있었다. 좀 살만하니 자식교육이니, 환경이니 하면서 분가를 하게 되었다. 직장이라는 장애물과 먼 거리에 산다는 이유로 명절과 기념일에만 어머니를 찾아뵙고 용돈삼아 드린 돈이 내가 효라고 말할 수 있는 유일한 변명거리였다.
　영원할 것만 같았던 어머니의 모습이 세월에 흐르는 강물처럼 점차 주름이 늘어나기 시작했다. 그리고 예상치 못한 남의 일이 우리 어머니에게 찾아왔다. 치매란 병에 걸린 것이다. 난 당장 집으로 다시 들어갔다. 그러나 이미 손을 쓸 수 없는 중증이 되어버렸다. 그리고 요양원에서 길고도 짧은 시간을 마지막으로 삶을 마감하셨다.

　조그마한 상자 안에서 어머니와 기억할 수 있는 추억들이 날 몹시도 괴롭혔다. 거의 착용하지 않아 세월의 흔적만 느낄 수 있는 나비모양의 브로치……. 소풍 때의 철없는 기억이 현재의 송곳이 되어 날 찌른다. 돈이 없어 옆집에 마음 불편한 소리를 하여 어렵게 빌렸을 텐데. 젊었을 적 어머니 모습이 생각난다. 이거면 충분하다고 쓸데도 없을 거라고 했어야 했는데. 정말 그랬는데 그래서 브로치를 산 건데……. 어머니 죄송해요. 허공 속에 흔적도 없이 사라질 소음만 내뿜을 수밖에 없다. 어머니, 용서하세요. 정말 죄송해요. 햇살 가득한 오월에 허리를 깎고 땀을 털어내며 한 푼 한 푼 모은 돈이었을 텐데……. 돈이 모자라 자존심 도려내며 돈을 빌리시던 그 때, 철이 없어도 너무 없었던 시절이 날 멍하게 만들었다. 아무리 불러보고 외쳐 봐도 대답 없는 메아리는 부메랑이 되어 내 귀에 꽂힌다. 더 목 놓아 울 수밖에 없었다.

난 상자 안에 가족들의 사진과 군 시절 보냈던 편지들을 보고 뼛속까지 파고드는 어머니에 대한 아픈 기억을 회상했다. 편지글 위에 눈물 자국들로 글씨가 번져있었다. '어머니 사랑해요'라는 부분은 아예 형체를 파악할 수조차 없었다. 상자 밑부분에 오래된 만 원권 지폐가 먼지와 함께 쌓여있다.

내 사랑하는 아들이 자기 손으로 돈을 벌었다며 피땀 흘린 고생의 흔적을 보여준다. 이 뜨거운 여름 얼마나 힘들게 일했을까? 타지 먼 곳, 낯선 환경 속에서 사람들과 한 달을 지내며 젊음을 알차게 보낸 내 아들이 너무나도 자랑스럽다. 그렇게 가치있는 그 돈을 나에게 준다. 자식 키운 보람이 있구나. 하나님께 감사기도로 얼마나 눈물지었는지 모른다. 내가 이 돈을 어떻게 쓸 수 있단 말인가! 내 평생 이 돈을 쥐고 있으리라…….

그랬다. 돈은 정확히 50만 원이었다. 어머니가 자식을 생각하는 마음은 치매라는 못된 병으로 가로막아도 결코 가려질 수 없었다. 어머닌 수첩에 메모를 하고 현금을 지금까지 보관하고 있었던 것이다.

그리고 맨 아래에서 통장 하나를 발견했다. 통장을 열어보고 난 깜짝 놀라고 말았다. 통장엔 오천만 원가량의 돈이 들어있었기 때문이다. 무슨 돈일까? 궁금해졌다. 통장의 내역을 보았다. 난 내 눈을 의심했다. 통장엔 지난 30년의 기록이 빼곡하게 남겨져 있었다. 내가 저금통을 부수고 선물이나 용돈을 드리고 직장생활을 하게 된 후부터 오만 원, 십만 원 드렸던 용돈을 그때마다 통장에 차곡차곡 저금했던 것이다. 난 통장사이에 끼워져 있는 낡은 수첩을 보고 한동안 멍하게 앉아 있었다. 코끝이 폭발해버렸다. 더 이상 참을 수가 없었다. 수첩은 불과 몇 년 전까지 가계부처럼 꼼꼼하게 금액까지 적어놓으셨다. 어머니 환갑 때 돈이 없어서 조촐하게 가족끼리만 식사를 했다. 내 자식 키우는 것도 힘들다며, 버거운 살림에 어떻게 감당해야할지 모르겠다며 아내와 다툰 언성을 뒤로하고 어머니 좋아하시는 먹을거리, 그토록 가지고 싶어 하시는 옷을 사 입으시라고, 또 한 번도 가지 못한 제주도를 동네 분들과 함께 여행가시라고 300만 원을 드렸다. 어머닌 극구 사양하시다가 결국 그 돈을 받으셨지만 쓰지 않으셨던 것이다. 통장 안에 어머니의 마음이 그대로 남아있다. 어머니는 매우 검소한 분이었다. 돈이 없어서가 아니었는데 다 이유가 있었던 것이다. 엄마 없이 절대 못살 것 같은 그 나이로 되돌아가, 잠시 자리를 비운 엄마를 다시 만나 엄마 품에서 눈물을 흘리며 울고 있는 내 어린 시절의 모습으로 되돌아갔다. 난 어머니를 외치며 회상할 수 있는 머릿속의 기억을 다 꺼내서 내 어머니를 회상했다.

우리 집은 가난하고 타지에서 들어온 기술도 배움도 없는 이방농업

인이었다. 어머니는 젊고 건강한 신체만이 유일하게 내세울 수 있는 강력한 무기였다. 그 당시 모든 사람들이 공통적으로 가지고 있는 것이었다. 그렇기 때문에 남보다 더 많이, 더 일찍, 더 수고해야 그나마 품삯을 계속 받을 수가 있었다. 어머니는 땀을 흘리며 자신의 젊음을 오직 자식을 위해 아낌없이 호미에 헌신했다. 굳은살이 고목처럼 딱딱해질 때 이미 환갑을 바라보는 나이였지만 마음만은 아직 청춘이었다. 세월에 무뎌진 호미였는지 어머닌 늙어서도 호미자루를 놓지 않았다. 왜 아픈 기억만, 불효했던 기억만 떠오르는지 모르겠다. 죄책감일까? 때늦은 후회가 더욱 가슴을 미어지게 한다. 조그마한 상자는 어머니와 늘 함께 있었을 텐데 난 오늘에서야 우주 같은 어머니의 마음을 알게 되었단 말인가!

어느 순간 난 돈이라는 물질적인 수혜만을 생각하고 벅차오르는 희열을 느끼며 이것을 어떻게 사용할까? '대출비용을 갚으면 되겠구나' 하고 속으로 쾌재를 부르고 있었다. 어머니와의 과거 기억 속에서 손을 마주잡은 동행에서 통장을 본 순간 어머니의 사랑과 내 이기적인 마음의 갈래 길에서 나는 혼자 다른 길로 벗어났음을 뒤늦게야 알았다. 이 통장은 어머니가 나에게 준 선물이지만 이건 결코 의미 없이 소비할 수는 없는 것이리라.

"다음에 요양원에 올 때에는 어르신들이 마음껏 거닐며 보고 듣고 맡을 수 있는 실내정원을 만들어 주세요."

"고맙습니다. 어르신들이 자유롭게 햇살을 즐길 수 있는 산책로를 만들게요."

어머니가 그토록 바쁘게 움직였던 그곳에서나마 잠시 볼거리를 보며 편안하게 거닐 수 있도록, 제2의 어머님들에게 안락한 쉼터를 만들어 자연을 마음껏 즐길 수 있기를 소원하며 통장의 일부분을 기부했다.

혹시나 인터넷을 통해 어머니 휴면통장을 확인했다. 어머닌 나뿐만 아니라 5남매의 통장을 하나씩 더 가지고 있었다.

엄마의 눈 속에서
자는 아이

　　엄마는 사랑 가득한 마음을 담아 자는 아들을 보고 있다. 얼마나 귀하게 얻은 막내아들인지 모른다. 이 세상의 전부가 되어버린 아들은 엄마의 삶을 독차지하고 있다. 엄마는 자는 아들에게 이런저런 이야기와 노래를 불러준다. 하루 종일 함께 있었으면서도 자는 아이 옆에서 그림자가 되어준다. 사랑하는 내 아들, 내 새끼, 내 보물, 바라보기만 해도 엄마의 표정과 삶은 행복 그자체이다.

　　아들이 학교에 들어갔다. 내 아들이 학교에서 친구를 사귀고 글과 그림, 노래를 배운다. 엄마와의 짧은 이야기도 부족한지 뛰노는 아이 그새 피곤의 꿈속이다. 엄마는 아이를 바라다본다. 사랑을 담아 아이를 쓰다듬어준다. 자는 내 아들, 보기만 해도 배부르다.
　　공부한다고 새벽을 깨우는 찬바람이 걱정된 엄마는 발걸음을 아들 방으로 옮겼다. 내 아들이 책상에 엎드려 잔다. 내 아들……. 얼마나 피곤할까? 엄마는 이불을 펴고 아들을 눕혔다. 곤히 자는 아들이 안쓰럽다.

엄마는 아들을 천천히 보면서 머리칼을 쓰다듬어주며 미소를 머금었다.

자는 아들은 자신의 눈 위로 뭔가 묵직한 그늘이 느껴졌다. 그리고 이마가 간지러웠다. 한참이 지나도 묵직한 검은 그늘이 사라지지 않았다. 아들은 저리 가라고 허공을 향해 팔을 휘둘렀다. 그럼에도 검은 그림자는 사라지지 않았다. 아들은 피곤한 눈가를 찡그리며 살며시 눈을 떴다.

"아~ 깜짝이야!"

아들은 까무러치게 놀랐다.

"여보! 무슨 일이야?"

옆자리에서 막 잠에서 깨어난 아내가 남편을 보더니 공포에 질려 소리친다.

"까앗~"

어머니가 어느새 아들네 방에 들어와 자는 아들을 빤히 쳐다보고 있었다.

"어머니, 왜 그러세요? 깜짝 놀랐잖아요! 제가 자고 있을 때 이젠 그만 보세요."

어머니는 미안했는지 머쓱한 표정으로 자신의 방으로 되돌아갔다. 아들은 어머니의 온기가 남아있는 자신의 머리칼을 쓸어내리며 다시 잠자리를 어루만졌다. 아내는 도저히 못 참겠다며 자세를 바로 잡으며 말했다.

"여보, 이렇게는 더 이상 살 수 없어요."

요즘 들어 잠이 사라진 어머니는 새벽마다 아들 방에 들어와 자는 아들을 빤히 쳐다보고 있다. 아들도 견딜 수 없이 화가 나지만 어쩔 수 없었다. 어머니이기에 아내말대로 시설에 맡기자는 해결책은 자식으로서 도저히 할 짓이 아니다. 아들은 못들은 척 베개에 머리를 두었다.

아들은 그날 이후 잠을 잘 때마다 방문을 잠갔다. 잠이 일찍 깬 어머니는 아들 방문 앞에서 아침을 맞이하는 횟수가 점점 더 늘어났다. 어머니는 금쪽같은 아들을 요즘은 통 볼 수가 없어 너무 답답했다. 일하느라 바쁜 아들을 볼 수 있는 것은 이른 새벽뿐이었다. 어머니의 치매 증상은 더욱 심해지고 주위사람들과 함께 살지 못하게 되어 그 후 어머니는 결국 요양원에 들어갔다.

얼마 전부터 어머니가 많이 아프다. 아들은 어머니를 보러 요양원에 갔다. 어머니는 아들을 알아보지 못한다. 자는 아들을 알아볼까? 아들은 어머니 옆에 누웠다. 그리고 눈을 감았다. 한참이 지나도 주위의 시선같은 것은 느껴지지 않았다. 어머니는 딴 곳을 보고 있었다. 아들은 어머니를 보았다. 어머니도 아들을 보았다. 그리고 시선을 교류했지만 아무 의미가 없었다. 어머니의 눈 속에 감정과 느낌이 없었다. 어린 시절에 그리고 얼마 전까지 아들을 쳐다보던 그 눈빛이 바래졌다. 아니다! 아들은 생각했다. 날 바라보는 어머니의 눈빛은 그대로인데 치매가 기억을 빼앗아간 것뿐이리라.

아들은 기억할 수 있는 어린 시절, 그 때 어머니가 자신을 바라보던 그 심정으로 어머니를 바라다보았다. 어머닌 아들을 잊어버려 볼 수 없지만 어머니의 깊은 눈 속에서 어린 시절 아들을 보았던 그 어머니의 눈빛 속에 담긴 사랑과 행복의 마음을 가슴 깊이 느꼈다. 지금에서야 그때 어머니의 눈빛을 그리워하는 것이 인생살이라는 것을 아들은 뒤늦게 깨달았다.

Part 3

노년을 보다

할머니는 1시간 동안 쉴 새 없이 지난 과거 일을 생동감 있게 말씀하셨다.
그리고 잠시 숨을 고르시더니, 끝을 예측할 수 없는 지난 일을 또 이야기
한다. 사실, 이해하기도 어렵고 재미도 없다.

그러나 할머니는 대하소설의 도입부만 이야기한 것이라고 한다.
그런데 할머니는 도입부만 이야기한 것이 어제오늘일이 아니다.
수만 번은 더 말했다.

왜 그런걸까?
결과는 오늘의 볼품없는 사신이기에 피하고만 싶은 것은 아닐까.

할머니,
저한테 주세요

아이는 꼭 사고 싶은 물건이 있다. 엄마한테 받은 용돈은 바닥난 지 오래다. '엄만 분명 용돈을 주지 않으실 거야.' 아이는 생각했다. 저 상품을 사기위해 다음 달까지 용돈을 기다릴 순 없었다. 가지고 싶은 것을 꼭 자신의 손아귀에 넣어야 직성이 풀리는 아이는 곰곰이 계책을 세우기 시작했다. 아이는 미소와 함께 콧속에 애교를 한가득 넣어 할머니에게로 갔다.

"할머니, 어깨 아프시죠? 제가 안마해드릴게요."

"아이고! 우리 강아지 이쁘기도 하지."

할머니는 여우같은 손녀가 또 용돈을 필요로 하는 것임을 잘 알고 있다.

"할머니, 이쪽으로 다리를 펴보세요."

아이는 조그마한 손으로 할머니의 다리를 주무르기 시작했다. 오 분이나 지났을까. 손가락이 아프고 꽤 힘이 든다.

이제 아이의 본색이 드러난다.

"할머니, 내가 가지고 싶은 최신 상품이 나왔는데 돈이 없어."

"그게 얼만데?"

"오천 원이야."

할머니는 당연히 서랍장을 열었다. 그 안엔 통장과 도장, 그리고 현금이 있다.

"그래, 이거 가지고 가서 사거라."

"할머니가 이 세상에서 제일 좋아! 고마워."

아이는 할머니 볼에 뽀뽀하며 꼭 안았다.

"아이고, 예쁜 내 강아지!"

아이는 가지고 싶은 것도, 먹고 싶은 것도 너무나 많다. 그렇지만 돈이 늘 부족했다. 그 돈은 할머니 보물 상자(서랍)안에 다 들어있다. 그래서 아이는 할머니에게 단도직입적으로 부탁했다.

"할머니 죽으면 저 통장 나한테 줘야 해!"

깨물어주고 싶은 내 강아지가 서슴없이 말한다. 아이가 죽음이라는 의미를 잘 알고 말한 것일까? 목적을 달성하기 위해 남을 배려하는 마음은 전혀 없다. 요즘 아이들은 다 그렇다고 위안하지만 씁쓸한 마음은 어쩔 수 없다. 아이와 상반된 죽음을 이렇게 쉽게 받아들여야하는 것일까? 할머니는 아이에게 대답했다.

"그럼! 우리 강아지한테 다 주고 가야지!"

"와! 우리 할머니가 최고야!"

할머니는 바랐다. 후에 아이가 이 대화를 기억하지 못하기를……. 그러나 세상은 바란다. 아이가 이 대화를 반드시 기억하기를…….

노년은 시간이
거저 주는 것이 아니다

"얘야, 잘 듣거라."

할머니가 젊은 손녀에게 이야기한다.

"너는 할머니가 이야기하는 것을 잘 이해할 수 없을 거야. 하지만 내 이야기를 명심하여 삶에 반영하는 순간부터 네 미래는 행복한 웃음이 펼쳐질 거야. 젊은 사람들은 당연히 노년이 되지만 당연할 노년을 생각하지 않는 경향이 있어. 나와는 전혀 상관없는 일이라고, 노년은 다가오지 않는 먼 미래의 남의 일이라고, 나에겐 저런 무기력한 노년은 없을 거라고, 쭈글쭈글해진 피부와 냄새나는 노년은 내 모습이 아닐 거라고, 나이 들어 병들고 고집스런 노인이 되지 않을 거라고 생각할지 모르지만 명심하거라. 노년이 되어 뼈저리게 후회하지 말고 잘 듣거라!"

손녀는 별로 관심이 없다. 의무적으로 앉아있기는 하다.

"노년은 시간이 거저 가져다주는 것이 아니란다. 그러나 어떤 사람은 어느 순간 하루아침에 백발노년이 될 수도 있어. 어떠한 방식으로 삶을 바라보느냐에 따라 크게 차이 나는 거야. 노년을 이해하고 준비한 사람은 결코 신체나 정신, 사회적으로 고립된 노년의 자기비하는 나타나지 않을 거야. 오늘이라는 최소한의 산소덩어리를 충실히 사용하지 않은 노년은 늘 환경을 탓하지. 노년의 우울증, 자괴감, 자살률이 높아만 가는 이유를 단지 노인인구증가율에만 초점을 맞춰서는 안 돼."

손녀는 딴 생각을 하고 있다. 할머니가 모르는 것이 아니다.

"정상에서 내려오는 눈덩이는 아래로 굴러 내려올수록 계속 커지잖아. 그렇기에 오래 사는 위험은 네 시대에 더 심각해질 거야. 노년의 경제, 여가, 건강, 사회적 관계의 문제는 더 이상 남의 일이 아니라 내 문제가 될 거야. 지금의 너는 노년의 심정을 결코 이해할 수 없을거야. 아이를 낳고 키워봐야 부모의 마음을 안다고 하는 것처럼 노인이 되어서야 노인을 이해하는 그 어리석음을 되풀이 하지 말고 지금 내가 알려주는 노년을 잘 준비해야 해."

할머니는 강한 어조로 말했다. 그러나 손녀는 할머니의 잔소리가 빨리 끝나기만을 기다린다.

"그러면 뭘 어떻게 준비하면 되나요?"

"아주 간단해. 오늘에 충실하면 되는 거야."

"네? 그게 무슨 말이죠?"

"자기가 바라는 노년의 모습을 생각하여 우선순위를 정해. 그리고 그 세밀한 계획에 맞춰 오늘 실천하면 되는 거야. 아주 간단하지."

"할머니 누가 그걸 모르나요? 난 지금도 해야 할 일과 불투명한 미래에 대한 스트레스가 너무 크다고요."

관심 없던 손녀가 뻔한 이야기에 맥이 빠진 듯 볼멘소리를 냈다.

"그래 알고 있단다. 그렇기에 더욱 준비를 해야 한단다."

"구체적으로 어떻게 하면 되나요?"

"하루 24시간 중에 단 1분만 투자하여 노년에 대한 오늘의 생각을 적으면 된단다. 바로 노년 일기장을 만드는 거지."

"네? 노년 일기장요?"

"그렇단다. 노년의 가장 바람직한 모습을 떠올려봐. 그리고 나의 노년을 조각내 단계적으로 조각을 맞춰나가도록 일기장을 적으면 된단다."

"그런데 할머니는 건강을 지켜내지 못했잖아요?"

"그래. 삶이란 자신이 계획, 설계한 도면처럼 정확히 맞아 떨어지지 않을 수도 있어. 바다 같은 인생 속에서 풍랑이라는 불의의 사고를 당할 수도 있지. 원치 않은 상황이 전개되어 장애가 생길수도 있어. 하지만 반드시 기억할 것은 풍랑이 작은 거품이 될지, 돌풍이 되어 인생전체를 망가뜨릴지는 오늘에 달려 있단다. 노년에 대한 준비는 그 어떤 돌발 상황이 일어나도 예측 가능한 설계를 통해 사전에 준비할 수 있다는 것이야. 그건 불의의 사고나 건강악화에도 노년을 대비하는 자체엔 아무런 장애가 되지 않는다는 거지."

"할머니, 전 당장 내일도 걱정 된다고요! 어떻게 세상이 변할지 내가 무엇을 해야 할지 도대체 잘 모르겠다고요."

"젊은이들은 그게 가장 큰 문제인거 같아. 자신이 좋아하는 것이 무엇인지, 자신이 관심 갖고 하고 싶은 것이 뭔지 모르고 있어. 고수입을 위한 안정된 직장만을 생각하고 있지. 꿈이 없어. 그러니 사는 것도 재미없고 의미가 없을 수밖에. 얘야, 넌 먼 미래를 보거라. 그 미래를 단계적으로 조각내 그 조각들을 현재에 맞춰 오늘을 살아갈 수 있도록 준비된 노년을 만들어가거라."

"할머니, 머리 아픈 이야기만 하네요. 전 잘 모르겠어요. 그냥 시험공부나 할래요."

할머니는 안타까웠다. 자신처럼 손녀도 그렇게 살까봐 걱정이다. 하루 아침에 노년이 되어 지난세월을 되돌아보았을 때 전혀 기억나지 않거나 허송세월의 연속일 때 얼마나 허무할까! 할머니는 손녀가 당연한 노년이 될까봐 노심초사했다. 행복한 노년의 지름길은 아주 간단한 것인데 손녀는 듣지 않으려고만 한다. 내 자식들만은 결코 후회 없는 삶을 살아가기를 간절히 바랄뿐이다. 돈이 많이 드는 것도, 시간이 많이 소요되는 것이 아닌데 왜 이렇게 철이 없을까 답답했다.

결국 할머니는 손녀를 뒤따라가 잠긴 방문을 노크했다.

할머니의 행복

"할머니, 가장 행복했던 과거가 언제인가요?"

"난 행복한 적이 얼마나 많았는지 몰라."

기억하기 싫은, 또는 저주스런 불행도 할머니 일기장에 섞여있지만 할머니는 행복한 순간만을 기억하고 오늘을 살아가는 원동력으로 발판 삼았다.

"그래요? 그럼 할머니의 가장 행복했었던 때를 얘기해 주세요?"

할머니는 늘 행복했었다. 어제도 그랬고 지금 이 순간도 그렇다. 그러나 저울로 가늠할 수 있는 물리적인 행복의 수치를 물어보는 것임을 잘 알고 있다.

"그렇지만 애야. 행복은 가슴으로부터 나오는 거야. 수학공식처럼 물리적으로 수치화할 수 없는 거란다."

"네? 그게 무슨 말씀인가요?

"자, 이제부터 내가 하는 이야기를 잘 들어봐."

할머니는 행복을 말로만 하는 것이 아니었다. 할머니 얼굴에서, 생활에서, 삶 곳곳에서 행복이 묻어났다.

　이유가 뭘까? 나는 위엄 있는 할머니의 이야기 속으로 자력처럼 이끌리어 귀를 쫑긋 세우고 할머니 옆으로 다가갔다. 마치 시험보기 전날 시험문제를 알려주는 선생님처럼 할머니의 입과 표정에서 나오는 상황을 한마디도 놓치지 않으려고 주의를 집중했다.

　"열 살 때쯤 일거야. 화창한 봄 하늘 아래 햇살이 눈부신 사랑스런 계절이었어. 다음날은 엄마 아빠와 함께 동물원에 소풍가는 날이야. 지난주에 엄마가 사준 파란색 바지와 붉은 색의 윗옷을 몇 번이나 입어봤는지 몰라. 새 옷은 머리맡에 그리고 새하얀 운동화는 가슴에 품고 나도 모르게 벌어지는 입가엔 풍선을 달고 내일이 오기를 간절하게 바라고 있었지. 내일만 되면 새 옷과 새 신을 신고 내가 보고 싶은 동물을 마음껏 볼 수 있는 거야. 엄마 아빠와 그리고 동생과 함께 우리 모두는 즐거운 나들이를 하게 될 거야.

　그 상황을 머릿속에 그림을 그려봐. 얼마나 행복했는지 상상이 돼? 그때처럼 행복한 적이 있었을까? 아무 걱정도 없이 사랑하는 가족과 부족함 없는 환경은 어린 시절의 추억 속 동경 그 자체였지. 그때를 생각하면 그저 웃음이 생길 뿐이야. 행위를 한 것보다도 그 행위를 준비하는 과정이 더 기억에 남는 행복한 시절이었어. 잠을 푹 잘 수 없어서 소풍이 좀 피곤했지만 그 전날은 정말 희망과 행복이 넘치는 최고의 기다림이었지."

　할머니는 그 시절 그때를 생생하게 기억하고 있는 듯하다. 60년도 넘는 기억이었지만 정말 그때처럼 행복한 표정을 짓고 있었다.

　"할머니 저도 그런 생각을 해봤어요. 아무 걱정없이 부모님과 함께 내가 하고 싶은 것을 모두하면서 생활하면 얼마나 좋을까 하고 말이죠.

지금 내 주위를 둘러싼 경제적인 고민, 직장에 대한 스트레스, 갖가지 걱정과 불평들이 하루하루 내 그림자의 크기처럼 끊임없이 날 괴롭히고 있네요. 그래서 아무것도 모르는 어린 시절로 되돌아가면 얼마나 좋을까 하고 말이에요."

할머니는 충분히 공감하는 표정으로 나를 바라보시며, 쉽게 이해할 수 있도록 설명하기 위해 곰곰이 생각했다.

"그렇지 않단다. 사람은 본래 이기적인 동물이어서 자신에게 유리한 환경을 자꾸만 만들어낸단다. 네버랜드에 사는 피터팬과 아이들은 증오하는 어른들을 떠나 자기들만의 세상에서 자유롭게 모든 것을 마음대로 하고 늙지 않는 것이 진정 자신이 바라는 세상이 아니었음을 후회하는 것과 마찬가지야."

할머니는 잠깐 숨을 고르더니 말씀을 이어갔다.

"나이가 들면 더욱 과거에 집착하게 된단다. 어릴 때는 빨리 어른이 되고 싶어 할 수도 있지만, 성인이 되어 나이가 들어갈수록 20년, 10년 전으로 또는 1년 전으로 되돌아가고 싶어 하지. 중요한 것은 지금 이 순간도 바로 애타게 되돌리고 싶은 과거가 되고 있다는 것이야."

정말 그랬다. 아이처럼 본능적으로 먹고 자고 배설하는 신체 사회적인 안정으로부터의 생물학적인 욕구충족만이 삶의 최선의 행복이라는 만족감은 어른이 된 지금에서야 비교할 수 있는 과거의 행복일 뿐이라는 것을 잘 알고 있다. 시절에 적합한 사고의 깨어짐은 시기가 정해져 있는 것이 아니기에 오늘이라는 현실의 중요성을 빨리 깨우쳐 지금 이 순간에 반영해야한다. 그것이 가장 긴요한 것이리라. 할머니는 이런 내 마음을 알았는지 공감되는 이야기를 했다.

"학창시절에는 억압받는 게 너무 많다고 생각했지. 내가 하고 싶은 것, 가지고 싶은 것, 가고 싶은 곳, 만나고 싶은 이성 친구, 놀고 싶고, 마음껏 먹고 싶고, 내 취미와 여가를 내 마음대로 자유롭게 하고 싶었지. 그러나 내 주위를 둘러싼 물리적 환경은 그렇게 넉넉하지 않았어. 경제적으로 여유롭지 못했고 강요받는 공부 외에는 다른 것을 학업처럼 할 수 없었단다. 부모님이 허락하지 않는 자유는 방종이었으니까 학창시절의 울타리는 부모님과 사회적 관습의 크기로 제한될 수밖에 없었지. 어른이 되면 내가 하고 싶은 것을 다하면서 살 거야라고 난 다짐했지. 그렇게 어른이 되어서 내 손으로 돈을 벌어 자유롭게 내가 원하는 모든 것을 해보았지만 결국 부모님이 지시해주는 교과서가 내 인생의 가장 적합한 가르침이라는 것을 깨달을 수 있었어. 그만큼 철이 든 후에야 학창시절에 대한 근본적인 이해를 할 수가 있었던 거야. 인생이라는 미지의 개척 길을 올바르게 갈 수 있도록, 탄탄하게 준비할 있도록 최선의 방법을 알려주는 인생의 선배이자 선생님인 부모님이 있었기에 긍정의 오늘을 살아갈 수 있었던 거야."

사춘기를 잘못 보내 탈선의 늪에서 빠져 나오지 못하는 요즘의 여러 친구들과는 사뭇 달랐다. 길을 잘못 들었어도 유턴할 수 있도록 방향을 제시한 사회적 환경이 중요한 역할을 한 것이리라. 그렇지만 자신의 인생을 주도적으로 방향키를 쥐게 된 후에도 많은 어려움이 있을 거라 생각이 들었다. 할머니의 시대적인 상황속의 고난과 역경이 어떻게 긍정의 행복조건으로 오늘을 이어갈 수 있었는지 궁금했다.

"할머니 세내는 환경직으로 많은 어려움과 고닌이 많지 않았나요?"

"그래, 참 힘든 세상이었어. 하루하루 사나운 개 앞에 놓여 생사를 다투며 쫓기어 온 인생이었지. 학창시절 때 놓친 공부를 하기가 어려웠고, 결혼한 후에는 아이를 키우느라, 장사하느라 정말 몸이 부서지도록 바쁘게 일했지. 결혼 후 아이가 크면 다 해결될 줄 알았어. 그렇지만 인생이 그렇게 쉽지 않더라고. 시간이 지날수록 사나운 개의 숫자는 더 늘어나 내 뒤를 바짝 쫓아오더군. 내 나이 육십을 넘겨서야 맘 놓고 창밖을 보며 시간을 즐길 수 있는 여유로움이 찾아왔어. 할 일도, 걱정거리도, 고정적으로 신경 쓰고 챙겨줘야 할 그 무엇도 생기지 않았어. 그제야 인생을 좀 안다 싶어졌어. 커피한잔에 수많은 감정과 생각을 여유롭게 이야기할 수 있게 되었지. 그러나 험난한 세월의 창칼 앞에 갑옷 없이 던져진 내 신체는 뇌졸중이라는 돌이킬 수 없는 퇴행성질환을 맞이하게 되었지. 그렇지만 난 좌절하거나 낙담하지 않았어. 이런 과정 또한 인생을 좀 더 알아가는 것 같더라고. 그래서 지금이 더 행복해. 자 생각해봐. 100년 전의 인생이든, 100년 후의 인생이든 환경에 따라 삶의 질을 논할 수 있을까? 상대적인 환경의 편차가 개개인의 행복의 크기를 바꿀 수는 없는 거야."

그래도 노인보다는 젊음이 더 좋을 것 같았다. 가끔씩 나이 드신 어르신들이 젊은 사람들을 보고 부러워하는 듯 '좋을 때야'라고 세월을 붙잡지 않았던가! 삼십 대인 난 노인보다 훨씬 좋은 시절을 보내고 있다고 생각했다.

"할머니, 그래도 젊었을 때가 더 행복하지 않았나요?"

"물론 행복했지. 그땐 정말 몸이 죽도록 힘들었지만 젊어 고생은 노년에 추억할 수 있는 행복이지. 그러나 다시 그때로 돌아가고 싶진 않아. 이미 겪어봤기 때문이지. 그런데 젊은 사람들은 왜 노년이 슬프고 나쁘다고만 이야기하는지 몰라. 노년이 되지 않고서는 그 누구도 자신의 노년에 대해 이야기할 수 없는데도 말이야. 노년은 결코 누구에게나 찾아오는 것이 아니야."

할머니의 노년에 대한 철학에 고개가 숙여졌다. 상대적인 세월의 좋고 나쁨조차도 자신의 인생을 어떻게 가꾸어가느냐에 따라 인간이라는 최고의 가치가 결국 노년에 나타난다고 실증했다. 세월을 갈고 깎으면서 얻은 노년은 쉽게 누리어지는 것이 아니리라. 나이 들어버린 노년이 아니라 나이를 쌓아간 노년이 되어야한다.

"지금이 가장 좋은 거야. 인생이라는 가치는 누군가 되돌려 줄 수도, 되돌아 갈 수도 없다는 진리를 인지하여 오늘의 삶에 반영하는 것이 행복의 절대조건이야."

정말 그랬다. 행복이라는 계단을 하나씩 밟고 올라가는 것처럼 삶의 깊이가 느껴졌다. 그 계단의 끝이 죽음이라는 것조차도 행복의 마지막 과정이라는 것을 할머니를 통해 알 수 있었다. 자신이 가지고 있는 고집, 욕심은 세상과 부딪히면서 둥글게 타협하여 내려놓는 것이 행복한 인생으로 가는 순항이라는 것을 배울 수 있었다. 행복은 내 위주의 개인적인 것으로부터 환경적인 폭으로 넓혀졌다. 나와 연관된 영향력들로부터 행복의 다양함을 받아들임으로 변화하게 되었다. 하나님사랑, 가족들의 건강과 안녕, 물질, 성취로부터 이웃과 친구, 그리고 자연의 경이로움, 이유를 붙일 수 있는 모든 것과 잔존기능을 할 수 있는 사소한 건강의 감사와 오늘이라는 내 삶의 연속이 그랬다. 내가 노년이 되었을 때 할머니처럼 자신 있게 오늘이 제일 행복하다고 말할 수 있는 삶을 살아가고 있는지 지금의 나의 환경과 생활을 되돌아보았다.

할머니의 말씀은 여전히 내 귓가에 메아리 되어 가슴을 요동치게 만든다.

"난 오늘이 제일 행복하단다."

한 폭의 수채화가 된
액자 속 인생

넷째인 막내아들은 액자를 깨끗하게 닦은 다음 거실의 중앙 잘 보이는 곳에 안전하게 걸어놓았다. 그리고 방금 타온 커피 향을 음미하면서 액자를 보고 잠시 미소를 지으며 두 눈을 감았다.

한적한 바닷가 벤치에 노부부가 앉아있다.

벤치 너머로 가족여행을 온 듯한 젊은 부부 한 쌍과 아이가 해변을 걷고 있다. 잠시 후 아빠는 아이를 목말태우고서 노래를 불렀다. 노랫소리가 바람을 타고 벤치에 앉아있는 노부부의 귓가를 살며시 스치고 지나간다. 손을 맞잡은 노부부는 서로를 바라보며 미소를 지었다.

'우리도 저런 때가 있었지. 여보, 당신 기억나?'

노부부의 시선은 50년 전 이곳 바닷가에 있다. 싱그러운 봄 햇살이 가득한 바닷가가 끝없이 넓게 펼쳐져 있다. 해가 뉘엿뉘엿 질 무렵 바닷가의 해변에 한 가족이 웃음 지으며 거닐고 있다. 네 명의 아이들은 밝은 웃음소리를 내며 즐겁게 뛰어논다. 여유롭게 뒤따라가는 아빠 엄마는 행복한 미소를 짓는다. 발갛게 노을 진 저 바다위로 바람을 타고 날아온 음계표가 아이들 주위에서 파도처럼 넘실거리고 있다. 모래사장에 맨발로 뛰어가는 아이의 발자국과 그 뒤를 따라가는 엄마 아빠의 발자국이 선명하게 새겨진다. 맨 앞에서 뛰어가던 막내가 넘어졌다. 아이는 엄마를 찾으며 울음을 터뜨린다.

"아가야, 많이 아프니?"

"저것 땜에 여기가 아파."

아이는 돌부리를 가리키며 자신의 무릎을 만지작거리고 있었다. 무릎과 발가락을 잘 살펴본 엄마는 아무 이상이 없는 것을 확인하자 이제 괜찮다며 사랑의 눈길과 함께 아이를 일으켜 세웠다. 울상이 된 막내를 아빠는 목말을 태우며 기분을 전환시켜주었다.

출렁거리는 바다물결위로 반짝이는 파도는 보는 이들까지도 넉넉하게 만든다. 바닷가 끝자락 벤치에 앉아있는 노부부는 자신들의 젊은 과거와 아이들을 회상했다. 목말을 더 태워달라고 졸라서 한참을 달래야했던 막내는 오늘이 50번째 생일이다. 노부부는 서로 말은 하지 않았지만 막내를 생각했다. 서로 손을 잡은 노부부의 눈 속에는 지난 과거가 들어있다. 수줍은 연애시절과 결혼초기의 짧았던 기억이 더욱 강렬한 건 이 자리에서 추억을 함께 공유해서가 아닐까싶다. 그러기에 노부부의 가족이 함께했던 처음이자 마지막인 가족여행이 기억의 깊이를 더하는 것이다. 노부부가 서로 다른 어린 시절의 기억과 함께 했던 추억을 회상하다보니 벤치 주위에 땅거미가 짙게 내려앉았다. 시간은 화살처럼 지나가더니 새하얀 서릿발이 노부부의 머리칼에 내려왔다.

바닷가엔 사랑도, 행복도, 미움도, 슬픔도, 기쁨도 모두 다 있다. 그렇게 노부부 서로의 눈 속에 들어있는 바닷가엔 각자의 인생이 고스란히 담겨있다. 노부부가 보았던 석양속의 저 끝없는 바닷가를 거닐고 있는 젊은 부부 한 쌍과 아이는 한 폭의 아름다운 그림이 되어 거실의 액자 속에서 살며시 빠져나온다.

"아빠, 생일 케이크 준비 다 됐어요! 얼른 나오세요!"
액자 앞에 선 막내아들은 아직 식지 않은 커피 잔을 들고 자신의 가족에게로 갔다.

언제가 가장
행복한가요?

"사소한 것 하나하나에 감사의 이유를 붙이면 행복은 저절로 따라오는 거야."

올해 할머니 연세는 94세이다. 젊어서부터 건강관리를 위해 노력했지만 한순간의 방심한 시간을 뚫고 찾아온 뇌졸중은 예상치 못했던, 반갑지 않은 노년의 불청객이었다. 하지만 절대로 고칠 수 없는 퇴행성질환인 뇌졸중도 할머니의 삶을 불행하게 만들지는 못했다. 자신의 생활에서 뇌졸중이라는 환경을 있는 그대로 가능한 빨리 수용했기 때문에 할머니의 삶은 행복의 연장선에서 이탈하지 않고 계속 이어질 수 있었던 것이다. 못된 병이라도 좌절하거나 부정하지 않고 자연스럽게 삶의 일부분으로 받아들이는 것이 정신건강에 도움이 된 것이다.

만일 내일이 두렵다고 내일 해가 떠오르지 말라고 뜬눈으로 밤을 지새운다고 해도 어찌했든 반드시 동은 터온다. 결코 변할 수 없는 절대적인 진리는 아무리 부정한다 해도 바뀔 수 없다는 것을 잘 알고 있다. 할머니는 자신의 인생에서 소모적인 시간낭비와 자연스럽게 수용해야

할 것들을 잘 알고 있었다. 그리고 삶에 적용할 수 있는 실천가였다. 그건 할머니 인생에서 배운 커다란 삶의 지혜이다.

"할머니 자녀가 어떻게 되세요?"
"아들 셋에 딸이 넷이야."
"칠남매 모두 잘 지내고 있나요?"
"난 잘 몰라. 알아서들 잘 지내고 있을 테니까."
관심자체가 없는 것이 아니다. 어르신 생활을 돌이켜볼 때 내 질문이 적합하지 못했던 것을 알 수 있다. 잘 지내고 있는지는 칠남매에게 물어봐야만 했다. 잘 못 지낸다고 해도 할머니가 알 수 없을 거란 생각이 들었다. 설령 자녀에게 무슨 일이 있다 해도 할머니에게 말할 그런 자식들이 아니기 때문이다.
"자녀들 보고 싶지 않으세요?"
"자주 오는데 뭘."
"자녀들에게 하고 싶은 말 없으세요?"
"다들 알아서 잘 하니까. 난 별로 할 말이 없어."
"뭐 필요한 것은 없으세요?"
"없어. 다들 알아서 사가지고 오니까."
무기력해진 삶일까? 생에 대한 관심과 애착이 사라진 것일까? 그러나 할머닌 정말 편하고 안정되어 보였다.
"할머니, 요양원 생활은 어떠세요?"
"뭐 그냥 여기서 이렇게 지내는 거지."
"하고 싶은 것은 없으세요?"
"여기서 놀이도 하고 식사도 하고 목욕도 해주는데 뭘."

"그런 거 말고 젊고 건강했던 때에 했던 거요?"

"글쎄, 생각뿐인걸 기억하면 뭘 해."

"할머니 그런 것이 희망 아닐까요?"

할머니는 잠시 미소를 지으며 '너도 내 나이 되어봐'라는 무언의 눈길을 창가로 보낸다. 그렇게 할머닌 모든 걸 내려놓았다.

"아픈 곳은 없으세요?"

"왜 없어. 이곳저곳 다 아프지."

"그럼 생활이 힘드시잖아요?"

"그래도 할 수 없지 뭐. 나이 들었으니까 당연히 건강이 나빠질 수밖에 없는 거지."

그리고 말하지 말았어야했는데 너무 궁금한 입방정은 늘 생각보다 먼저 튀어나왔다.

"할머닌 죽음이 두렵지 않나요?"

죽음이라는 민감한 단어 앞에서도 할머니는 당당하게 말했다.

"살만큼 살았는데 뭐가 무섭겠어. 갈 때 되면 가는 거지."

할머니와의 대화는 참 재미가 없었다. 그런데 난 할머니를 볼 때마다 마음이 평온해지는 것을 느꼈다. 할머니는 쥐고 있어야할 것과 내려놓아야 할 것을 잘 알고 있었다. 간섭하지 않고 또 서운해 하지도 않으며 있는 그대로를 받아들이는 수용의 마음은, 물이 위에서 아래로 흐르듯, 바람에 따라 낙엽이 움직이듯, 저 둥근 보름달처럼 그렇게 살고 있는 것이다. 인생이라는 커다란 바다에서 사소한 물방울들이 서로 지지고 볶고 갈등이 생긴다 해도 인생 전체에서 볼 때 별 영향이 없다. 할머닌 연세처럼 또 바다처럼 큰 사람이었다. 그래서 대화하지 않아도 할머니와의 이곳 요양원의 생활은 여유와 삶의 안정을 깨닫게 해주었다.

난 할머니 옆에 바짝 앉았다. 그리고 손을 잡았다. 할머니 눈가의 주름이 가느다랗게 늘어지고 있었다. 난 할머니가 말씀하신 사소한 것 하나하나에 감사의 이유를 붙이면 행복은 저절로 따라온다는 말씀을 되뇌었다.

선물 같은 손님

"어르신, 누가 다녀갔나요?"

김어르신은 면회자가 놓고 간 물품을 정리하고 있었다.

"나의 둘째 손님이 다녀갔지."

"네? 두 번째가 아니라 둘째손님이요?"

"그래. 둘째 손님. 내 둘째 아들이야."

"아, 네. 근데 자식을 왜 손님이라고 하세요?"

"면회하고 금방 나갔잖아."

"네에. 그래도 자식을 손님이라고 하니까 좀 서글퍼지는데요."

"내가 이곳 요양원에서 생활하기 때문에 면회 오는 자식을 손님이라고 부르는 것이 아니야."

"네? 그게 무슨 말씀인가요?"

"자넨, 자식이 어떻게 되나?"

"올해로 네 살이 된 딸과 9개월 된 아들이 있습니다."

"한참 예쁠 때네."

팔불출 아빠 자식자랑 한다고 스마트 폰을 꺼내 자식들 사진과 동영상을 보여주었다. 보고 또 봐도 너무 귀엽고 예쁜 내 자식 생각에 웃음이 넘쳐흘렀다.

"자식은 다 손님이야!"

"자식이 손님이라뇨? 그게 무슨 말씀이죠?"

"나도 처음엔 자네처럼 온통 자식 속에서만 살았지. 행복한 가정 속에 자식은 하나님이 주신 최고의 선물 그 자체였어. 나의 일부를 닮은 내 자식은 내 삶의 전부를 차지하게 되었지. 감사한 하루하루가 얼마나 쏜살같이 지나가는지. 천사 같은 내 새끼들이 쑥쑥 자라더라고."

"네, 그런 거 같아요. 애들 자라는 거 보니 세월이 총알 같음을 실감하고 있어요."

"내가 가르쳐주지 않아도 아이는 성인이 되고 자신만의 울타리를 가꾸어가게 되어 있어. 여전히 어린 시절 내 자식들은 아직 내 품안에 그대로 머물러 있는데 흐르는 세월에 훌쩍 커버린 아이들은 계속 내 곁에 있을 수가 없잖아. 순리대로 아이들을 울타리 밖으로 놓아주는 것이 바람직해. 부모 품안의 온실보다 밖은 더 힘들고 어려운 것이 당연하지만 내 자식들은 견뎌내고 이겨낼 거야. 누구에게나 젊음과 사랑이라는 무장은 인생의 가속페달이자 핵심적인 줄거리니까 말이야."

"자식은 잠시 스쳐가는 인연이라는 것이군요."

"그렇지. 일정기간 내게 맡겨진 축복된 손님이지. 손님은 떠나게 되어 있어. 붙잡고 싶다고 더 머물라고 억지를 부리면 갈등이 생기는 거야."

"네, 그렇군요."

"자식뿐만이 손님이 아니야. 부부도 마찬가지야. 인생은 처음부터 혼자 시작되었어. 내게 주어진 관계는 늘 끝맺음이 있어. 만남이 있으면 헤어짐이 있다는 거지. 이건 내가 자녀를, 남편을 두고 하는 것처럼 자녀도, 남편도 날 손님처럼 생각할 수 있다는 것이지. 인생이 아침 이슬처럼 순간이라는 것을 알면 자식도 남편도 준비된 손님이라는 것이야."

"그러나 현실에선 받아들이기가 어려울 것 같은데요? 자식과 남편과의 인연이 끊어지는 것도 아니고 함께하는 삶이 생각보다 짧은 것도 아니잖아요?"

"자식이든, 남편이든 소유하고자 하는 것은 자신의 욕심으로부터 시작되는 거야. 처음부터 내게 없는 것이라고 생각하면 주어진 시간동안의 인연을 얼마나 소중하고 감사하게 생각할지 알게 돼. 사랑하면서 살기에도 너무나 짧은데 정해진 헤어짐이, 또 언제라도 헤어짐이 앞당겨질 수 있다고 생각하면 손님 같은 자식과 부부의 인연이 얼마나 소중한지를 말이야."

"네, 그렇군요. 결국 손님으로 생각한다는 것은 헤어짐을 준비한다는 것이군요."

"그렇지, 그러나 난 헤어짐을 걱정하지 않아. 우린 다시 만날 테니까 말이야. 그리고 그곳에서는 더 이상 헤어지는 일은 없으니까 말이야."

김어르신은 밝은 모습으로 웃고 있었다.

어머니의 손

　면회 온 딸이 엄마의 손을 잡고 눈빛으로 대화하고 있다. 엄만 의사 표현을 할 수가 없다. 딸을 바라보는 눈빛만이 깊을 뿐이다. 딸은 어머니의 두 손을 잡고 간절함을 모았다.

　어머니 손은 자식입니다. 저희들이 지금까지 살아온 삶의 구석구석 어머니 손이 닿지 않은 곳이 없습니다. 어머니 손발로 저희들을 무엇이든지 구해주시고 어디든지 데려가 주셨지요. 저희가 바라보는 눈은 곧 어머니 손발이 되어 모든 문제를 해결해주셨습니다. 마법속의 요술지팡이처럼 저에게 있어 어머니 손은 무엇이든지 할 수 있었습니다. 숙제, 안전, 음식, 목욕, 건강, 수면 등의 일상생활로부터 올바른 가치관을 정립할 수 있도록 두 손엔 사랑의 매를 드셨지요. 어머니 손은 제 인생의 방향지시등이었습니다. 직진해야할지 좌우회전을 해야 할지 유턴을 해야 할지 알려 주었으며, 가장 빠른 지름길이 무엇인지가 아니라 교통법규와 예절을 통해 어떻게 운전해야하는지를 알려주셨지요. 그렇게 어머니 손은 저를 격려하기도, 야단치기도 한 선생님이었습니다.

어머니 손은 선물입니다. 어머니 손을 만나지 못했다면, 어머니 손이 없었다면 제 인생은 어떻게 되었을까요? 어머니 손을 만난 전 이 세상 최고의 행운아입니다. 세상 같은 어머니 손은 저희들을 어디서, 누구와 무엇을 어떻게 하든 참된 길로 이끌어 주셨지요. 어머니의 큰 손으로 세상을 가르쳐 주셨습니다. 세상을 보는 눈을 그려주셨습니다. 그리고 내가 나이 들었을 때 어머니가 그려주셨던 세상을 이해하게 되었습니다.

전 어머니 두 손의 바람대로 사람을 사랑하는 사람이 되었습니다. 그리고 제 손도 세월이 들면서 어머니 손에 대한 비밀을 알게 되었습니다. 어머닌 두 손을 모으고 늘 기도하는 손이었습니다. 기도하는 손은 해결 못하는 일이 없었습니다. 제가 두 눈을 감은 잠자리에서도, 이른 새벽에도 어머닌 내 머리로부터 신체부위 하나하나 손을 대면서 기도했습니다. 내가 나 된 것은 온전히 어머니의 기도하는 손 때문이었습니다.

어머니! 우리 잡은 두 손 영원히 놓지 마요.
어머니 손에 세월의 무게가 찾아왔습니다. 세월의 무게를 감당하지 못한 어머니 손은 작아지고 주름져서 이제 더 이상 자녀들이 어머니 손 안에 있지 않습니다. 그리고 지금! 어머니 손은 아무것도 할 수 없습니다. 수저조차 들 수 없습니다. 저를 위해 살아왔던 어머니 손이 고목처럼 뻣뻣해졌습니다. 어머니 손은 갈라지고 쭈글쭈글해지고 휘어졌습니다. 손톱은 깨지고 지문은 사라졌습니다. 그 손을 잡은 저는 무엇을 어떻게 해야 할지 모르겠습니다. 어머니 손을 너무 늦게 깨달았습니다. 이젠 내가 해야 할, 할 수 있는 것이 아무것도 없습니다. 어머니 손은 어제보다 더 늙어가고 있습니다. 제 손을 잡고 머리를 쓰다듬어주면 얼마나 좋을까요? 일방적이었던 사랑의 어머니 손은 이제 낡아졌습니다.

저는 어머니 손을 잡았습니다. 그리고 두 손을 모았습니다. 간절히 기도했습니다. 전 어머니의 신체부위 구석구석으로 손을 대고 또 기도했습니다. 저도 어머니 손을 닮기를 바랍니다. 어머니 세상을 담은 손이 제게도 전해지길 바랍니다. 그리하여 어머니 손처럼 제 자식에게도 그렇게 세상이 되길 희망합니다. 그리고 제 손을 닿은 자식들이 이 세상에 가득해지길 소원해봅니다.

무의식상태로 늘 와상생활을 하는 어머니의 눈가가 촉촉해 졌다.

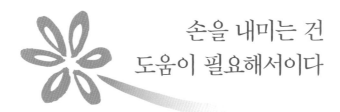

손을 내미는 건
도움이 필요해서이다

　방에 들어서니 할머니가 옆으로 돌아 누워계신 모습이 보인다. 어떠한 상황인지 몸은 좀 어떤지 늘 찾아뵈었어야했는데 꽤 시간이 흘렀다. 어쩌면 할머니는 내가 밖에 있을 때부터 나의 인기척을 듣고 있었는지도 모른다. 아니 분명히 들었을 것이다. 주무시지 않으니 말이다. 살며시 할머니를 보았다. 갑자기 할머니가 날 쏘아보듯 째려보신다. 순간 당황스럽도록 섬뜩했다. 내가 잘못한 것이 무엇인가를 그 짧은 시간에 생각하는 것은 인간관계에서 배워온 본능적인 대처일 것이다. 그렇다. 요양원 직원은 제2의 가족이나 다름없다. 본인은 많이 아파 생의 끝이 눈앞이라 너무 두려운데, 필요할 때 내가 할머니 곁에 없었던 것이다. 그렇게 서운함의 표현을 할머니 나름대로 했는지도 모른다. 난 얼마나 내 위주로 바쁘게만 살았던가! 나의 일은 어르신 위주가 되었어야 하는데 난 모니터 앞에서 마우스나 자판을 두들기고 앉아서 수화기를 들고 사무실 안에서 떠들기만 했으니 무심한 내가 얼마나 미웠을까 모른다.

　약자일 수밖에 없는 무너진 현실에서 할머니는 되돌아 누우며 말씀하신다. 어쩌면 자신에게 처한 상황이 어떠한지 정확하게 파악하고 대응하는지도 모른다. 이제, 정말 어떻게 하냐고 갈 곳이 없다고. 딸년, 그년은 제대로 오지도 않는다고, 저 살기도 빠듯하다고, 딸이 온다고 해서 모든 게 다 해결되지도 않지만 마음의 위안이라도 될 텐데. 그것뿐인데. 할머니 마음이 허공에 있다. 지푸라기라도 잡고 싶은 심정일 것이다. 현재는 자신의 약함을 한없이 드러내시는 이 빠진 호랑이가 되어버렸다.

얼른 죽고 싶다고 한다. 그게 최상의 방법이란다. 그 이면에는 어떻게 살아갈까 하는 힘겨운 오늘이, 반드시 다가올 밤의 어둠처럼 너무나도 쉽게 찾아온다.

옆에 앉아 손을 잡자 전할머니의 눈물이 터져버렸다. 이제 남의 시선 따위는 부끄러울 것도 없다. 90년 동안 자존심으로 살아온 삶속에 두려움의 공포란 당면한 현실이다. 목 놓아 울기 시작한다. 그 슬픔을 누가 알까? 수혈을 받아야하는데 이젠 진절머리가 나서 살아도 사는 것 같지 않고 숨을 쉬어도 내일의 희망이 없다고 한다. 이건 죽은 목숨이나 마찬가지인데 피눈물 나는 것은 정신은 멀쩡하다는 것이다. 기억할 것, 느낄 수 있는 것, 생각할 수 있다는 것, 두렵다는 것, 그리고 내일을 안다는 것이 잔인하도록 슬픈 일이다. 내가 내 자신을 가장 잘 알고 있으니 이젠 벗어날 그 무엇도 없다는 것이 더 처절하다고 한다.

순간 난 생각해보았다. 노인의 자살이 왜 많은지, 그렇다고 전어르신은 자살할 아무런 도구나 방법이 없다. 자살은 아무나 쉽게 할 수 있는 것도 아니다. 절대적 죄다. 그건 할머니도 잘 알고 있다. 그저……. 시간이 흐른다. 시간이 흐를 뿐이다. 내일 해는 암흑 속에서 떠오르지 않는다면 모를까 그 지옥 같은 생의 일과를 또 지내야한다는 절대적인 진리 앞에 더 이상 희망이 없다는 것을 잘 알고 있다.

"난, 이렇게 살아 마지막 남은 딸에게 피해를 주고 싶지 않아. 잘 살지도 못하는데 병원비용만 무려 얼마인지 알아? 가끔씩이라도 날 찾아와주고 또 병원 갈 때에 동행해 줘야하니 얼마나 힘이 들겠어? 그것을 바라보는 내 심정은 또 어떻겠어? 난 이건 정말 아니라고 생각해. 나 어떻했으면 좋겠어? 어떻게……. 어떻게 해야 하나? 어떻게 해!"

할머니에겐 남은 자식이 딸 하나밖에 없다. 멀리 사는 딸은 가끔씩 어머니를 찾아와 정성을 다한다. 그러나 현재에는 정말 어떠한 방법이나 도리가 없다. 죽음의 시간이 다가오고 있기 때문이다. 난 할머니 손을 잡고 두 눈을 감았다. 그리고 간절히 기도했다. '아프지 않게 안정적으로 오늘을 살아갈 수 있게 도와달라고.'

분명한 것은 내일 해는 반드시 떠오른다는 것이다. 생의 끝이 보이는 사람에게 어떻게 접근해야할지는 사람에 따라, 종교에 따라, 환경에 따라 다르다. 누구나 빗겨갈 수 없는 죽음이지만 자신에게 다가온 죽음이란 극도로 민감한 부분이 아닐 수 없다.

정해진 시계추는 전할머니에게로 다가와 한 달 후 더 이상 누 눈을 뜨지 못했다.

할머니의 손목시계

2001년, 할머니 손목에 차고 있던 시계는 할머니가 요양원에 들어온 이후로 시계바늘이 멈춰버렸다. 그러나 같은 해 할머니와 같은 손목시계를 사용하는 큰손녀의 시계바늘은 쉴 새 없이 째깍거리고 있었다.

10년이 지났다. 어느새 두 명의 딸아이를 둔 큰손녀는 요양원의 주변 환경에 무엇보다도 놀랐다. 십 년 전에 벌판이었던 곳에 건물이 들어서고 차량도 무척 늘어났기 때문이다. 늘 같은 모습으로 반갑게 맞이해주시는 할머니 옆자리에 앉아 손을 잡았다.

"할머니? 할머니는 변한 게 하나도 없는 거 같아요. 어릴 적, 저를 키워주셨던 할머니 그대로의 모습인 거 같아요."

"애야. 그러니? 너는 정말 조그마한 아기였는데 벌써 이렇게 아기엄마가 되었다니 믿기지가 않는구나."

손녀는 말없이 할머니 손을 만지작거리고 있었다. 맞벌이로 바쁜 일상을 보내는 부모님 대신 손녀는 유년시절을 할머니와 보냈다. 할머니 손은 어릴 적 잡아주시던 그 손 그대로인 것 같았다. 그러나 사실 할머니에게 많은 변화가 있었다. 청력도 나빠지고 백내장으로 시력도 점점 잃어가고 있었다. 자력으로 침상에 앉고 움직이는 것 또한 힘겨웠다. 손녀는 할머니의 손목시계 속에 노화가 가속화되는 것을 모를 리가 없다. 예전 모습 그대로인 것 같다고 말은 했지만 할머니가 천천히 늙어가고 있음을 잘 알고 있다. 자주 면회 왔던 터라 변화의 속도를 감지할 수 없었을 뿐이다. 손녀는 할머니가 손목에 차고 있는 시계를 보았다.

"할머니 몇 시에요?"

할머니는 가려진 눈으로 시계를 보았다. 그리고 창가의 햇살을 느끼시더니 말했다.

"오후 4시 정도 된 거 같네."

손녀는 가방 속 스마트폰을 꺼내 시계를 보니 오후 4시 10분이었다.

"전 참 바쁘게 살아왔는데, 이상하게 이곳에만 오면 시계바늘이 멈춰있는 것처럼 시간이 느릿하게 흘러가네요."

"그래? 그건 네 마음이 바쁘고 초조해서 더 그렇게 느껴지는 거야."

면회 온지 30분 밖에 지나지 않았다. 일어서려고 하는데 너무 일찍 가려고 한건 아닌지 마음이 걸렸다. 그러나 집에 가면 할 일이 많다.

"얼른 가봐. 애들 기다리겠다."

"네, 할머니. 다음 달에 또 올게요."

할머니 손목시계는 고장이 났는지 움직이지 않는 것 같다. 이른 새벽 눈이 떠지면 적막 속에 초침이 째깍째깍 움직인다. 할머니 귓가에서 늘어지는 초침은 할 일없이 심심한 외로움을 불러온다. 짐낀 이 세상을 살다 먼지처럼 사라지는 것이 인생이거늘, 할머니에겐 만 미터 바다 속 아래에 있는 시계추를 꺼내 오늘을 사는 현실에 적응하기가 매우 더디게만 느껴졌다.

"할머니? 손녀는 갔어요?"

"응, 방금 전에. 조만간에 훌쩍 커버린 시계추를 가지고 또 올 거야."

"손녀를 보면 세월이 참 빠르게 느끼시겠네요."

"그러게 말이야. 그런데 내 시계는 말이야. 정말 느리게 움직이는 것 같아. 난 빨리 죽고 싶지 않거든. 그래서 똑딱거리는 시계추를 볼 때가 많아. 시계를 자주 보니 시계추가 더 무겁게 움직이는 것 같아. 시간이 흘러 죽음을 앞당기는 것만큼 지금의 세월을 좀먹는 것 같아서 그게 싫단 말이야. 내가 뭘 해야 할지 어떻게 생활해야할지 생각할 겨를도 없이 시계추는 성큼성큼 내 옆을 휙 하고 지나갔던 젊은 날이 엊그제 같은데 말이야. 지금은 시계추가 무거워졌어."

"그래도 애들 크는 거 빨리 보고 싶지 않나요?"

"그렇지 않아. 그런데 내가 증손녀 초등학교 들어갈 때까지 살아있을지 모르겠네. 삶의 욕심은 또 커져서 결혼 하는 거, 자식 낳는 거까지 보고 싶게 될 거야."

"그건 삶의 욕심이 아니라 삶의 자연스런 희망이 아닌가요?"

할머니는 희미한 웃음을 보이시더니 무의식처럼 또 손목에 찬 시계를 보았다.

"난 살만큼 살았어."

할머니의 시계추가 지금보다 더 무거워져 더 이상 움직이지 못할 때가 언제일지는 아무도 모른다. 증손녀의 화살 같은 시계바늘로부터 결혼소식을 듣게 될지도 말이다.

Part 4

내안의 또 다른 나

배가 볼록한 임산부가 면회 왔다.
"할머니 저배엔 무엇이 들어있나요?"
"아기가 들어있지"
김 할머니 배도 산만하다. 할머니 배를 가리키며,
"이 배속에 무엇이 들어있나요?"
구십이 넘은 할머니는 허허 웃으며 이렇게 말한다.
"똥이 들어있지"

노년의 배속엔 필요 없는 것들이 들어있는 것일까?
지금 내 배속엔 무엇이 들어있을까?

나 어떻게 해야 하지?

할머니의 가슴 속 마음의 일기장에는 이런 내용이 빼곡하게 적혀있었다.

언제부턴가 내 입술 속의 혀를 가져갔고, 내 사고를 가져갔으며, 내 눈과 귀, 이해와 계산능력을 빼앗아가더니. 불안과 초조가 날 엄습하고서는 내 의지와는 상관없는 일상이 되어버렸다. 난 다 알고 느끼고 보고 가슴으로 생생하게 인지하고 있다. 그러나 단지 표현할 수 없어서, 생각할 수 없어서 바보처럼 보일 수도 있을 거라는 슬픔이 날 아프게 한 것뿐이다.

이런 답답함을 누구에게도 말을 할 수가 없었다. 도움을 받을 수가 없었다. 하지만 이제 다 말하려고 하니 내 말에 귀를 좀 기울여 주길 바라는 마음이 간절하다. 나와 같은 사람이 분명 많기 때문이다.

할머니는 거울 앞에 앉았다. 그리고 자신에게 이야기하듯 편하게 말했다. 거울속의 자신이 미소 지으며 할머니를 바라보고 있었다.

"프로그램이 진행되는 시간이었던 거 같아. 그때 처음으로 내가 이상하다는 것을 느낄 수가 있었어. 그림 단어 맞추기를 하는데 유치원 애들 놀이로 나에게 장난하나 싶었지. 그런데 카드 속 빨간색의 동그란 모양의 과일을 보여주는데 난 크게 당황하고 말았어. 정말 내가 아무 말도 할 수가 없는 거야. 저게 뭐지? 아무리 생각을 해도 알 수가 없는 거야. 내가 왜 이러지? 머릿속에 있는 것을 입 밖으로 표출할 수가 없어. 머릿속이 하얀 백지가 되어버렸어. 도대체 생각이라는 것을 할 수가 없었어. 그때야."

"이건 사과예요. 따라해 보세요. 사~ 과~."

"그 말과 함께 내 두뇌가 두 갈래로 갈라지는 것처럼 번뜩이는 섬광을 맞았어. 그래 맞아 사과! 당연히 알고 있지. 내가 왜 저게 생각나지 않았을까 싶었어. 뭐 그럴 수도 있겠지 했어. 근데 그 다음이 문제야. 카드를 넘기며 나에게 또 묻더라고."

"이건 뭘까요?"

"우와~, 정말 전혀 생각나지 않는 거야. 미치겠더라고. 근데 더욱 답답하고 환장할 것은 그런 번개가 그림을 한 장 한 장 넘길 때마다 내 머리를 수없이 내리치고 있는 거야. 더 경악할 것은 방금 사과라고 알려준 그 그림을 얼마 지나지 않아 또 보여주는데 번개 맞은 내 머리는 그 쉬운 사과를 입 밖으로 표출하지 못하는 거야. 내가 어떻게 되었나봐. 나중엔 반복적으로 번개 맞은 내 머리는 무뎌져서 별로 심각하게 반응하지 못하게 되었어. 그렇게 쉽게 포기란 것이 날 찾아왔어."

"많은 일들이 있었구나. 또 어떤 일들이 있었어?" 안타까운 듯 거울 속의 자신이 말했다.

"그 이후로 생활에 많은 변화가 내게 일어났어. 정말 나조차도 어쩔 수 없는 상황들이었어. 난 시력이 좋아 안경도 없이 84년을 살았어. 내 두 눈은 멀쩡해. 그런데 이상한 것은, 눈의 기능은 정상인데 내 머리가 어떻게 됐는지 보는 것 외에는 어떠한 사고도 할 수가 없어져 버렸어."

"무슨 일이 있었는데 그래?"

"저 여자는 나를 살갑게 대하면서 엄마라고 부르고 있어. 엄마란 것이 뭐지? 나에게 어떤 의미가 있는 걸까? 어쨌든 저 사람이 전혀 기억이 나지 않아. 사람으로만 보일뿐이야. 그 사람하고 함께 했던 기억도, 대화도 생각나지 않는다고. 누가 누구인지 하루하루 매번 새로운 사람들만 만나는 것 같아.

저 사람은 매일같이 정해진 시간에 정기적으로 무엇인가를 가져다 줘. 아니, 내가 필요한 것을 어떻게 알았는지 때와 장소에 따라 정확하게 전해주고 있어. 그건 그 사람이 나에게 하얀 물질과 따뜻한 물, 여러 종류의 풀잎들, 그리고 소꿉놀이 장난감 같은 여러 도구들이야. 그런데 이것을 가지고 뭘 어떻게 하라고 하는지 전혀 모르겠어. 익숙한 것임은 틀림없는데 나보고 어쩌란 것인지? 길쭉한 쇳조각을 내 손에 쥐어주더군. 난 예전 소꿉놀이가 생각나 이것저것 장난삼아 가지고 놀았지. 그랬더니 그 다음부터는 그 쇳조각을 사용하여 내 입으로 먹을 것을 넣어 주는 거야. 음식의 양과 종류를 내 의사와는 상관없이 옆에서 늘 챙겨주는 거야. 불편해서 내가 직접 하얀 물질과 물, 풀을 무의식적으로 먹으려고 둥근 쇳조각을 사용해 보려고 했어. 그런데 사용을 할 수가 없어. 어떻게 사용하는지 잊어버렸어. 이건 정말 미칠 지경이야."

"그랬구나. 자신을 천천히 되돌아보는 건 어때?"

거울속의 자신이 대답하는 것 같았다.

"그래 맞아. 내 행동이 뭔가 잘못 되었다는 생각이 들어. 그런데 고칠 수가 없어. 잘 들어봐! 조금 전에 난 화장실을 가고 싶어서 방문을 열고 나왔어. 그런데 화장실이 어디인지 모르겠어. 매번 다니는 길인데 이상하게 처음처럼 낯설게만 느껴져. 어디가 어딘지 전혀 방향을 잡을 수가 없어. 화장실에 가고 싶은데 금방이라도 쏟아져 나올 것만 같은데. 어쩌면 좋아. 참을 수가 없어. 구석진 곳을 갔어. 아무도 보는 사람이 없어. 여기가 화장실이 분명해. 사람도 없고 사방이 막힌 공간이라 이곳에서 볼일을 보면 돼. 볼일을 보고 밖에 나오려고 하는데 이상한 냄새가 날 붙잡고 있어. 어렸을 때 가지고 놀았던 찰흙이 있는 거야. 모양이 잘 만들어지지가 않아. 그래서 둥글게 만들었어. 이거 가지고 나중에 인형을 만들 거야. 일단 신문지에 싸서 서랍장에 넣어 놓았어."

"음. 그랬구나."

"내가 뭐 잘못한 거야?"

"아니, 넌 잘못되어진 거야."

"그럼, 어떻게 해야 해?"

"음. 글쎄. 우리 모두가 풀어야할 과제인거 같아. 일단 엄마 말을 잘 들어."

"그리고 난 다음엔?"

"……."

"나 정말 어떻게 해야 하지?"

거울 속에 할머니는 물음표를 달고 있다.

우리 엄마,
어디 갔어?

나이든 아이가 포근한 잠에서 깨어 눈을 떠보니 엄마가 없다. 어제만 해도 같이 웃음 지으며 놀기도 하고 맛있는 음식도 함께 먹으며 분명 함께 잠이 들었는데, 이른 아침이 되어 일어나 보니 엄마가 보이지 않는다. '아침 일찍 어디 나가셨나?' 늘 아침에 엄마가 세수도 해주고, 옷도 교체해주고, 날 보며 안아주고 모든 것을 챙겨주었는데 일순간에 엄마가 없어졌다. 눈앞이 깜깜해졌다. 하늘이 무너져버렸다. '난 이제 뭘 어떻게 하지? 엄마가 어디 간 거지? 엄마를 찾아야하는데 어디서 엄마를 찾지?' 한참을 기다려도 엄마가 오지 않는다. 눈물이 난다. 너무 허무하다. 이제 엄마를 찾아나가야 한다. 모든 것을 잃어버린 표정으로 두리번거리며 밖으로 나왔다. 밖에는 사람들이 많다. 부딪히는 한 사람에게,

"우리 엄마 어디 갔어? 엄마가 보고 싶어!"라며 간절하게 물어봤다.

아무 대답이 없다. 모르는가보다. 막막하다. 조금 걸었는데도 힘이 들었다. 거실의 의자에 털썩 앉았다. 엄마가 어디 갔을까? 온통 엄마생각 뿐이다. 주위를 아무리 둘러봐도 내가 아는 사람이 없다. 이렇게 혼자

라고 생각하니 너무 무섭다.

그때다! 젊은 사람이 다가오더니 물었다.

"엄마를 찾으시는구나."

어떻게 내 심정을 알았을까. 안심이 되고 너무 반갑다.

"응. 우리 엄마 봤어?"

"네, 봤어요. 그러니까 걱정하지 마세요."

"우리 엄마 어디 갔어?"

"엄마는 일하러 갔어요. 이따가 맛있는 거 사가지고 온데요. 그동안 재미있게 놀고 있으라고 했어요."

"그랬구나. 이렇게 고마울 데가."

"그러니 저와 함께 가요."

기분이 너무 좋아졌다. 나도 모르게 웃음이 나온다. 젊은 사람을 따라가니 실수했던 속옷도 교체해주고 세안도 해준다. 조금 있으니 아침밥을 준다. 식사를 하고 거실에 나와 소파에 앉았다.

'모르는 사람들 속에 내가 여기서 뭐하는 거지? 이 사람들이 나를 헤치려하진 않을까? 너무 무섭다. 꼭 엄마를 찾아야 해!'

보이는 사람들마다 엄마가 어디 있냐고 물어보았다. 그러자 한 노인이 말한다.

"저 노인네 또 엄마타령이야? 팔십 넘어서 엄마가 어디 있다고. 으이구. 쯧쯧쯧……."

저건 나한테 하는 말이 아니다. 한쪽 귀로 흘러버렸다. 지금 내가 할 수 있는 것은 보이는 이곳 구석구석을 다니면서 엄마가 어디에 있는지 확인하는 것이다. 이 근처 어디엔가 분명히 엄마가 있을 거야. 한 시간을 넘게 찾아 헤맸다. 여긴 너무 복잡하고 넓어서 찾기 힘들다. 어디가 어디인지 잘 모르겠다. 이제 정말 어떻게 하지? 슬픔 속에 울상이 된 나를 본 젊은 사람이 다가온다.

"엄마를 찾으시는구나."

너무 반갑다. 내가 반짝이는 눈빛을 하니, 그 다음 말을 기다린다는 것을 잘 아는 선생님처럼 빠르게 뒷말을 이어간다.

"엄마는 시장에 갔어요. 맛있는 음식 사가지고 온데요. 그러니 여기서 기다려요."

"그랬구나."

마음에 안심이 생긴다. 초조하고 불안한 마음이 편해져 그만 실수를 했는데 젊은 사람이 속옷을 교체해주었다.

십 분이나 지났을까. 마음이 졸이고 불안해졌다. 이런 기분 처음이다. 아무리 둘러보아도 아는 사람이 없다. 너무 무섭다. 어떻게 해야 할지 모르겠다. 무작정 밖으로 나왔다.

올해로 87세 된 나이든 아이는 매순간마다 엄마를 찾아 나선다.

"우리엄마 어디 갔지?"

그때마다 엄마가 된 젊은 직원은 나이든 아이를 안아주었다.

얼른 죽어야 하는데

문틈 사이로 두 사람이 이야기하는 목소리가 들려왔다.

"얼른 죽어야 하는데 니들 고생만……."

할머니는 입버릇처럼 한숨을 내뱉다가 갑작스럽게 손자가 들어오자, 재빠르게 입을 닫았다.

"엄마, 자꾸 그런 말 하지 마세요."

"그러게 말이다. 하지 말아야 하는데 네 볼 낯도 없고 희망이 없어서 이렇게 살아서 뭐하나 싶다."

"엄마, 남들은 팔순이다, 구순이다 하면서 오래 사는데 엄만 이제 칠순이 지났으니 요즘 같은 세상에선 새댁이나 다름없는 거예요."

"에미 놀리지 마라."

손자가 장난감을 찾았는지 방안에서 바쁘게 뛰어나간다.

"그리고 애들 듣는데 매일같이 죽는다는 말 하면 어떻게 해요?"

할머니는 약봉지를 털어내고 자리를 펼치며 또 긴 한숨을 쏟아낸다.

"이제 애들 데리고 그만 가거라."

"약 잘 드시고 무슨 일 있으면 바로 연락하세요."

"지겨워, 이제 끊고 싶다."

들릴 듯 말 듯 중얼거리며 할머니는 두 눈을 감았다.

며칠 후 할머니는 손자아이 죽음 소식을 들었다. 갑작스런 교통사고였다. 그리고 자신이 내뱉은 죽음이라는 단어 때문에 자기 손자를 죽였다는 죄책감으로 하루하루 뜬 눈으로 보낸 시간의 끝자락에 찾아온 것은 치매였다. 그나마 그게 다행이다. 온전한 정신으로는 더 이상 살아갈 수 없었기 때문이다. 정신이 흐릿한 할머니는 가끔씩 죽은 손자가 보고 싶다고 푸념처럼 넋두리를 늘어놓았지만 결코 죽음이라는 단어는 입 밖으로 내뱉지 않았다.

동화 속 치매이야기

　나 혼잣말이 늘었어. 그런데 누구에게 이야기하지 않고서는 견딜 수가 없어. 내가 사는 세상은 동화 속이야. 가슴이 뭉클해지고 어릴 적 순수했던 그 기억 속으로 되돌아가는 기분이야. 동화책 속엔 수많은 이야기가 있지만 난 오늘도 실존하는 동화나라에 살고 있어. 엄마는 동화 속의 인물이야. 자신의 현 상황은 잊은 채 동화책의 주인공이 되어 행동하고 있어. 작은 동화의 나라에 난 제3자의 역할로 또는 직접 개입해서 동화이야기를 전개하기도 해. 오늘 아침에도 엄만 날 위해 깨끗이 청소를 하고 있어. 방이나 거실바닥에 있는 머리카락과 각종 부스러기를 줍고 있어. 작은 먼지조차도 엄지손가락에 침을 발라 걸레처럼 닦고 있어. 손 안에 가득해진 쓰레기들은 휴지통에 버려야하는데 그냥 꼭 쥐고만 있어. 버리는 것을 잊어버렸는가 봐. 식사할 시간이 되면 작은 실랑이가 벌어져. 손을 씻어야 하는데 결코 쓰레기를 쥔 주먹을 펴질 않아. 달래고 주위를 전환해서 어렵게 손을 씻고 나면 언제 그랬냐는 듯 맛있게 식사를 하셔.

한번은 너무 주먹을 펴지 않기에 시간에 쫓겨 어쩔 수 없이 물리적으로 손을 펴게 했지. 어디에서 그런 힘이 나오는지 정말 힘이 대단해. 꼭 쥐고 놓지 않았던 그 손 안에 들어있는 것은 다름 아닌 종이쪼가리야. 그 쓰레기를 뺏긴 엄마는 내 앞에서 엄마를 찾으며 울더라고. 중요한 물건을 빼앗긴 어린아이처럼 엄마를 외치며 서글프게 울고 있어. 바닥에 널브러져 있는 종이쪼가리를 자세히 보니 우리 가족 옛날 사진이더라고. 야유회에서 찍은 정겨운 우리 가족사진 말이야. 전날 저녁에 무심코 보았던 앨범을 탁자위에 놓았는데 어머니가 앨범속의 사진을 빼내어 입에 물고는 몇 조각으로 찢어 놓았더라고. 난 그 찢겨버린 사진을 보고 엄마와 함께 한동안 울고 말았어. 되돌아갈 수 없는 사진속의 기억이 날 아프게 해. 엄마가 그 사진을 보고 우는 것인지, 물리적인 충격으로 인한 고통으로 우는 것인지, 종이쪼가리를 빼앗겨서 우는 것인지 어쨌든 우는 행위는 엄마와 내가 똑같았지.

울 엄마는 아이가 되어버렸어. 이유 없이 아니 이유를 모르겠지만 무섭다고 발을 동동 구르며 떨고 있는 모습을 보면 엄마가 아니라 내가 엄마의 엄마가 된 것 같아. 괜찮다고 아무 일 없을 거라고 안심하라고 웃으면서 편안하게 안아주면 엄마가 아이처럼 내 품에서 웃으셔. 그러면 나도 엄마를 보고 같이 물기가득한 눈으로 웃음을 지어. 기억과 세월을 잃은 동화나라엔 눈물이 참 많아.

어제는 어머니에게 백설 공주를 읽어주었어. 과거 기억 속에 사는 치매의 증상이라 옛날 기억을 되살려주고 싶었어. 일상에 지쳐 처음엔 별 효과가 없을 거란 생각이 들었지. 어머니는 기억이 사라진 무서운 손님을 맞이했지만 난 어머니에게 동화책을 지속적으로 읽어드리고 싶었어.

어머니도 어릴 적 동화책을 읽었고 또 내가 어릴 때 동화책을 읽어준 것처럼 말이야. 처음엔 아무 느낌 없이 그저 듣기만 하셨지. 주위가 산만해서 집중을 못하시고 자리를 떠나시거나 그저 멍하니 소리를 듣기만 하는 것 같았어. 난 이해할 수 있는 최대한의 동화구연으로 관심을 유도했고 내용을 전달하고자 노력했지. 그러나 어머니는 강 건너 불 보듯 아무 관심이 없었어. 나의 과장된 행위와 억양변화에 따른 약간의 본능적인 반응만 있었을 뿐이었지.

오후엔 햇살이 너무 행복해서 엄마와 함께 밖에 산책을 나왔어. 날씨도 좋았지만 집밖으로 조금만 걸어가면 공원이 있거든. 어제 백설 공주를 읽다가 나도 모르게 눈물이 나서 중간에 포기했었는데 오늘은 마무리를 지으려고 해.

"엄마? 백설공주 기억나?"

"……."

"엄마! 40년 전에 어린 나를 무릎에 앉히고는 다양한 표정과 여러 목소리로 동화책을 읽어줬었잖아. 얼마나 무서웠던지 난 엄마 품에 안기면서도 온 신경을 집중해서 동화책을 읽어주는 엄마와 일체가 되었잖아. 엄만 늘 다양한 목소리로 생생하고 재미있게 내용을 전달해 주었잖아. 해피엔딩이라 너무 행복해 몇 번이고 다시 읽어달라고 귀찮게 했는데도 엄만 늘 웃으며 책을 읽어주었는데…… 엄마! 내말 듣고 있는 거야?"

"……."

어릴 적, 엄마가 이야기해주면 머릿속에 그림이 그려져 나도 모르게 상상의 나래를 펼치곤 했었지. 엄만 이야기보따리를 품고 있는 것 같았어. 책을 거의 외우다시피 나를 보면서 손짓과 표정으로 나의 이목을 끌기에 충분했어. 어릴 적 난 사과가 무서워 잘 먹지 않아서 그런지 지금도 다른 과일에 비해 사과가 별로 맛이 없는 것 같아.

"엄마 이게 뭔지 알아?"

"……"

"엄마가 이 사과를 한입 베어 물고는 정말 죽는 것처럼 연기했잖아."

엄마에게 빨간 사과를 손에 쥐어줬어. 엄만 희미하게 웃음을 건네더니 닳아빠진 이로 어렵게 사과를 베어 물어. 혹시나 빨간 사과가 엄마의 기억을 건드리지 않을까 했는데 본능에만 충실하는 것 같았어. 엄마는 사과가 먹기 힘든지 쥐었던 사과를 바닥에 떨어뜨리더라고. 난 사과가 데굴데굴 굴러가는 모양을 한참동안 멍하니 바라만 보고 있었어.

땅거미가 내리는 창밖으로 오늘의 마무리는 또 어떤 동화이야기가 펼쳐질까? 긍정의 마음으로 하루하루 책을 펼쳐봐. 요즘 엄마세상 속의 동화이야기를 일기장에 옮겨 적고 있어. 내일의 동화를 준비하기 위해 엄마는 어떠한 펜을 준비하고 있을까? 엄마와 함께하는 동화책 속에 사는 난 동화의 결말을 잘 알고 있어. 그 끝이 언제가 될지, 또 어떻게 다가올지 예상해보기도 하지만 난 엄마와 함께 만들어가는 오늘의 동화이야기에 충실하려고 해. 그래야만 내가 버틸 수가 있어. 이건 내 나름대로 엄마와의 마지막을 준비하는 과정이야.

내일은 사과를 깎아 먹기 좋은 크기로 준비해서 엄마와 백설 공주 이야기를 계속할거야. 빨간 사과와 백설 공주가 그려있는 그림책도 준비할거야. 그리고 시디플레이어로 음악을 곁들일 거야. 내가 지치지 않게 또 포기하지 않게 기도해줘.

앞으로가 더 걱정이야

할머니가 털썩 주저앉아 머리를 감싸고 있다. 불길한 정보라도 알아낸 듯이 슬픔에 쌓여있다.

"할머니, 무슨 걱정거리라도 있어요?"

"어쩌면 좋아? 사는 게 너무 답답하고 어지러워!"

소리 없는 할머니의 한숨 속에 삶의 고된 무게가 담겨 있다.

"제가 도울 수 있는 방법을 찾아볼게요. 이야기해 보세요."

"아니야. 도울 수 없어."

잠시 후, 울상이 된 할머니는 무거운 한숨을 내려놓았다.

"아까 방에서 냉장고를 열었지. 근데 내가 냉장고에서 뭘 꺼내야할지를 잊어버렸어. 내가 정말 한심하더라고. 지금도 정수기 앞에 왔는데 난 목이 마르지 않아. 물통을 교체하러 왔나 싶어서 방에 다시 가보았지. 침상 옆엔 방금 떠온 물통이 있더라고. 내가 뭘 하고 있는 건지 새까맣게 잊어버렸어."

"그랬군요. 단순한 건망증일 수도 있어요."

"건망증? 아냐! 난 기억을 잃어버리고 있어. 기억 자체를! 정말 미칠 노릇이야."

"다시 한 번 생각해보세요. 냉장고에 뭐가 들어있는지, 식사 후면 음료나 간식을 드시려고 한 건 아닌지 말이에요. 또 옆 사람 식수를 챙겨주려고 정수기 앞에 갔는지 말이에요."

할머니는 기억을 샅샅이 뒤져보았지만 여전히 냉장고와 정수기 앞에 간 이유와 해답을 얻지 못했다.

"기억의 끊김이 내 생활을 조여오고 있어. 순간순간 되돌아보면 암흑뿐이야. 이미 알고 있던 기억도 갉아먹고 있다고! 내가 이렇게 정신이 없는데 더욱 골머리가 아픈 건 기억이 없어진다는 것을 인지하고 있다는 거야."

나도 머리가 아팠다. 뭘 어떻게 도와줘야할지 선뜻 대답하기가 어려웠다.

"할머니, 병원에 가서 진료를 받고 약을 드시는 건 어때요?"

"뭐라고? 내가 정신질환자야? 약을 먹으라고? 당치도 않은 소리하지마!"

할머니는 완강했다.

"그럼, 메모를 하시는 건 어떤가요?"

"메모? 소용없어. 순간이 삭제되는데 연필을 손에 쥘 여유가 있겠나?"

"그럼 매일 기억나는 것만이라도 일기를 쓰는 건 어떠세요?"

할머니는 만사가 귀찮다는 듯이 창가로 시선을 돌렸다. 모든 것이 부질없고 사는 의미가 희미해져 지쳐가고 있었다.

"앞으로가 더 큰 문제야."

"네?"

"1년 전보다 1달 전보다 기억하는 횟수가 현저하게 줄어들고 있어! 백지 같은 과거와 암흑 같은 미래는 현재 순간만을 살아갈 수밖에 없는 나를 더욱 숨 막히게 하고 있다고! 어느 순간 손가락질했던 저 정신 나간 노인네들 속에 내가 들어가 있더라고. 어떻게 해야 하나?"

"할머니, 일기나 메모 같은 글을 쓰시기 힘들다면 하루일과를 녹음하는 것은 어떤가요?"

할머니는 어이없다는 듯이 나를 보았다. 세대 간의 이질감이다.

"할머니 그럼 이렇게 해봐요. 저하고 하루에 한 번 이상씩 대화해 봐요. 오늘 어떻게 지내셨는지, 느낌은 어떠셨는지, 하루일과를 되돌아보고 내일을 설계해 봐요."

"늘 하는 이야기인데 뭘. 무슨 소용이 있겠어?"

부정적인 포기가 할머니 주위에 짙게 내려있다. 포기할 수밖에 없는 심정은 할머니 인생에서 앞으로 살아갈 여력이 별로 없다는 의미도 될 것이다.

그 후 2년이 지났다. 치매란 검은 그림자는 할머니를 점령하는 속도가 느려지긴 했지만 완전히 벗어나지는 못했다. 결국 할머니는 대화 속 혼잣말하는 버릇이 밤낮으로 습관처럼 삶을 뒤덮었다.

단지 표현할 수 없을 뿐이야

지친 일상의 아침이란 피곤의 무게가 쌓여 신경질적인 짜증과 무감각한 귀찮음이 포함되어 있다. 오늘은 근무자가 많이 없다. 오늘따라 외부자원도 없다. 해야 할 일이, 책임져야할 업무가 너무나 많다. 짜증이란 풍선은 오늘도 쉴 새 없이 바람을 불어넣고 있어 터지기 일보직전의 살얼음판을 걷는 요즘이다. 그럼에도 어르신들에게만은 최선을 다해야한다. 기적처럼 살고 있는 오늘의 의미를 더욱 값지게 지원해야한다.

마음을 전하고 사랑을 실천하며 가슴으로 부대끼며 관계하는 요양원에서의 순간순간은 일일이 무엇을 어떻게 하라고 지시하거나 알려주지않는다. 그것이 우리네 인생이지 않은가! 그러나 바라보는 시각차는 언제나 존재하며 상대적인 입장 차이는 늘 나타나기 마련이다. 정해진 일과는 시간이라는 물리적 환경 속에서 간혹 예측하지 못한 상황들이 종종 발생되기도 한다.

정말 바쁜 시간을 쪼개느라 부족한 인원의 2, 3인의 역할을 하느라 최선을 다하고 있다고 생각했는데 내가 담당하던 치매어르신의 글을 보고 역지사지의 마음으로 다시 한 번 생각하는 계기가 되었다.

　내가 아이였을 적 착용했던 기저귀를 현재의 속옷처럼 늘 착용하고 내 중요 부위를 다 내보이고 기저귀 속에 변을 매달고 다니며 참을 수 없는 냄새를 뿌렸다. 내가 얼마나 한심스러운지, 바보 같은지 모르겠다. 창피해 얼른 죽어버리고만 싶다. 아이일 적에는 기억이 없었지만 지금은 대변이 속살과 맞닿은 끈적거림이 너무 싫다. 더러운 변이 피부와 접촉하여 빠른 시간 내에 깨끗하게 처리해야 하는데 기저귀조차도 내 손으로 처리할 수 없다는 이 자괴감과 불결함의 느낌이 날 고통스럽게 한다. 난 아이가 아닌데 내가 할 수 없어 그저 두 손 놓고 바라볼 수밖에 없다. 이런 내 마음을 아는가! 냄새난다며 코를 막고 물건 다루듯이 능숙한 솜씨로 여러 장비를 가지고 부품 손질하는 것처럼 나를 대하는 손길이 더 이상 참을 수가 없었다. 저번 여름날에는 땀이 많아 기저귀발진이 일어나는데도 난 할 수 있는 것이 아무것도 없었다. 아프다고 싫다고 그저 소리만 질렀다. 창피해서 아파서 소리 지르는데 가만히 있으라고 금방 끝난다고 능숙하게 포장하듯 날 기저귀를 채운다.

　밥 먹기가 싫다. 물이 먹기 싫다. 배설물이 싫다. 그럼에도 살기위해 본능적으로 먹는다. 저번엔 일부러 한 끼도 먹지 않았다. 억지로 나에게 뭔가를 먹이려고 애쓰던 노력에도 불구하고 전혀 입안으로 삼키지 않았던 것은 이런 내가 도저히 참을 수 없을 정도로 자괴감이 들어서이다. 그러나 시간은 지나고 건강상태가 좋지 않게 되었다. 그럼에도 난 죽기위해 먹지 않았다. 온갖 방법에도 참을 수 없는 사람들은 수액을 가져와 내 팔에 바늘을 꼽고 내 생명을 연장시키고 있다. 내 언어를 가져갔고, 내 사고를 잊어버렸으며, 성신을 놓아버렸다. 내 눈과 귀는 분명 고장 나지 않았는데 가위에 눌린 것처럼 전혀 나를 표현할 수가 없다. 날 감싸고 있는 불안과 초조는 내 의지에 의해서 그런 것이 아니다.

난 똑똑히 다 보고 듣고 맡고 알고 있으며 가슴으로 생생하게 느끼고 있단 말이다. 내가 나를 잃어버려 나조차도 어찌할 수 없는 슬픔은 답답함 그것뿐이다. 표현할 수 없어서, 생각할 수 없어서, 그렇게 보일 수도 있다는 슬픔이 날 아프게만 한다. 그러지 말라고, 이건 아니라고 소리 지르고 싶은데 할 수가 없다. 내가 할 수 있다고 분명 말하는데 표출된 것은 의성어뿐이다. 음식물도, 화장실이용도, 의복 탈착도 수없이 내가 했던 것들을 전처럼 다 스스로 할 수 있는데 벼락 맞은 그날 이후부터 난 바보가 되어버렸다. 할 수 있는데 막상 하려고 하면 어떻게 할 줄 모르겠다. 하고 싶어도 할 수가 없다. 화장실에 가야하는데 화장실에 가서는 어떻게 해야 하는지 모르겠다. 생물학적인 현상으로 인해 끝까지 참고 또 참았던 배설물은 내 속옷을 적시고 마는 것이다.

이렇게 끊임없이 오늘을 살아가고 있다. 분명한 것은 신체와 정신적 기력이 자꾸 쇠약해지고 있다는 것이다. 기억이 사라지고 있다. 눈을 뜨고 있는데 점점 흐릿해져 보이지 않게 되고 있다. 내가 나를 잃어가고 있다.

케어하는 업무가 일상이 되어버려 물리적 노동으로만 생각한 것은 아닌가! 업무로만 생각하여 감정과 느낌을 배제한 것은 아닌가! 의사표현을 하기 어려운 치매어르신은 그럴 것이라는 당위성과 추측으로 합리화하면서 어르신을 대한 것은 아닌가! 시간이 없고 직원 수가 부족해서 어쩔 수 없는 거야라며 스스로 위안하지는 않았는가!

배려와 존중이라는 기본적인 업무수행을 위한 마음가짐 또한 정책과 환경적 뒷받침이 되어야함이 현실에서 부딪히는 갈등 중에 하나이다. 그럼에도 오늘을 살아가는 요양원의 각 인생들은 똑같은 하루를 열심히 살아가고 있다.

벼락이 내리치다

할머니는 정신이 없으시다. 자신의 과거 속에서만 존재하는 기억을 꺼내어 현재와 맞추려고 한다. 절단된 지층의 구조처럼 구분선이 선명한데 그 경계선을 오락가락하니 할머니에게만 존재하는 과거가 현시대를 사는 우리들과는 맞지 않는 것이 당연하다. 어르신과 함께 생활하는 우리는 할머니의 타임캡슐을 꺼내 자유로이 공유할 수 있어야 하며, 과거와 현재를 오갈 수 있는 혼합된 지층 속에 사는 특별한 사람이 되어야한다.

"이놈아! 우리 애 어디 갔어?"

"할머니도 참. 한참 일할 시간이잖아요. 이따 저녁에 동태 사가지고 온다고 하더라고요."

늘 반복되는 질문과 대답인지라 대화가 자연스럽다. 고생하는 아들을 생각하시는지 할머니는 말씀이 없으시다. 그러더니 나를 빤히 쳐다보시고는 말씀하신다.

"근데 너는 왜 놀고 있어?"

난 준비된 시나리오처럼 재빠르게 시계를 보았다.

"아이고! 내 정신 좀 봐. 시간이 벌써 이렇게 되었네."

할머니를 힐긋 보았다.

"할머니, 월말이라 지금 한창 바쁜 때거든요. 저도 일하러 갈게요."

"그래. 얼른 가봐."

할머니 어서 가라고 손짓하신다. 그리고 들릴 듯 말 듯 한 뒷말에 난 웃음이 터져 나오고 말았다.

'젊은 것이 저렇게 정신이 없어가지고서는……'

웃음을 감추며 뒤돌아서는데 할머니가 잊어버린 것이 있는지 날 또 부른다.

"이눔아! 우리 아들이 어디 갔지?"

"할머니, 일 끝나면 저녁에 맛있는 거 사가지고 온데요."

"아들이 어디서 일하는데?"

난 순간 당황했다. 예상치 못한 돌발질문이 나오고 말았기 때문이다. 시나리오에 없는 대사이지만 흐름을 깨뜨릴 수 없다. 그래선 안 된다. 정확치 않은 할머니의 가족력을 이야기하면 할머니의 울타리 밖으로 쫓겨날 수도 있기 때문이다.

"시내에서 장사하잖아요."

나도 모르게 애드리브를 할 수밖에 없다. 그러나 이야기한 직후 난 실수하고 말았다는 생각이 들었다. 이눔의 말이란 언제나 주워 담을 수 없어 그게 문제다. 장사하는 아들은 이 세상 사람이 아니었기 때문이다.

"장사? 그게 몇째지?"

다행이다. 할머니 기억하지 못한다. 아니다. 이것을 다행이라고 단정

지을 수 없다. 기억하지 못해 슬픈 것이 아니라 삶과 연관된 기억 자체이기에 저미도록 아픈 것이다.

"둘째아들이잖아요."

할머니 자신이 자식을 기억하지 못하는 자책이었을까. 미안한 마음이 들었는지 이렇게 말한다.

"내가 이렇게 정신이 없어. 얼마 전에 벼락을 맞았거든."

"할머니도 참, 농담도 재치 있게 하시네요."

다른 볼일을 보고 되돌아서는 발걸음 속 뒤편에서 나를 보는 할머니에게 또 벼락이 내리쳤는가보다.

"이눔아! 우리 아들이 어디 갔어~?"

그저 뒤편으로 웃음을 던지고 발걸음을 돌렸다.

나의 뜨거운 마음은

"할머니, 같이 가요~."

내게 결코 없다고 확신했었는데 고장 나지 않은 청각은 내 콧속에 애교가 늘어지고 있음을 확인해 주었다.

"이놈아! 싫다니까 왜 그랴~!"

할머니 단호하시다.

"밖에 나가서 구경도 하고 그래요."

"무슨 구경을 한다고 귀찮게 하고 있어!!"

성격이 불같은 할머니는 손찌검을 할 태세다. 사실 할머니는 아침만 하더라도 밖에 나간다는 마음에 들떠 있었다. 그러나 그새 할머니 마음이 바뀌었다. 아니 기억을 못하는지도 모른다. 그 속을 누가 알겠냐만은 살며시 토닥거리면 기울여질 것만 같았다. 약속된 시계추는 할머니와의 실랑이를 앞당기고 있었다. 목소리에 힘을 주고 다시 한 번 기를 넣었다. 이렇게 무작정 나가자고하는 것은 결코 해결책이 아니다. 뭔가의 전략이 필요하다.

"할머니, 아드님 류〇〇 어디에 있나요? 제가 연락해 볼까요?"

"그래? 우리 류〇〇을 알아?"

"차가 왔으니까. 가면서 구경도 하고 류〇〇 아드님 이야기도 해요."

"그래? 우리 류〇〇가 언제 온다고 해~? 갸가 저번에 ~~."

할머니에겐 아들이 전부니까. 천 근 같았던 신발이 땅에서 떨어지는 순간이다. 그렇게 우리 모두는 어두워지는 창밖을 보며 희망의 웃음을 지었다. 오늘은 연극을 보러가는 날이다. 참고 기다려준 어르신들과 봉사자들은 요양원이 멀어지는 차창 밖으로 어둠이 내려앉은 바람과 함께 소리도 없는 창가로 빗방울이 스치는 것을 바라보고 있었다. 차안에서도 김할머니는 끝없이 말씀하신다. 바다가 끝이 없을까. 할머니 혀가 끝이 없을까. 여하튼 바다 같은 할머니 혀는 끊임없이 뭔가를 이야기를 하신다. 아들 이야기보따리가 풀어졌기 때문이다.

천안시내에 자리 잡은 〇〇극장 주위를 눈을 크게 뜨고 한참을 돌아다녀야했다. 주차하기가 쉽지 않기 때문이다. 주위를 두 바퀴나 돌고 나서야 백미러를 접을 수 있었다. 표를 확인한 후 어르신들과 함께 극장에 들어섰다. 김어르신은 두리번거리며 일행에서 이탈하지 않으려고 두 손을 꼭 잡고 따라왔다. 〇〇극장은 무대와 객석의 거리가 거의 차이 나지 않고, 관람석도 옹기종기 모여 옆 사람의 숨소리도 느낄 수 있을 공간이었다. 김할머니는 지남력장애, 행동장애, 인지기능장애로 연극을 무사히 잘 볼 수 있을까라는 다른 직원선생님의 우려를 뒤로하고, 난 어르신과 아무 탈 없이 잘 관람힐 수 있을 거란 알 수 없는 열성 하나만 믿었던 그 당시의 자신감은 사실 대단한 모험이었었다.

"나의 뜨거운 마음은~ ♬"

배우가 노래를 하며 연극이 시작됐다. 조금 후 불이 꺼지고 전혀 볼 수 없는 어둠이 극장 안을 감싸고 적막마저 숨죽이게 할 무렵……. 누군가 찬물을 끼얹는다.

"왜 이렇게 어두워?"

김할머니다. 나도 모르게 할머니 입을 막으려 손이 올라가는 것을 느꼈다. 관람자 중에 어르신일행은 우리뿐이니 어둠을 뚫고 좀 조용히 할 수 없나? 라는 따가운 시선이 느껴진다.

"쉬~잇!~ 금방 켜질 거에요."

"아니 왜 입을 막고 그랴~? 답답해 죽것네~."

민망스럽게도 수십 초가 흐른 뒤에야 불이 켜진다. 할머니 얼굴이 환하게 보인다. 마음을 사로잡은 연극은 시간이 어떻게 흐르는지 알 수 없을 정도다.

그렇게 집중된 무대는 잠시 후, 또 불이 꺼진다. 이번엔 할머니가 일어서려고 하신다. 말 못하는 사람이 되어 이마에 땀방울이 맺히게 되는 약간의 실랑이가 있은 후 할머니가 다시 자리에 앉았다. 불이 켜졌기 때문이다. 또 그렇게 연극에 몰두했다.

'자장면'은 1988년대의 서울 자장면 집을 배경으로 젊은이들의 방황과 사랑을 감동적으로 담은 시대극이다. 약 20년 전의 환경을 대변해 주는 공연 곳곳에서 배우들의 노래와 옷차림 등은 어르신의 이목을 끌기에 충분했다. 잠시 후 배우들이 자장면을 맛있게 먹는다. 옆자리 할머니는 침이 고여 목 아래로 넘어가는 군침소리가 들린다.

'저녁 드신지 얼마 되지 않았는데…….'

시간이 지나 연극은 조금씩 절정으로 치닫고 있었다.

한 배우가 다른 배우를 발길질하며 구타하는 장면이 나온다. 김할머니 안타까운 듯 말씀하신다.

"아이구, 아이구, 저러다 사람 잡겠네."

조금만 더 심하거나 길었다면 할머니는 자리를 박차고 일어났을 것이다. 다행히 폭력장면은 길지 않았다.

연극은 배우의 혼을 담은 연기와 감독의 연출이 돋보이는 작품이었다. 많지 않은 배우가 한 무대에 나와 인사할 때 주위환경에 이끌려 환호성을 부른 이유가 거기에 있는가 보다. 김할머니가 판단 등의 인지기능이 부족한 치매임에도 불구하고 무대에서 한시도 눈을 떼지 않는 집중력을 두 시간 동안 보여주었다는 것은 참으로 놀라운 일이다.

돌아오는 차안에서 정신이 건강한 안할머니는 하나도 재미없었다고 한다. 자신의 관심사에서 멀어진 복잡한 내용은 어르신이 이해하기에 다소 어려웠을지도 모른다. 두 시간 이상 잘 관람하고는 생색쓰기 미안했는지도 모른다. 직원선생님과 그리고 함께한 봉사자와 다른 어르신들에게 삶의 활력과 즐거움을 제공한 것은 당연하리라.

다음날이다.

"할머니 잘 주무셨어요? 피곤하지는 않으세요?"

"잘 잤지."

"어제 어디 다녀오셨어요?"

"가긴 어딜 가. 집에 있었지."

"어제 차타고 나가서 공연 봤잖아요?"

"공연 뭐? 집에 하루 종일 있었다니까."

"아, 그러셨구나."

망각의 늪 한복판에 서있다. 젊어서도 연극이란걸 보지도 못했을 것이며 어제 아무리 좋았다 한들 기억하지 못하는 병인 치매는 어르신의 오늘을 대변해주는 현실이다. 허무하면서도 늘 있는 일인 듯 나의 발걸음은 밀린 업무를 처리하기에 바빴다. 점심시간 후 할머니를 보았다. 할머니는 침대 맡에서 세탁물을 정리하고 있었다. 돌아서는 등 뒤로 김할머니의 어제 모습이 떠올라 나도 모르게 웃음이 났다. 그리고 난 내 귀를 의심하지 않을 수 없었다. 김할머니가 리듬을 타며 중얼거리듯 뭔가 흥얼거렸는데 자세히 들어보니 '나의 뜨거운~♬' 가사를 외고 있지 않은가! 나 혼자만 느낄 수 있는 이 감동의 북받침이란. 마음이 벅차오른다. '할머니도 어제 좋으셨구나.'

기억하지 못해, 아니 기억할 수 없지만 분명한 것은 일상생활에서 긍정적인 변화가 삶의 활력이 된다는 것은 확실하다.

Part 5

마지막 남은 잎사귀가
바람에 흔들린다

– 요양원 생활

27살 때 요양원에서 처음 근무할 때의 일이다.
바쁘게 이리저리 일하고 있는 나에게 84세 된 뇌졸중 편마비로 시계추가
느긋한 할머니가 내게 말했다.
"금방이야~"
그리고 정말 눈 깜짝 한 사이에 12년이 지났다.

통장은 숨이 붙어 있는 그날까지
쥐고 있어야 한다

　한방에 세 분이 생활하고 있다. 부양의무자가 전혀 없는 안할머니, 8 남매를 둔 신할머니, 6남매를 둔 이할머니가 방의 주인들이시다. 안할머니는 3년 전부터 기억을 잃어버리더니 두 달 전부터는 아예 거동까지 빼앗겨버렸다. 신할머니와 이할머니는 거동은 빼앗겼지만 정신만큼은 끈질기게 붙잡고 있었다.

　아침식사가 지난 직후 신할머니 휴대폰이 요란하게 울린다.
　"여보세요? 그래, 둘째냐?"
　"네, 어머니. 식사는 하셨어요?"
　"아침식사 두어 수저 들고 말았다. 요즘 입맛이 없어서 말이야. 그런데 아침부터 왜들 이렇게 난리냐? 식전부터 네 큰형도 전화하더니만."
　"전화 좀 밖에 나가서 받아유! 도대체가 시끄러워서 TV를 볼 수가 없네."
　TV에 가장 가까이에 위치한 이할머니는 질투 섞인 목소리로 눈가를 찡그렸다. 이른 아침부터 신할머니 휴대폰은 통화중이다. 자식이 많아 통화소리가 아침부터 끊이지 않는다. 오늘은 신할머니 생신이기 때문이다. 보름 전 이할머니의 73번째 생일과는 판이하게 다르다. 전화 한 통 없이 요양원에서 해준 미역국과 케이크가 전부였다. 그땐 시설이 자식보다 낫다고 입만 열면 감사의 인사를 했지만 정작 자녀에 대한 서운함은 사라지지 않았나보다. 오늘 신할머니의 불통이 된 휴대폰을 보니 신경질이 극에 달한 거 같다. 신할머니의 다섯째와 일곱째 자녀는 이미 저번 주일에 떡과 과일을 한가득 품에 안고 다녀갔다.

"애야! 전화 끊자."

"네. 어머니, 이따 찾아뵐게요."

신할머니는 이할머니에게 우월한 얄미운 미소를 띠고는 거실로 나갔다. 이할머니도 휴대폰을 껐다.

"엄마, 아침부터 무슨 일이에요?"

"그냥 잘 지내나 궁금해서 목소리 들으려고 전화했다."

"엄마는 참! 깜짝 놀랐잖아요? 무슨 일이라도 생긴 줄 알고."

"일없다. 근데 요즘 뭐한다고 그렇게 바쁘냐?"

"엄마, 지금은 애 아빠 출근 준비해줘야 해요. 이따 전화할게요."

더 할 말도 없지만 일방적으로 통화가 종료되었다. 할머니는 액정을 열었다. 휴대폰에 저장된 전화번호가 얼마 되지 않아 막상 통화버튼을 누르려고 하면 멈칫거리게 된다. 이할머니는 큰아들네 번호를 누르려다 그냥 탁자위에 핸드폰을 올려놓았다. 이십 분 후에 딸에게서 전화가 왔다.

"요즘 일이 바빠서 못 갔어요. 엄마, 이달 말엔 꼭 갈게요."

"일 없다. 바쁜데 뭐 하러 오니. 오지마라."

온다고 하면서도 부모이기에 부담 없이 또 다른 핑계거리를 둘러대는 둘째임을 잘 알고 있다. 생각만 하면 금방인 거리인데, 애들도 다 크고 집에 있는 딸이 뭐가 그리 바쁘다고 하는지 야속하기만 하다. 부모란 늘 자식의 삶에서 우선순위가 뒷전으로 밀리는 것이 현실이고 받아들 여야만 하는 것임을 잘 알고 있다.

"엄마, 무슨 일이 있는 건 아니죠?"

"아무 일도 없다. 언제 시간 내서 애들 데리고 와."

"알았어요. 엄마."

요즘 입맛도 없고 무릎도 더 아픈데 자식 걱정할까 봐 말하지 않았 다. 이 모든 것은 다 이할머니 자신이 택한 삶이고 과정이니 감당할 수 밖에 없다.

엘리베이터 문이 열리고 신할머니 큰아들네가 왔다. 먹을거리를 두 손에 한가득 가지고 와서 이곳 어르신들과 나눠 드시라며 생일을 더욱 공식화했다. 조금 후 떡집에서 배달이 왔다. 넷째가 보낸 생일 떡이었 다. 오늘 신할머니 입술은 마르지 않을 것 같다. 하지만 맛있는 먹을거 리가 너무 많으면 입맛이 없어지고 금방 싫증나듯이 신할머니는 오늘 하루 피로가 쉽게 찾아왔다. 오늘이 짧게 느껴진 신할머니는 일찍 잠자 리를 마련했다. 침상에 올라 천천히 누웠다. 그리고 긴 한숨을 내쉬었 다. 옆자리에서 유심히 지켜본 이할머니가 안쓰러운지 한 마디 한다.

"웬 한숨이 그리 깊으요?"

"자넨, 내가 무척 행복해 보이지? 사실 그렇지 않다네."

"아니 오늘 자식들이 온통 잔치분위기를 만들었잖아요? 무슨 일이 있 어요?"

"자식들이 왜 나에게 잘 하는지 알아?"

이할머니는 자신의 자식들과 비교하며 늘 신할머니가 부러웠다. 내 자식들이 신할머니 자식들 반만 따라가도 좋을 텐데 하는 생각이 들었다. 전화도, 면회도, 관심도, 경제력도 신할머니에겐 뭐하나 자랑할 게 없었다.

"그건 당연히 부모이니까 그런 거 아니요?"

"그럴 수도 있지. 하지만 가장 큰 이유는 죽을 때까지 통장을 목숨처럼 꼭 쥐고 있었기에 가능한 거야. 이건 나 자신만을 위한 것이 아니야. 사회적 환경이 경제적 가치를 효의 전통사상보다 우위를 점령하도록 하고 있기 때문이지. 자식을 믿지 못해서가 아니야. 자식에게 서운해서도 아니야. 자식에게 뭔가를 바라는 것도 아니야. 결혼하고 나면 새로이 형성된 가족 속의 생존이라는 자신의 우선순위 영역에서 부모는 이탈될 수밖에 없다는 것을 나도 자식을 키워봤기 때문에 잘 알고 있어. 자식에게 효를 바라는 것이 아니야. 보상심리 때문에 이러는 것도 아니야. 분명한 것은 재산을 쥐고 있으면 어찌했든 부모에 대한 효를 실천하는 데 결코 도움이 되어 나 자신뿐만 아니라 자녀들에게도 또 손주들에게도 긍정의 영향을 불어넣어 효에 대한 행동을 모범적으로 실천한다는 확실한 사실이지. 자식이란 부모 앞에서 늘 철없는 아이에 불과해. 재산이라는 물리적 환경으로 철없는 아이의 생각만의 효를 행동으로 실천할 수 있도록 바로잡아 줘야해. 통장을 쥐고 있다는 것은 자신이 살아온 과거와 현재, 미래까지도 든든한 여유의 웃음으로 효를 보장할 수가 있는 거야. 통장의 가치만큼 쓰는 법도 부모의 가치가 드러나야만 효라는 두 마리의 토끼를 잡을 수가 있는 거지."

신할머니는 또 한 번 한숨을 길게 내쉬었다.

"그런데 자식들이 하나같이 유산에 관심이 많은 거야. 내 의도는 그게 아닌데 늘 날 압박해. 사업한다고, 집을 사야한다고, 자식들 교육시킨다고 제발 도와달라는 거야. 부만 축적해놓고 전혀 쓰지 않는 이유가 뭐냐고, 죽을 때 가져갈 거냐고 날 조여와. 하나의 나사가 풀어지면 다른 나사는 순식간이거든. 자식보다 돈이 중요하지 않다는 건 나도 잘 알고 있지. 죽어서 가져갈 것도 아니고 그렇다고 자식들의 인생관을 내가 바꿀 거라 생각할 수 없었기에 나사가 결코 풀어지지 않게 꽉 쥐고 있었지. 나이가 들어갈수록, 내 의지가 나약해질수록 자식들의 어려움이 내 결심을 흐릿하게 만들고 있어. 한번은 넷째네 막내아이가 수술할 때 큰돈이 필요했었지. 수술비 좀 보태달라는 눈치였어. 난 한 푼도 도와주지 않았지. 넷째네는 그만한 여력이 있다고 생각했기 때문이야. 막내는 집을 구하는 데 돈이 부족하다며 대놓고 빌려달라고 하더군. 당연히 빌려주지 않았지. 막내는 젊기에 충분히 노력하면 시간이 해결해 줄 거라 생각했어. 젊은 땀과 노력, 열정이 막내에게는 필요하다고 생각했지. 그런데⋯⋯. 자식들이 모르는 사실이 있어. 요즘은 더 이상 버티기가 힘들어졌어. 내가 지금 하고 있는 것이 정말 자식들을 위한 것인지 고민되더라고."

"참, 할머니도 대단해요. 부동산도 아닌 통장을 움켜쥐고 있기가 쉽지 않았을 텐데 말예요. 그런데 아까부터 웬 한숨이 그리 깊으오? 무슨 걱정이라도 있어요?"

"오늘 이런 생각이 드는 거야. 내가 정말 잘하고 있는 건지, 도대체 내가 자식들과 뭐하고 있는 건지 말이야. 지금 나는 나이 들어 병들어가고 있어."

신할머니는 안할머니를 힐끗 쳐다보고는 잠깐 심호흡을 길게 하시더니 두 눈을 감았다.

"그런데 말이야. 내가 이렇게 정신이라도 붙들고 있으니 얼마나 다행인지 몰라. 만약에 치매에 걸려 정신없는 노년이 된다고 생각하면 끔찍할 뿐이야. 나도 이곳에 있는 여러 친구들과 다를 바 없는 노인에 불과하다고. 내가 나조차도 인지하지 못하는 치매노인이 되면 그깟 돈이 무슨 소용이 있겠어? 자식도, 돈도 치매의 무기력 앞에서 삶의 희망이라는 노년의 행복을 이야기할 수 없을 거야. 자식들이 치매에 걸린 나를 잊게 될까 겁나더라고. 돈보다는 정신을 놓지 않아야겠어. 통장이 날 지키는 것보다 내가 날 지켜야 하는 게 무엇보다도 중요하겠더라고. 통장도 위력도 정신이 건강할 때에만 가능한 거라고. 그런데 말이야."

신할머니는 안할머니를 부러운 듯 쳐다보았다.

"당신 딸은 다른 것 같아. 유산을 바라서 이렇게 자주 찾아오는 것이 아닌 것 같아. 딸도 속으로 자식을 낳아보니 부모심정을 온몸으로 알고 있겠지. 마음으로 면회를 오는 것을 느낄 수가 있어. 늘 손주를 데리고 오잖아. 형식상으로 먹을 것, 필요한 물품만을 사오는 것이 아니라, 자네가 꼭 필요한 것을 사가지고 오잖아. 실천하는 효를 자식에게 보여주는 거야. 진심으로 부모님을 대하면 자식은 부모님이 했던 그대로를 본받게 되어있지."

신할머니는 이미 결정된 마음을 비밀스럽게 이야기하듯 조심스러워했다.

"자식이 마지못해 오는데 이건 뭔가 잘못돼도 한참 잘못되있구나. 당연히 자식이 부모를 찾아뵙고 인사드려야하는 것이거늘 오히려 죄지은 사람처럼 고마워하고, 자식이 돌아가면 또 끝없는 기다림으로 살아가는 내 모습이 정말 쓸쓸하더라고. 내 자식들이 가장 바라는 것이 유산이라면 내가 죽어서 유산을 상속받게 된 후에도 부모에 대하여 또 효에 대하여 자식들에게조차 진정으로 말할 수 있을까? 제 자식에게도 효에 대해 잘 가르칠 수 있을까? 그건 아니라고 생각해. 통장이라는 인위적인 효를 바랐던 내가 잘못된 것임을 알게 되었지."

할머니는 중대한 결심을 털어놓는 것처럼 신중하게 말했다.

"내가 앞으로 살아갈 날이 얼마 남지 않았다는 것을 피부로 느끼기 시작할 때였지. 자네도 알거야. 3년 전 옆방 김할머니가 갑작스럽게 저세상으로 갔잖아. 그때 난 결심했어. 그리고 바로 실천에 옮겼어. 내가 가지고 있는 통장을 정기적으로 여러 단체에 후원하기로 말이야. 사실 지금 내 통장엔 잔액이 얼마 남지 않았을 거야. 자식들은 전혀 모르고 있지. 최소한의 비용 외에는 다 기부할거야. 이건 정말 내 자식을 너무나 사랑해서 내린 최선의 선택이었어."

"최소한의 비용이라면 무엇을 준비할건데요?"

"글쎄. 요양원 생활비와 내 장례비용은 남겨둬야 하지 않을까 싶어. 근데 내가 잘하고 있는 건지 모르겠어. 애들 볼 때마다 미안한 마음이 드니……."

"할머니도 참 대단하시네요. 어쨌든 잘 하신 겁니다. 마음먹었으면 지금처럼 밀고 나가세요."

"그렇지? 고맙네. 자네 말이 힘이 되네. 그런데 이상한 점은 통장의 잔액이 점점 줄어드는 것처럼 내 마음도 너무 편해지더라고. 욕심 같은 무거운 짐이 점점 사라지는 것처럼 말이야."

"자식들이 원망할 거라고 걱정하지 마세요. 뼈를 깎는 어머니의 가르침을 진정으로 알게 될 테니까요."

유산을 받기위해 열심히 효도하는 것처럼 이 세상을 살면 어떨까? 늘 부모는 뒷전에 밀리고 가장 소중하기에 함께할 날이 언제가 될지 모른다는 뼈저린 후회가 가슴을 찢어 놓기 전에 말이다. 우린 모두다 오늘의 부모님에게 충실해야 한다. 부모님은 이유와 대가없이 자식을 사랑으로 키웠다. 자식도 부모님께 효와 사랑에 대한 이유와 목적이 없어야한다.

무너진 현실

아들은 생각했다. 돌아가셨으면 좋겠는데……. 이건 살아도 사는 것이 아니라고……. 어떤 의미가 있느냐고 자신을 향해 힘껏 소리쳤다. 이젠 더 이상 어찌할 수 없다고, 나조차도 살기 힘들다고 가슴을 수없이 내려쳤다. 날마다 숨이 턱까지 차오르는 머릿속의 거미줄은 계속 미로의 늪만 만들어내고 있었다.

"어르신 건강상태가 좋지 않습니다. 호흡도 불안하고 열이 높습니다. 병원에 가서서 진료를 받아야합니다."

"매번 병원에 가지만 치료가 되지도 않는데 진료만 받으면 무슨 의미가 있나요?"

"진료를 받으면 정상적으로 완전히 회복되지는 않지만 건강이 더 나빠지지는 않습니다. 더구나 요양원에서 건강이 더 악화되는 것을 두 손 놓고 바라만 볼 순 없습니다. 적절한 의료처치가 필요합니다."

"네, 그럼 입원기간과 비용을 어느 정도 예상할 수 있나요?"

"중환자실에 입원, 일반실의 간병비와 의료비, 검사에 따라 비용이 대략 00만 원으로 예상됩니다."

"휴~."

한숨소리가 전화기를 타고 내 심장까지 전해온다. 부모님 건강은 알지만 무시할 수 없는 현실이 너무 괴롭다. 이 달에만 벌써 두 번째로 중환자실에 입원하는 것이다. 의료비에 간병비로 이젠 버티기가 힘이 든다. 당장 큰아이 등록금을 내야하는데 더 이상 은행의 대출도 어렵다고 한다. 아들은 어느 것도 포기하지 않는 강한 마음으로 살아왔지만 요즘은 두 어깨 위에 놓인 짐이 너무 무겁다.

결국 아들은 사채에 손을 대기 시작했다. 정말 살기 위해 어쩔 수 없는 선택이었다. 아르바이트를 하고 시험 준비하느라 늦은 시간까지 공부하는 큰애의 희망이 없었다면 모든 걸 포기하고 말았을 것이다. 수입은 한정되어있고 지출은 시간이 지날수록 더 늘어났다. 병원비가 아들의 목을 죄어오고 있었다. 아무리 벌어도 이자 갚는 것조차 힘겨웠다. 시간이 흐를수록 사채는 늘어가고 병원비에 교육비는 더욱 가중되었다. 아들은 입에 대지도 않던 술을 자주 기울이기 시작했다. 술은 걱정을 잠시 잊게 했지만 문제를 해결해 주지는 않았다.

노후준비를 전혀 하지 않은 어머니가 너무 미웠다. 아들의 고민은 복잡한 거미줄을 자꾸만 만들어냈다. 두통은 생활의 일부분이 되었다. 더 이상 어찌할 수 없다고 눈물로 낙담한 아들은 머릿속의 거미줄을 풀기위해 가위를 가지고 왔다. 그리고 머릿속의 거미줄을 싹둑 다 잘라냈다.

아들은 이제 더 이상 이 세상 사람이 아니었다. 병원에 계신 어머니는 이 사실을 알지 못했다. 미래가 젊은 손자는 학업을 중단했다. 결국 이생의 삶은 남은 자의 몫이 되었다.

내 물건이 없어졌어

한 세기 가깝게 산 전할머니는 무척 화가 나서 룸메이트인 홍할머니와 옥신각신하고 있었다. 방에 들어서니 시장 한가운데에 들어선 기분이다.

"아니 없어진 게 아니라니까. 왜 같은 말을 또 해요?"

"김을 분명히 저기 옷장에 넣어놨는데 하나도 없잖아. 어디갔냐 말이야!"

"저안에 있을 거예요. 선생님이 오면 그때 물어보시라니까!"

룸메이트인 홍할머니는 상대적으로 건강한지라 전할머니 옷장에서 물건을 찾아주고 있었다.

전할머니는 옆에 멍하니 서 있는 나를 보더니 내 손을 잡아챈다.

"여기 밑에 분명히 있었는데 외출하고 돌아오니 없어졌어."

할머니는 침상 밑을 다시 한 번 확인하며 걱정과 불신의 표정이 얼굴에 한가득했다. 홍할머니는 아무 일도 아니라며 물고기 입술과 눈짓으로 암호를 건넸다.

"침상 밑에 놓은 물건이 뭐예요?"

"스웨터야. 그거 큰딸이 지난달에 비싸게 주고 사온 건데. 없어졌어! 이를 어쩌나 몰라."

"침상 밑에 놓으면 더러워질 수 있잖아요. 빨래나 옷정리를 하려고 치워놨을지도 모르니 제가 확인해볼게요."

"아니야! 그거 입지도 않은 새 옷인데 무슨 빨래를 하고 옷정리를 해. 당치도 않은 소리하지 마!"

"옷은 없어지지 않았으니까 제가 분명 찾아드릴테니 걱정하지마세요."

"어디 있는데? 그거 그냥 옷이 아니야! 우리 딸이 내 생일날 사가지고 온 거라고!"

할머니 목소리는 더욱 거세졌다. 옆자리의 홍할머니는 대화에 파고들 순간만을 탐색하고 있었다.

"아니 옷이 없어진 게 아니라니까 왜 이렇게 사람들을 들들 볶아요? 나이 들었으면 나이 값을 해야지! 으이구, 그냥 성질 같아선!"

금방이라도 폭발할 것 같았다.

"할머니, 중요한 물건이라서 그런 거니까 목소리 높이지 마세요."

"그렇긴 하지만……."

홍할머니는 이해력이 빨랐다. 이때다 기회를 잡은 듯 전할머니는 새로운 사실을 알게 되었는지 내게 또 말한다.

"이것 봐! 여기에 이불이 있었는데 이불도 없어졌잖아."

방 한쪽에 마련된 옷장에서 할머니 분홍색 스웨터를 찾았다.

우리는 수많은 정보를 자의든, 타의든, 본능적이든 받아들이고 있다. 뇌세포는 기억의 어마어마한 정보를 차례대로 빼곡히 저장하고 있다.

나이가 들면 뇌세포가 제대로 기능을 못하거나 소멸되어 정보의 기억이 허술하게 된다. 자기가 기억하고픈, 꼭 필요한 부분만 기억하고는 다른 기억은 상대적으로 소홀하게 된다. 그리하여 김을 받은 기억만 있지 그것을 맛있게 먹어 양이 현저하게 줄어든 기억은 없는 것이다. 옷과 이불을 받은 기분 좋은 기억만 있지, 옷장에 넣어둔다고, 어르신 없을 때 빨래하기위해 가져간다고 얘기한 기억은 좀처럼 받아들이지 못하는 것이다.

이 세상을 살아가면서 잊고, 잊혀진 기억과 추억이 얼마나 될까. 한 세기를 살아온 전할머니의 기억의 깊이가 현재에 어느 정도인지, 또 앞으로 얼마나 될지 가늠해본다. 사실 새로운 기억을 받아들이는 것보다 이미 저장된 기억을 간직하기에도 힘든 뇌세포가 현재에도 수없이 사라지고 있다.

오래 살아
너 고생 시킨다

딸 같은 며느리가 왔다. 어머니가 좋아하는 제과와 과일, 필요한 옷, 실내화를 사가지고 왔다. 다른 자식들은 이런저런 핑계로 잘 만나기가 어렵다. 피를 나눈 혈육이라도 현실을 사는 관계로 내 맘 같지가 않기 때문이다. 이유와 목적 없이 자신의 역할을 묵묵히 최선을 다하는 며느리가 기억의 늪에 빠진 어머니를 어제처럼 돌보고 있다. 어머니를 모시는 동안 행복한 기억만을 회상하며 오늘의 어머니를 대하려 늘 노력하고 있다.

사실 치매의 늪 속으로 빠져가는 그 생생한 현장에서 피눈물 나게 힘겨운 싸움에서 홀로 이겨내기란 여간 힘든 것이 아니다. 이젠 그 누구의 도움이 있어도 늪에서 헤쳐 나올 수 없다고 두 손 두 발을 든 건 그나마 현명한 판단이다. 요양원에 거주한 지 일 년이 넘었다.

"아비는 잘 있느냐? 만날 뭐가 그리 바빠서 한번 오질 않느냐?"

"네, 잘 있어요. 회사 다니느라 많이 바빠요."

늘 어머니는 며느리를 면전에 두고 아들만 찾는다.

"요즘 입안이 탑탑해. 밥맛이 영 시원찮아."

딸같은 며느리는 어머니의 신체 구석구석을 살펴보고 요즘의 느낌과 생활상을 대화로 확인한다. 종종 엉뚱한 말씀을 하지만 이젠 눈빛만 봐도 소통할 수 있는 세월의 정이 두텁다. 요양원관계자로부터 건강상태, 필요한 물품, 주요관심사, 요양원 전반적인 생활을 꼼꼼하게 확인한 후 다음 면회 때 꼭 반영한다.

"나 집에 가야하는데 여기서 못나가고 있어!"

면회를 마치고 되돌아 갈 무렵, 꼭 발목을 붙잡는다. 어머니 옆에는 조그마한 가방이 놓여있다. 며느리는 배가 볼록한 가방 안을 보았다. 세면도구, 타월, 휴지, 거울, 컵 등 일상 생필품이 들어있다. 요양원에서 집에 간다 해도 챙겨갈 물건이 별로 없다.

"어머니, 지금은 집에 가실 수 없어요. 애 아빠가 돈을 많이 벌고 있으니 날이 풀리면 그때 다시 이야기해요."

"내가 시방 여기서 뭐하는지 모르것다. 얼른 죽어야 하는 디."

"어머니, 그런 말씀은 하지 마세요. 오래오래 건강하게 지금처럼 사셔야죠."

"니그덜 신경 쓰이게 하고 고생만 시키니."

어머닌 정신이 되돌아온 듯 가끔 사리에 맞는 말씀을 했다. 붙잡힌 발목으로 며느리는 어머니와 한참을 이야기했다. 때론 떼쓰는 어린아이 달래듯 포근하게 감싸주었으며, 인지기능이 저하되어 부적절한 언행을 할 때에는 엄마가 되어 위엄 있게 처신했지만 늘 기조에는 시어머니에 대한 예의를 지켰다.

할머니가 볼록한 가방을 가지고 유난히 집에 가시겠다고 떼쓰는 가운데 손녀가 면회를 왔다.

"아이고. 목 빠지는 줄 알았다. 느그 엄마는 뭐한다냐?"

할머니가 엄마를 처음으로 궁금해 했다. 필요한 물품과 먹을거리가 절실했기 때문이다.

"엄마가 갑자기 일이 생겨서 외국에 나갔어요."

"무슨 일이 생겼기에 소식도 없이 그렇게 떠나?"

촉촉해진 눈가로 말문이 막힌 손녀는 살며시 미소를 지으며 이를 악물었다.

"할머니 드리려고 옷하고 간식 사왔으니 한번 보세요."

꼬치꼬치 캐물어야 하는데 관심분야가 바뀌니 손녀가 사온 비닐봉지에 시선이 꽂혔다.

"그려? 뭘 사왔는지 한번 보자."

할머니는 엄마가 사놓은 옷을 입었다. 참 잘 어울렸다. 할머니가 좋아하는 빵과 과일도 맛있게 드셨다. 바나나는 누런 빛깔에 검은 줄기가 생겼다. 산 지 오래된 거 같은데 배고픈 어린아이가 맛있는 음식을 먹는 것처럼 좋아하는 할머니 모습에 코끝이 시큰해졌다. 엄마의 역할이 대단하게 느껴졌다.

면회를 마친 손녀는 사무실에서 계약서를 다시 작성했다. 주계약자인 엄마에서 자신으로 바꾸는 것이었다.

"갑작스런 일이라 많이 놀라셨겠어요."

손녀는 장례식장에서 본 것보다 더 수척해져 있었다.

"네. 엄마가 그렇게 갑자기 세상을 떠날 줄 상상도 못했어요."

"어르신에겐 어머니가 외국에 나간 걸로 할게요."

서류와 안내사항을 전달한 후 일어서는 끝자락에 손녀는 말했다.

"할머니가 엄마의 마지막 선물을 아시는 듯 너무 좋아하는 것 같아서 하마터면 울 뻔 했어요."

4년이 지났다. 어르신은 더 이상 외국에 나간 며느리를 찾지 않았다. 91세인 어르신은 기억의 짙은 안개 속에 며느리를 하얗게 묻어버렸다. 며느리가 하늘나라로 간 후 자식들이 어르신을 찾는 면회횟수가 현저하게 줄어들었으나 어르신은 본인 자식과 집을 더 그리워했다.

"우리아들 왜 이렇게 오지 않아? 나 얼른 집이 가야하는데."

하숙집 사람들

어르신은 요양원 생활을 누구보다도 잘 했다. 대화하는 요령이나 사람 관계하는 기술, 시간을 적절하게 사용하는 여유로움까지 삶의 쓴맛, 단맛을 다 맛본 것처럼 진한 인생의 풍미가 느껴졌다. 노년에 퇴행성 질환까지 찾아와 무료함이 생의 의미를 희미하게 할지라도 자신만의 취미가 있어 시간을 잘 활용했다. 어르신은 요양원 연령구분에서도 신세대 젊은 층 그룹에 속했다. 그러나 젊은 나이에 찾아온 뇌졸중과 요양원 생활은 기약 없는 하숙집 인생의 마침표가 될 거란 생각을 가지고 있었다. 어르신은 처음 요양원에 들어왔을 때에도 자신의 익숙한 집처럼 물품관리와 시간규정, 룸메이트, 직원 등의 관계를 수월하게 만들어갔다.

"어르신! 전에 요양원 생활을 한 것도 아닌데 단체 생활에 잘 적응하시네요?"

"나? 아니야. 내 인생의 단체생활은 군대뿐이야. 단지 하숙집 생활을 오래했을 뿐이지."

"네. 언제부터 하숙생활 하셨어요?"

"학창시절 대부분을 하숙생활로 보냈지."

"많이 힘드셨겠어요?"

"눈치 보이고 배고픈 건 참겠는데 외로움은 참기 힘들더라고. 그래도 그땐 공부 외엔 딴 생각은 하지 않았지. 그럼에도 잠깐 한눈팔면 이놈의 외로움은 어느새 날 찾아와 순식간에 좁은 방안을 밤새도록 에워싸더라고. 그래서 난 지금도 혼자 있을 때 뭔가 하지 않으면 불안해."

어르신 침상 주위에 책과 호두, 완력기, 라디오, 수첩 등이 가지런히 널려 있었다.

"어르신, 하숙생활 중 재미있는 이야기 좀 해주세요?"

"재미는 무슨, 그땐 사는데 정신없었지 뭐."

어르신들이 늘 그렇듯 기억을 더듬는 뇌세포는 흥겨워보였다. 공유할 수 없는 어르신의 뇌세포지만 공유한다고 해도 생생하게 몸과 마음으로 느낄 수도 없을 것 같았다.

"되돌아보면 내 인생 전체는 하숙생인 것 같아. 하숙비를 내는 건 아니지만 숙식을 제공해주는 짧은 군 생활도 그랬고 결혼해서 직장만을 오가면서 전전긍긍하며 살았던 내 가정생활도 하숙생이었지."

"네? 결혼생활도 하숙 생활이었다고요?"

"그래. 그땐 난 정말 열심히 일했지. 해가 떠있는 시간의 대부분을 직장에서 보냈어. 내게 있어 집이란 짧은 휴식을 주는 공간일 뿐이었지. 내 집을 갖기 위해 젊음을 모두 일터에 쏟아 부었는데도 말이야. 정작 집을 갖게 된 후에도 내 집은 늘 짧은 잠을 자는 곳이었어. 그런데 말이야. 아이들도 자라고 내 집도 갖게 된 출근 전 아침식탁에서 문득 이런 생각이 드는 거야. 내가 하숙생을 키우는 건지, 내가 하숙생이 된 건지 구분이 안 되더라고. 일의 굴레에서 어느 정도 벗어난 편안한 주일 오후, 딸들과 함께 거실에서 TV를 보고 있었지. 그런데 뭐 할 이야기도 없이 그저 바보상자만 바라보고 있는 나와 내 자식이 내가 무수히 지내왔던 그 하숙생 같은 거야."

"그렇게 느껴질 수도 있었겠네요."

난 동감하며 고개를 끄덕였다.

"자식들이 결혼하기 전까지 내 하숙집 생활은 계속 되었어. 돈을 벌기 위해 차려주는 밥과 세탁, 주거공간을 내 것으로 이용하는 난, 껍데기인 하숙생이나 다름없었지. 나이 들면 집에서 보내는 시간이 많아져 하숙생 같은 생활은 청산할 줄 알았어."

어르신은 짧은 숨을 내쉬었다.

"이른 나이에 찾아온 3번째의 뇌졸중은 결코 자력으로 다시는 걷지 못하게 만들더니 결국 이곳 요양원에 들어오게 된 거야. 여기에서 인생 막바지의 내 하숙생 생활을 이어가고 있잖아."

어르신은 잠시 허탈한 웃음을 머금었다. 그리고 씁쓸한 표정이 굳어지기 전에 입을 열었다.

"그러나 여기는 다른 점이 있어. 여기 들어오기 전까진 말이야. 예전 학창시절과 가정생활에서는 미래와 희망이라는 것이 있었지. 학창시절엔 학업에 대한 열정으로 더 나은 미래를 위한 준비가 꿈을 갖기에 충분했지. 가정생활 속에서도 경제와 양육을 책임지는 내 역할 속에 자식이라는 희망이 존재했지. 그래서 그땐 내가 해야 할 공부와 가장의 역할이 분명했지. 그런데 이곳은 말이야. 하숙비를 내지만 내가 해야 할 역할이 없어. 꿈과 희망을 갖기엔 너무 현실과 미래가 답답해. 우리에게 미래란 죽음밖에 다른 건 없잖아. 죽음으로 가는 과정이 처절하잖아. 부정하고 난 아닐 거야라고 아무리 외쳐 봐도 인생의 끝은 반드시 다가오잖아. 며칠 전 앰뷸런스가 와서 210호에 있는 할아버지를 저세상으로 데려간 것을 난 이미 잘 알고 있어. 정말 하숙생활의 청사진은 여기에서 끝나는구나라고 생각하니 얼마나 초라한지, 인생이 덧없다는 말이 실감나."

"그런데 말이야."
잠깐 할아버지는 미소를 띠었다.
"몸에 배어버린 삶의 요령이라고나 할까? 나의 긴 하숙집 인생살이에서 배운 것이 있어. 내 인생 내 스스로 개척해 가기 위한 가장 중요한 것은 생각과 관점의 변화가 인생을 크게 좌우한다는 것을 말이지."
"그게 뭔데요?"
"관심을 놓지 않는 거지. 자괴감으로 자신의 남은 인생을 소비하는 것이 아니라 나에게 주어진 남은 생을 의미 있게 보내기 위해선 관심이란 것이 절대 필요조건임을 알게 됐어. 관심은 삶을 지탱해 주는 비타민이자 청량제야. 더욱 중요한 것은 머리 속의 관심을 실천에 반드시 옮겨야 된다는 것이지."
난 현재 무엇에 관심이 있는지 생각해 보았다. 그 관심이 자발적이든, 타의적이든 일상의 삶을 지탱해주고 있음은 분명했다.
"어떤 관심을 가져야 하는 거죠?"
"관심이란 누구에게나 정해져 있는 것이 아니야. 관심을 불러일으킬 동기가 필요해. 별다른 관심이 없다면 내 자신에 대해 관심 갖는 것은 어떨까? 나이 지나온 과거, 읽었던 책, 다녔던 곳, 나와 관계된 사람들, 내 생활, 나의 하루, 나를 둘러싼 환경에 대해 관심을 가지면 새벽이슬 방울처럼 어느 순간 수많은 물방울들이 생겨날 거야. 그 관심으로부터 오늘로 이어지는 삶을 살아가면 바다 같은 큰사람이 되는 거지."

　매순간의 일상에 관심이 없어 무기력하고 무감각한 침울함이 노년을 감싸고 있지는 않을까 생각해 보았다. 우린 모두 다 빈손으로 세상에 던져진 인생 자체가 하숙생활의 연속이지 않을까 싶다. 어르신은 생의 내리막길에서조차 하숙생활의 진면목을 보여주고 있었다.

전문인 영업배상 책임보험

　나이 들면 사고에 노출될 위험이 크다. 장기요양기관은 의무적으로 시설과 요양보호사 등 직원에 대한 전문인 영업배상 책임보험에 가입해야한다. 장기요양보험법이 적용되기 전에는 보험에 들기 어려울 정도로 보험회사가 회피했었다. 물론 지금은 여러 회사에서 상품을 내놓고 있지만(제도시행 초기) 시설은 1%의 사고가능성에 대한 준비가 절대적으로 필요하다. 신체와 정신이 건강하지 못한 장기요양인정대상자들은 요양생활에서의 보편적 리스크가 일반 어르신들보다 상대적으로 매우 클 수밖에 없다. 장기요양기관은 대부분 민영화로 인해 시장경쟁원리에 놓여 어르신들을 모시면서 예상치 못한 여러 문제를 대응할 전략을 반드시 세워야한다.

　새해다. 연휴에 쉼을 즐기는 여유에노 선상이 좋지 않은 어르신들이 많아 무슨 일이 언제 발생할지 모르기 때문에 늘 비상연락체계를 구축하고 있다. 집중관리어르신을 파악하여 관리대책을 수립하고 의료파트의 비상대기를 비롯하여 긴장의 끈을 휴대폰에 연결해 놓았다.

오후 늦은 시간 긴장으로 연결된 내 휴대폰에 불빛이 반짝거렸다. 긴장이란 불길함은 늘 빗겨가지 않았다. 전어르신이 프로그램에 참여하다가 낙상했다는 것이다. 시설에서 가장 많이 나타나는 사고 중에 하나가 낙상이다. 골밀도가 약한 어르신들은 조그마한 충격에도 뼈가 골절된다. 치매증상이 있는데도 본인의 의지에 따라 화장실을 이용하시다가 혹은 침대에서 내려오시다가 넘어지는 경우가 낙상의 주요원인이다.

전어르신이 오후 두 시에 볼링프로그램을 하다가 그만 주저앉았다는 것이다. 보고를 받는데 마음이 덜컹했다. 낙상이 요즘 대세라 주의를 하고 철저히 낙상대책을 세웠는데 사고가 난 것이다. 이미 엎질러진 물이기에 건강에 별일 아니길 간절히 바랐다. 담당요양보호사도 별다른 통증이나 일상생활에 대한 변화가 없었기에 평상처럼 어르신을 대했고 일상처럼 시계추는 좌우로 똑딱거렸다.

그런데 그날 해질 무렵이 되어서야 어르신은 복숭아뼈 근처가 아프다고 고통을 호소했다. 인지기능이 저하된 어르신은 자신의 생각을, 상태를 말씀하기가 어렵다. 오 분 대기조였던 간호사는 어르신의 관절, 근육, 활력증후를 체크했으나 별다른 이상은 없었는데 발목부위만 아프다고 했다. 발목이 아플 이유가 전혀 없는데 어르신이 고통으로 대답하시니 병원에 가서 사진을 찍어봐야 한다. 불길한 걱정은 또 다른 꼬리를 물고 오고 있었다. 오늘은 늦은 시간 협력병원 응급실엔 당직이 외과담당의가 아님을 확인한 후 보호자에게 연락하여 다음날 아침 일찍 병원에서 진료를 받기로 했다.

시계추를 잡아당긴 아침은 서둘러 출근길을 재촉했다. 휴일임에도 응급실엔 아픈 사람들이 많았다. 더디게 움직이는 초침에도 결국 우리 순번이 되었다. 초조하게 기다린 X-RAY결과는 대퇴부골절이란 우려가 현실로 판명되었다. 당장 입원해 수술해야한다고 한다. 보호자는 주치의가 상담해주는 태도가 맘에 들지 않았는지 휴대폰을 꺼내 자기가 아는 모든 인맥을 총동원하기 시작했다.

　"난 여기 의사 말을 믿을 수가 없어요. 환자를 돈으로만 보는 태도가 맘에 들지 않아요."

　"병원 선택하는 것은 전적으로 보호자 선택입니다. 단, 협력병원인 경우 수술비와 의료비용을 DC해주는 부분이 있다는 것을 참조하시길 바랍니다."

　난 보호자에게 앞으로 진행될 계획을 차분히 설명했다. 먼저 어르신이 입원 치료하여 안정을 취하는 것이 가장 중요하다. 입원 후 간병과 어르신 관리는 보호자의 주도로 진행된다는 점을 인식시켰다. 다음으로 비용에 관한 부분이다. 어르신 본인 스스로 낙상한 것이 아니라 프로그램으로 인한 문제임을 생각하여 방법에 대하여 논의해볼 것이다. 입원기간은 최대 10일(장기요양보험수가 적용일수)을 초과하지 않아야하는데 담당의는 최소 2주일이상이 소요된다고 했다. 입원기간과 비용에 대한 대책마련이 무엇보다도 중요했다.

　물속을 걷는 듯한 무거운 발걸음으로 원내에 도착하자마자 팀별회의를 주관했다. 구체적인 상황기록과 경위, 대처방안을 서면으로 작성하게하고 초기입소상담기록과 의료적인 어르신 상태를 파악하고 보호자의 인적사항과, 보고체계나 대처방법에 대한 잘못된 점은 없는지 세밀하게 살펴보았다. 담당자가 시간대별로 작성한 상황보고일지를, CCTV

와 인간의 기억이란 비교를 통해 어르신이 낙상한 시점과 문제점을 정확하게 영상으로 파악했다.

구체적으로 살펴보니 문제점이 많았다. 낙상에 대한 신속한 보고체계가 이루어지지 않으며, 담당자의 대처방안 또한 미숙했다. 무엇보다도 직원의 책임의식부족과 안일한 태도가 큰 문제점이었다. 정확한 원인분석이 반복이라는 실수를 벗어날 수 있다. 영상을 통해 살펴보니 정말 바로 눈앞에서 눈 깜짝할 사이에 벌어진 일이라 직원이 초능력자가 아닌 이상 대처하기 어려운 상황이었다.

볼링프로그램에서 볼링공을 들고 굴리려는 과정에서 균형을 잃고 옆으로 넘어지신 것이다. 어르신의 건강상태와 생활습관에서 과거병력과 연관된 것은 아무것도 없었다. 어르신은 골밀도 검사도 정상이었으며, 낙상병력이 한 건도 없었다. 여느 때처럼 프로그램에 적극적으로 잘 참여했다. 그날 특이사항이나 생활리듬도 여느 때와 같았다. 하지만 사고는 일어났다. 그 사고로 인해 비용과 요양원의 환경, 낙상에 대한 대처, 프로그램운용에 대한 부분, 보호자와 어르신의 사후관리 등의 문제가 매우 심각하게 나타났다.

여러 환경을 고려한 결과 보호자는 끝내 협력병원에 입원하기로 했다. 입원 3일 후 고관절 수술이 성공적으로 진행되었다. 어르신 상태에 따라 중환자실과 일반실을 오가며 입원치료를 진행했다. 어르신은 차상위 계층으로 의료비용이 많이 들지는 않았다. 협력병원이라 의료비용 감면을 적용하고 또 원무과장님께 부탁하여 비용이 꽤 인하되었다. 그러나 의료비보다 간병비가 더 문제였다. 간병비는 인하해줄 수도 없고 어떤 혜택도 없기 때문이다. 수술경과가 좋고 입원진료가 끝난 후 퇴원을 해도 괜찮다는 연락을 받았다. 이젠 보호자나 시설이나 비용에 대한 문제가 현실로 다가왔다. 책임에 대한 통감이었을까. 우린 어르신의 의료비에 대한 구체적인 대책 가운데 전문인영업배상책임을 적용하는 방안을 신중하게 검토했다. 비용은 약 260만 원이 청구되었다. 보험을 신청하니 보험회사직원은 사진과 서류를 확인한 뒤 보험금이 전액 지급되었다.

어르신은 사고전의 상태와 일상으로 되돌아왔다. 보호자 또한 시설을 이해하는 데 협력적이었다. 그러나 시설직원들은 어르신의 2차, 3차 낙상위험에 촉각을 곤두세웠다. 타어르신들의 낙상위험도와 요양시설 환경, 프로그램적용 방법(대상자선정, 장소 등)에 대하여 재사정하였다.

여보세요?

"여보세요?"

"누구냐?"

"엄만 딸 목소리도 몰라? 저 경미예요."

못 알아봐서 서운한 것이 아니라는 웃음기가 다분한 목소리다.

"응 그려……. 너 보고 싶었는데 마침 전화 잘했다."

엄마의 목소리가 밝다. 딸을 생각하고 있었는데 막상 딸과 통화되어 목소리를 들으니 더욱 반가운가 보다. 그러나 사실은 직원이 전화를 한 것이다. 어르신이 딸을 너무 보고 싶어 해서 어르신의 상황과 증상을 잘 아는 직원이 연출된 전화통화를 하고 있는 것이다.

"엄마가 잘 지내시는지 보고 싶어서 전화했어요."

"엄만 잘 있다. 근데 언제 올 거냐?"

딸을 대신하는 연기는 온맘으로 실천해야한다. 적당히 그럴 것이라는 추측성이나, 가볍게 대하는 것은 진실성이 없어 어르신에게나 보호자에게나 자신에게나 올바른 가치의 실현이 아니기 때문이다. 기억의 저편에 사는 치매어르신이라 할지라도 현재 이 순간의 감정은 삶의 필름처럼 연결되었기 때문에 끊어지지 않도록 지원해야한다.

어르신은 오 분전의 일을 전혀 기억하지 못하며, 앞으로 어떤 일들이 벌어질지 전혀 예측하지 못한다. 단지 매순간순간이 또 오늘 이 순간이라는 생물학적인 움직임에만 충실하고 있다. 그러나 그 속에 과거의 기억과 감정이 포함되어 있으며 그 연결고리는 여전히 건강한 삶을 지탱해주는 청량제 역할을 하고 있다.

"엄마 수능이 한 달도 남지 않았잖아요. 막내가 시험 잘 볼 수 있도록 이것저것 챙겨주느라 정신없이 바쁜 거 잘 아시면서 그러세요? 그리고 엊그제 봤잖아요."

"엄마가 잘 알지 왜 몰라. 딸이었나? 갸가 공부 잘 하고 있지?"

본 지 오래되어서 연락되면 호되게 야단치려고 했는데 오히려 미안한 마음이 들게 되어버렸다. 직원의 대단한 연출력이다.

"엄마는……. 막둥이 아들 수민이요."

"응 그려 그려. 수민이 갸. 내가 이렇게 정신이 없다니까."

어르신은 잘 아는 것처럼 이야기하지만 분명한 것은 수민이란 이름도 존재도 처음이다. 왜냐면 직원이 연출한 가상의 인물이기 때문이다.

"시험 끝나면 엄마 좋아하는 곰국 가지고 갈게요."

"그려 걱정하지 말고 시험이나 잘 보게 해."

수화기를 내려놓았다. 그리고 어르신이 계신 방으로 가보았다. 분명 전화를 끊었는데 어르신은 아직도 휴대폰을 귓가에 대고 있었다.

"누구랑 통화하시는 거에요?"

"응, 누구랑 통화하고 있어."

기억을 하지 못한다.

"따님 아니에요?"

"그래 맞아 딸, 우리 딸."

"딸 이름이 기억나지 않으세요?"

"……."

"경미 아니에요?"

"응, 갸. 경미."

"경미가 뭐라고 해요?"

"아니, 잠깐 기다리라고 하더니 암말도 안하고 있네."

"전화를 끊었나 봐요. 무슨 통화하셨어요?"

"뭐 그냥 사는 얘기지."

그렇다. 맞는 말씀이다. 사는 이야기. 구체적으로 통화내용을 기억하진 못해도 할머니 목소리와 얼굴에 담긴 미소를 보니 기분 좋은 것만은 확실하다. 기억을 잃었어도 자식 목소리만 들어도 이렇게 부모란 행복해 하신다.

요양원 직원들은 어르신들의 자녀이며, 어르신들은 직원의 부모님들이다.

할 이야기가 없어

"할머니, 방금 전 따님 다녀가셨죠?"

"봤어? 매번 뭐하러 먼 길을 힘들여오는지 몰라."

할머니는 고개를 끄덕이며 좋지 않은 소식이 있었는지 침묵을 이내 침상 밑에 옮겨놓았다.

침묵이 낯설어지기 전에 얼른 깨부숴야 한다.

"이야기 많이 하셨어요?"

"이야기는 무슨……. 자식이니까 그냥 보는 거지."

난 할머니 침상 밑에 옮겨둔 침묵을 산산조각내기 위해 할머니가 관심 있는 이야기를 풀어내기 시작했다. 할머니 기억의 황금어장은 과거 이야기다. 금을 캐는 마음으로 할머니의 과거이야기를 여쭈어보았다. 할머니 황금어장의 중심은 언제나 자녀이다.

"큰따님이 효녀인가 봐요?"

"그럼 아주 효녀지. 젊어서부터 내 속 한 번도 썩이지 않고 나한테 아주 잘했어."

지금도 일주일에 한번 이상 면회 오는 것을 보면 정말 지극정성이다.

"어렸을 때 공부도 잘 했나요?"

"큰애는 공부를 참 잘했어. 어떻게 해서든 대학에 보내려고 애썼는데……."

말끝이 흐려졌다. 결과가 분명 좋지 않다는 것을 직감으로 알 수 있다. 난 할머니 곁으로 한 발짝 더 바짝 다가가 손을 어루만져 주었다. 그리고 할머니가 편안하게 계속 말꼬리를 붙잡을 수 있도록 관심 있는 표정과 시선으로 인내했다.

"그땐 참 가난했어. 먹고살기가 너무 힘들었지. 계집애는 남자 잘 만나면 그걸로 만족해야만 하는 풍토였어. 그 아이 밑으로 남동생들이 줄줄이었거든. 그래도 큰애는 학교 보내달라고 떼쓰거나 마음 상하게 하지 않아. 그래서 내 평생에 그게 가장 후회스러워."

할머니는 눈가가 촉촉해지셨다. 티슈 한 장을 눈가로 가져가는 것이 창피했는지 옆에 있는 나를 보자 그냥 눈물을 삼켜버렸다. 그리고 한동안 침상아래에 옮겨놓았던 침묵이 찾아왔다. 어색한 침묵으로 서먹함이 생겨날 무렵,

"할머니, 말씀하시기 어려우면 다음에 다시 올게요. 말씀 잘 들었습니다. 편히 쉬세요."

문밖을 나서려고 하자 할머니는 희미한 불씨가 남아있는 말꼬리를 이어갔다.

"많이 바쁘나봐?"

"아니에요. 할머니."

다시 할머니 옆자리에 앉았다.

"난 오늘 놀란 것이 있어. 나도 모르게 내가 많이 변한 것 같다는 생

각이 피부로 느끼게 된 거야."

그게 뭔데요? 라고 물어보기도 전에 할머니는 계속 뒷말을 이어갔다.

"난 이곳에 온 이후에 말수가 무척 적어졌어. 공동체 생활에 적응하기가 어려운 것도 있지만 건강이 나빠진 이후부터 난 꼭 필요한 말 이외에는 하지 않았지. 관심 가질 목적도, 필요도, 내게 남아있는 여력도 없었거든. 근데 요며칠 자네하고 많은 이야기를 한 것 같아. 내가 다시 젊어진 것 같고 건강한 과거로 되돌아간 기분이야."

"그러세요? 감사합니다."

"관심이 없다는 건 삶을 단축시키는 것과 같아. 내 위주의 사고에서 벗어나 타인, 자연, 세상에 관심을 두는 것은 삶의 가치를 더욱 부여하는 것이야. 희망 속에 삶의 활력이라는 에너지를 공급하는 것이라고. 그렇게 관심이란 삶을 연장시키는 원동력이 되는 것과 같아. 생각해 봐. 아이가 어른 흉내 내는 언행, 자연의 변화, 종교적 관심, 사람들과의 관계 등 내 주위에서 내가 관심 갖고, 또 관심 가질 만한 뭔가가 있는지 말이야."

"그렇군요. 생각해보면 관심 가질 것이 참 많네요. 그렇다고 나이가 들어갈수록 관심이 줄어든다고 단정 지을 순 없잖아요?"

"그렇지. 그러나 노인들의 대부분은 과거 속에서만 살 수밖에 없어. 노인의 대부분이 과거이야기를 하는 것은, 지금보다 과거에 더 관심이 많았다는 것을 반증하는 것이라고. 또한 스스로 자괴감을 갖는 것도 문제야. 현재에도 난 이렇게 영향력 있게 살아가고 있는데 그렇게 살아야 하는데 지금이 내 환경에선 아무것도 할 수가 없어. 해줄 것도 지금 하는 것도 없어. 나 자신에게 관심이 없어져버렸어. 내 이야기보다는 남의 이야기를 들을 뿐이야. 감옥 안에서 TV나 면회자들로부터 세상의 이야기를 전해 듣는 거나 마찬가지라고. 이건 내 자신의 현재와 미래가 결코 밝아 보이지 않기 때문일 거야. 그래서 좌절감이 시시때때로 날 엄습해오고서는 아픈 노년은 창살 없는 감옥이라고 여기는 것과 같다고. 지금의 내 처지도 또 희망도 한계가 보이니까. 어쩔 수 없다고 그저 이렇게 살아가는 게 내 인생의 미래라고 생각하며 시간들을 쓰레기통에 버리기만 했었지. 그랬더니 더 이상한 것은 듣고 싶은 말도 없어져 버리더라고. 관심이 없어진 거지. 어느 순간 내가 산송장이 되어버린 느낌이 들면서 소름이 끼치는 거야."

"관심이란 매우 중요한 것이군요. 그렇다고 관심을 인위적으로 부여할 순 없는 거 아닌가요?"

"그래 자네 말이 맞아. 노년자체가 상대적인 것이라 관심조차도 사람에 따라 다르게 나타나지. 또한 관심의 목적과 내용, 대상자에 따라 의미가 다를 수 있지. 중요한 것은 희망이라는 삶의 끈을 적절하게 현실에서 연결시키는 것이야. 주위를 둘러봐. 사소한 것으로부터 내가 놓치고 잊고 살았던 관심사가 얼마나 많은지 말이야. 아픈 노년이어서 관심사가 줄어드는 것이 아니야. 자네말대로 언제나처럼 삶이란 상대적인 것이라고."

할머니의 말씀을 생각하며 방문을 나서면서 난 생각했다. 나이에 상관없이 삶이란 언제나 상대적인 것이라고 마지막에 말씀했던 것에 전적으로 동감했다. 나 또한 30년 전이나, 20년 전이나, 10년 전이나 또 10년 후나 30년 후에도 난 현실을 살아가고 있는 그대로의 나일 테니까 말이다.

'김치' 하세요

오늘 어르신 한 분이 들어오셨다.

할머니는 반신불수로 거동이 불편하시어 일상생활의 장애가 무척 크다. 보호자로부터 석연치 않은 어르신상태를 들었기에, 난 직접 어르신에게 이것저것 물어보았다. 어르신은 의사소통이 가능하다.

"어디 아파요?"

"발이 망가졌어."

다리를 쓰다듬으며 발을 조심스럽게 주물렀다.

"좀 시원하네."

들릴 듯 말 듯 혼자말씀을 하신다. 어르신의 신체, 성격, 가족력, 과거력, 인지기능상태를 확인한 후 할머니 침상에 걸쳐 앉았다. 새식구가 된 어르신에게 내가 지금 당장 또 하나 해야 할 일은 어르신관리카드나 문패에 들어갈 사신을 찍는 일이다.

"할머니 제가 사진 찍어 드릴게요."

"사진은 무슨……."

"잘 찍어 드릴 테니까 한번 찍어보세요. 김치하세요~?"

별로 관심이 없으시다.

"눈은 왜 감으셨어요? 눈을 뜨세요."

"그냥 답답해서 눈감고 있는 거야."

"사진이 잘 나오지 않으니까. 눈을 뜨세요."

할머니는 소매로 마른 눈가를 훔치며 눈을 살며시 떴다.

"눈뜨시니까 참 예쁘시네요. 자, 이제 김치하세요."

"김...치..."

자세가 좋지 않다. 자세를 바로 잡았다.

"사진은 뭐 하러 찍어?"

내가 하자는 대로 다 하시면서 귀찮은 듯이 통명스럽게 물어본다.

"이곳은 이제 내 집이다라는 문패를 걸어놓으려고 찍는 거예요."

문패에 어르신 사진이 게재되니만큼 웃는 인상의 멋진 모습을 담아야하지 않겠는가.

"그렇지. 오늘 이곳에 이사 왔으니까 문패를 걸어야지."

행위에 대한 당위성과 목적을 분명하게 인식하게 되었다. 잠시 후, 할머니가 불편한 상체를 일으키신다. 그리고 불편한 오른쪽 팔을 움직이신다. '주머니에서 무엇을 꺼내시려고 하나?' 할머니는 오른손을 이불에서 어렵게 꺼내시더니 불편한 손을 들어 검지와 중지를 사용해 V자를 그리며 어색한 웃음과 함께 '김치~' 한다.

'하하하. 귀여우시다.'

'찰칵'소리 또한 경쾌하다.

그렇게 멋진 사진이 방 입구에서 현재 웃음 짓고 있다.

마지막 남은 잎사귀가
바람에 흔들리다

"할머니 왜 우세요?"

이미 들켜 늦었다는 것을 인식하고서 천천히 눈물을 닦으며 고할머니는 말끝을 흐린다.

"그냥 눈물이 끊이지 않네."

조금 전까지만 해도 즐거운 미소와 함께 웃음소리가 가득했는데 면회자들이 다녀간 직후 무슨 일이 있었는지 너무나도 가슴 저미게 우신다.

"무슨 일이 있었나요?"

"일은 무슨 일……."

발갛게 식어버린 눈물을 훔쳐내며 조금 전 산책이 무리였는지 불편하신 왼쪽 팔을 주무르며 옆에 와 앉으라는 듯이 자리를 털어낸다.

"젊어서 교통사고를 당한 적이 있었지. 사고로 인해 몸을 다쳤지만 그땐 정말 편했어. 사고 전에는 할 일이 끝없이 많았지. 병원에 입원하니 내가 돌보고 챙겨야 할 사람들이 반대로 날 간병해야했기에 어쩌면 그 사고는 나에게 쉼을 가져다 준 것처럼 위안이었어. 두 달이라는 짧지 않은 시간은 마치 임산부가 순산을 위해 시간이 흐르길 바라며 한가로이 낮잠을 즐기는 것과 같았지. 사고에 비해 많이 다치진 않았지만 다리가 골절되어 전혀 거동이 불가능했었어. 주위의 많은 사람들이 병문안을 왔어. 예정된 수순처럼 수술이 진행되고 쾌유는 노는 아이 짧은 방학처럼 시간을 앞당기고 있었지. 그래도 그땐 건강했기에, 젊었기에 희망이라는 내일이 날 더욱 강하게 만들었던 것 같아."

할머니는 잠시 희비가 교차되는 듯이 미간을 찡그리며 계속 말을 이어갔다.

"얼마 전 내가 뇌졸중으로 쓰러진 후 많은 사람들이 나를 찾아와 위안했어. 나도 건강해지기 위해 끊임없이 재활운동을 했지. 아는 사람을 총동원하며 의료지식과 식이요법을 병행하며 수많은 지푸라기를 잡으려고 했던 지난 일들이 생각나. 그러나 시간이 지날수록 치료되지도 않을뿐더러 회복되지도 않고 더구나 눈도 어두워지니 신경이 날카로워지는 날 발견하게 되었어. 그렇게 사람들의 발길이 뜸해지고 회복될 수 없다는 것을 깨닫기까진 그리 오랜 시간이 걸리지 않았지. 신체보다 마음으로 인정하기까지가 더 어려웠던 거 같아. 주위 친한 사람들은 일상처럼 제자리로 돌아가고 남이야기 소곤거리듯 내 병 이야기를 하더군. 처음엔 내가 내 스스로를 미워하며 자책했지. 그리고 내 주위사람들은 그렇다 쳐도 내 속으로 또 내가 키운 내 자식마저 멀어지는 듯한 서운함이 날 몹시도 괴롭히더군."

그때의 기억이 되살아나는 듯 할머니는 눈가가 촉촉해졌다. 앉아계신 자세가 불편하신지 한쪽 팔로 엉덩이를 왼쪽으로 힘겹게 이동하신 후 날 바라보았다.

"여기 요양원은 외로움과의 싸움이야. 많은 사람들이 있지만 내 마음을, 과거를 붙잡아주진 못해. 어느 그 무엇도 예전의 나로 되돌아가게 할 수 없듯이 오늘의 나는 그렇게 부정되기도, 부정할 수도 없게 되어버렸어. 오늘을 사는 현실 위에 요양원이라는 쓰라림이 상처 난 곳에 소금을 끼얹는 격이 되었단 말이야. 그래서 난 분명히 깨달았어. 건강해질수도, 또 예전의 나처럼 되돌아갈 수 없다는 것을 말이야. 그렇게 인정은 하지만, 그러나 난 결코 죽지 않았어. 내 정신은 멀쩡하게 살아있단 말이야. 마음은 예전보다 더 강해진 것 같아."

할머니는 입술이 타들어 가시는지 물 한 모금을 축이시고는 재빠르게 뒷말을 이어갔다.

"난 몸이 아프지만 마음까지 다치진 않았어. 건강하지 못한 신체로 인해 자존심까지 상하게 내버려둘 순 없었지. 아까 면회 온 친구가 나에게 그러더군. 현실을 직시하라고. 그저 마음 편하게 가지라고. 젠장! 나보고 산송장이 되란 거지. 그저 세월만 좀먹으면서 죽을 날만 기다리라는 거야. 울화가 치미는 것을 가까스로 참았어. 그리고 난 고개를 끄덕이며 마음 편하게 있을 거라고 긍정해줬어. 그렇게라도 그 친구들이 날 또 찾아왔으면 좋겠어. 외로움은 진저리가 나. 면회 후 친구들이 떠나고 나면 모든 시선이 집중된 무대 위에서 내려와 불 꺼진 조명 뒤에 홀로 놓인 내 자존심이 흐느껴 울게 되는 거야. 나도, 내 자존심도 외로움 앞에선 어쩔 수 없어. 그렇지만 난 계속 무대 위에 올라설 거야. 미소와 행복한 모습을 보여줄 거야. 이건 내가 요양원에서 인생의 활력을 충전하는 과정 속에 배운 거야."

면회 후 면회자가 깜박했다며 나에게 전해준 것은 고어르신과 함께 찍은 사진이었다. 그때 그 시절에는 지금의 상반된 모습을 예측이나 했을까. 예전의 사진과 최근의 사진이다. 오늘을 확인하고픈 마음이 내일을 살아가는 등불이 되어줄 희망과 함께 최근의 사진을 걸어놓은 것이다. 과거 속에서 벗어나지 못하는 노년에게 시사하는 바가 크다.

할머니는 할머니 자신과의 싸움을 하고 계신 것이다. 요양원 생활은 이제 시작이지만 그 끝은 언제가 될지 모른다. 할머니에게 당연한 것은 정신만은 놓지 않아야 한다는 것을 잘 알고 있다는 것이다. 할머니의 오늘이라는 생활의 마음은 자존심이며 살아갈 힘이 되는 것이다. 살아가는 동안 평생 사람들과의 관계와 부단하게 노력하는 자기 자신과의 긍정적인 갈등은 숨을 쉬는 그날까지 계속 이어져야만 한다.

생각의 차이일 뿐이야

내려가려는 엘리베이터 문 앞에서 누군가 부른다. 부르는 용어가 낯설다.

"젊은이!"

그렇다. 어르신은 나이든 사람이니 30대인 나는 젊은이인 것이다.

"네, 할머니."

이리 와보란다. 가까이 다가갔다. 옆에 앉으란다. 옆에 앉았다. 그러더니 할머니가 내 손을 잡는다. 그리고 머리칼 위에 있던 안경을 제대로 착용하시더니 내 오른손을 빤히 쳐다보신다.

"손금도 보나봐?"

늘상 말씀이 컬컬하신 할머니인지라 옆자리에 앉은 전어르신이 대수롭다는 듯이 한마디 건네는데 대답은 없었다.

"할머니, 남자는 왼손을 봐야하는 것 아닌가요?"

아무 말도 없이 그저 내 손만 바라보신다. 눈이 어두우신지 내 손을 약간 쥐게 하여 손금을 뚜렷하게 한다. 그리고 열정적으로 살펴보신다.

그러나 한참이 지나도 아무 말씀도 하지 않는다. 지치다 못해 옆자리 전할머니가 한마디 내뱉는다.

"손금을 봤으면 뭐 이렇다 할 이야기를 해줘야 할 거 아냐?"

"……."

"뭐하는 거야?"

목소리 속에 약간의 신경질이 들어있었으나 할머니는 아무말씀도 없이 그저 하는 일에만 집중하신다. 그렇게 한참을 바라보시더니 내 왼손을 달란다.

시계바늘은 째깍거리고 있다. 바쁘다. 해야 할 일이 많다. 초침은 내 귀를 괴롭히고 있지만 난 쉽게 그 자리를 벗어날 수가 없다. 그 옆에 앉아서 끝날 때까지 기다려야만 하는 내 운명은 끝없이 늘어선 매표소의 기다림 같다. 할머니도 말씀 한마디도 없이 그저 보시기만 한다. 뭐 대단한 손금인지……. 옆자리 전할머니가 못 참겠다는 듯이 내 손을 같이 보신다.

"어디 많이 아팠었어?"

드디어 한마디 하셨다. 그런데 그 한마디를 듣고선 난 숨이 막히는 줄만 알았다. 죽을 고비를 넘길 만큼 많이 아팠기 때문이다. 애써 웃음 지으며,

"아프긴요. 늘 건강했어요."

그러자 할머니 분명한 어조로 말씀하신다.

"어렸을 적 많이 아프지 않았어?"

그 순간에 긴장했던 내 이마 위의 땀방울이 쪼그라들었다. 어릴 때는 아니었으니까. 긴장을 늦추고 웃으며 말했다.

"할머니, 아픈 적 없어요."

살며시 손을 빼며 일어서려했다. 그러자 할머니는 내 손을 잡아당기면서 돈을 많이 잃어버린 적이 있지 않느냐고 말씀하신다. 그런 적 없다고 했다. 이상하다는 듯이 재차 확인하신다. 누구에게 돈을 사기당하지 않았냐고 말이다. '사기'라는 말에 난 순간 놀랐다. 정말 그랬다. 그런 적이 있었기 때문이다. 그러면서 내 이야기 잘 들으라고 하신다. 돈은 있다가도 없어지는 것이니, 그저 마음의 병이 될 수도 있으니까 그 사람을 잘 이해하고 더 좋은 생각을 많이 하라고 하시며 자신을 다스리지 못하면 유익할 것이 전혀 없다고 하신다. 분명 맞는 말씀이시다.

"네 할머니, 명심할게요. 고맙습니다."

내 손을 잡으면서 강하게 재차 말씀하신다. 기분 나쁘게 듣지 말고 돈에 대한 이해를 잘 하란다. 신신당부하고 재차 확인하고 또 이야기한다. 시계추가 귓가에 째깍거린다.

"네, 할머니 잘 알겠어요."

할머니 또 처음처럼 강하게 반복하시며 이야기하신다.

돈보다 사람 사는 것이 더 중요하다고.

"네! 반드시 알았어요."

턱까지 꼭 알았다고 그렇게 하겠다고 했다. 할머니 이번엔 오른손을 잡고 이야기한다. 나 정말 할 일 많은데 초침이 귓가를 쪼아대고 있다.

"여기 보면 생명선이 있는데 젊은이는 죽다 살아났어. 내 이야기 꼭 들어!"

쿵하고 내려앉는 놀란 심장은 할머니의 말씀에 귀 기울일 수밖에 없게 한다. 난 정말 죽다 살아났으니까. 정말 그랬으니까. 사고는 누구에게나 찾아올 수 있는 감기와도 같으니 병에 걸리지 않도록 더욱 주의해야한다고 한다. 그리고 이젠 덤으로 사는 삶, 더욱 열심히 살아야한다고 한다. '할머니가 정말 그걸 어찌 아셨을까.'

그러면서 사기 당한 그 사람을 이해하고 앞으로만을 생각해야한다며 그 사람은 잊어버리고 그런 일이 없도록 각별히 주의하라고 한다. 또, 또 신신당부하며 이야기한다.

초침에 몸을 맡기고 저녁시간의 느긋한 귓가의 초침소리를 벽걸이에 걸어놓았을 무렵, 문득 할머니의 입소자관리카드를 꺼내보아야겠다고 생각했다. 그리고 난 뒤통수를 얻어맞는 듯한 통증을 느꼈다. 사기당한 그 사람의 이름과 비슷한 보호자의 인적사항을 보게 되었기 때문이다. 성씨가 극소수라 파악하기 쉬웠기 때문이다. 주소와 나이가 거의 확실하다. 정말 놀랄 일이다. 이런 일이 벌어지니, 치매할머니라는 각인된 생각이 점차 지워지고 마법의 지팡이에 이끌려 할머니의 신기에 매료되었다. 몸조차 가눌 수 없어 어지러웠다.

할머니에게 자식들의 이야기를 캐묻지 않았다. 그건 그리 중요한 것이 아니기 때문이다. 할머니의 말씀처럼 긍정의 오늘이 희망의 내일로 이어진다는 말만 가슴깊이 새길 뿐이다.

갱신조사

요양시설은 1년 내내 어르신의 장기요양인정 등급갱신 신청을 한다. 오늘도 건보공단 직원이 왔다. 난 늘 궁금한 것이 많아 바쁜 공단선생님의 바지자락을 길게 늘어뜨린다. 오늘 갱신조사 중 등급이 하향될 어르신이 있을 것 같다고 한다. 오늘은 바지자락이 찢어질지도 모른다. 장기요양기관에 계신 어르신들은 뇌졸중이나 치매, 노인성 질환 등의 만성퇴행성 질환을 앓고 계신 어르신들로 대부분 2가지 이상 복합적인 질환을 가지고 있다.

2012년엔 4년차 조사를 받는 어르신의 등급이 하향된다는 것은 요양시설의 서비스나 환경이 훨씬 좋아졌다할지라도 여러 가지 의문을 갖지 않을 수 없다. 뇌졸중이나 치매 등의 퇴행성 질환은 현재 상태를 유지하거나 지연하는 것이 가장 좋은 치료방법인데 등급이 하향된다는 것은 이해하기 어려운 부분이다. 평가기준은 5개 영역 52항목을 조사하여 증상이 아닌 요양필요도(**수발자의 요양서비스의 필요시간**)를 중심으로 평가한다. 우리나라 장기요양보험제도는 3년간의 시범사업을 통해 선진국의 장점을 모델로 우리나라 정서와 환경에 맞게 도입했다. 그러나 치매란 증상을 정확하게 수치화하는 것이 쉽지 않은 것이 사실이다. 단시간 내에 어르신의 상태를 파악하고 판정한다는 것이 그리 쉬운 것이 아니다. 의사소견서를 통한 전문성을 확보한다 하더라도 한계점이 있다. 다행스럽게도 2011년 6월부터 노인성치매에 대한 평가지표가 확대되었지만 피부로 느껴진 것은 없다.

"안녕하세요? 요양원입니다. 이번에 어르신 요양등급 갱신 신청을 해서 등급판정을 받았는데 3등급으로 2년 동안 유효합니다. 내원하셔서 이용계약서를 체결해주세요."

"네, 그럼 뭐가 달라진 건가요?"

"비용과 등급은 변동사항이 없으나 유효기간만 연장된 것입니다."

94세 된 할머니는 2년 전에도 3등급이었다. 한 달 후 할머니는 건강상태가 악화되었다. 병원 진료 후 암이라는 확진을 받았다. 거동은 불가능해졌고 의식 상태는 현저하게 낮아졌다. 신체생활은 전적으로 보조 지원을 받아야 일상생활이 가능해졌다.

"어르신 건강상태가 나빠졌습니다. 등급변경신청을 해야 합니다."

"갱신한 지 얼마 되지 않았는데 또 등급변경신청을 해야 하나요?"

"네, 갱신은 유효기간이 만료되기 전에 하는 것이고, 등급변경은 증상이 호전되거나 악화되었을 경우에 신청하는 것입니다."

"등급변경 신청해서 등급이 상향되면 뭐가 달라집니까?"

"먼저 본인부담금이 인상됩니다. 현재 3등급이신데 1등급이 되면 월 4만 원정도 인상되고, 2등급이 되면 월 2만 원정도 인상이 됩니다. 그리고 유효기간이 변경됩니다."

"비용이 인상되는군요. 등급변경을 하지 않으면 문제되나요?"

"등급변경은 전적으로 보호자나 수급자가 결정할 사항입니다. 불이익은 전혀 없습니다. 단지 시설에서는 수가로 지원받기 때문에 어르신에게 적용되는 서비스가 요양필요도에 따라 적합하게 등급을 판정받는 것이 가장 바람직합니다. 본인부담금은 월 2~4만 원 인상되지만 시설에 적용되는 수가가 월 11~22만 원이 인상됩니다."

"그럼, 등급이 변경되더라도 기존(3등급)비용을 받으면 안 되나요?"

"네, 부당청구를 할 순 없습니다."

"그럼 등급을 변경하지 않겠습니다."

시설에서는 1등급 수준의 어르신을 모시면서 3등급의 수가를 적용받을 수밖에 없는 상황이다. 작은 비용이라도 인상된다면 당연히 보호자는 등급변경을 하지 않는다. 어르신상태에 따라 등급변경이 자유롭게 진행되어야하는데 시설에서는 보호자의 동의 없이 등급변경을 할 수가 없다. 어르신의 상태를 정기적으로 체크하는 정책적인 접근을 통해 공단의 등급변경(상향, 하향)에 관한 사항을 신중하게 논의해야 할 것이다. 어르신은 유효기간(2년)이 지난 후에야 등급을 갱신하고 1등급을 판정받았다.

"안녕하세요? 이번에 어르신 등급판정을 진행하였는데 등급 외 판정을 받았습니다. 시설에서 퇴거하셔야합니다."

"네? 퇴소하라구요?"

"네, 그렇습니다."

"전에 어머니 혼자 살던 집도 다 정리하고 더구나 어머니를 부양할 형편이 못되는데 어디로 가야합니까?"

"양로시설이나 노인돌보미나 바우처서비스를 이용하셔도 됩니다. 비용이 소요되니 참조하시기 바랍니다."

"집에 혼자 계실 때보다 증상이 호전된 거 같아 마음이 편해졌는데 막막해지네요."

시설의 핵심적인 목표는 입소자가 건강하게 사회로 복귀하도록 지원하는 것이다. 그러나 만성퇴행성질환을 가진 어르신들은 건강을 회복하기가 쉽지 않다. 퇴거 후 건강이 더욱 악화되어 등급을 다시 받게 된다면 장기요양보험제도는 근본적인 해결책이 아닐 것이다. 장기적인 대처가 제도적으로 뒷받침되어야한다.

할머니는 시설에서 생활하신 이후 건강이 매우 호전되었다. 그러나 요즘 걱정거리가 늘어났다. 최근엔 등급 받는 것이 매우 까다로워지고 어려워졌다고 들었기 때문이다. 등급을 받지 못하거나 하향되면 이젠 서비스를 이용하지 못하게 된다. 정말 어떻게 해야 할지 잘 모르겠다. 퇴거하면 지불해야하는 비용부담과 자식의 부양 어려움을 견뎌내기 힘들다.

"어르신 팔 들어보세요?"

"기력이 없어 안 돼."

"다리 한번 들어 보세요."

"기력이 없다니까."

"화장실 출입하세요?"

"앞이 하나도 보이지 않아서 내가 할 수 있는 게 없어."

어르신은 식사, 이동, 의복 탈착, 화장실 이용, 위생청결, 목욕, 몸치장 등 일상생활에 대한 지원이 전적으로 필요한 상황이다.

"할머니, 오늘이 며칠이에요?"

"난 눈이 어두워. 누가 누구인지, 여기가 어디인지, 낮인지 밤인지, 몇 시인지 전혀 몰라."

시설담당자에게 간단히 어르신의 생활을 추가 확인한 후 갱신조사를 마쳤다. 할머니는 조사자가 떠난 걸 확인한 후 TV를 켰다. 한 달 후 할머니는 같은 등급의 인정서를 수령했다.

Part 6

마음으로
가슴을 울린다

– 사회복지사의 요양원 풍경

요양원에 처음 발을 들여놓았을 때 이곳은 죽음만을 기다리는 시한부 인생들이겠구나 라고 생각했다. 죽음을 인위적으로 기다리게 하는 여러 환경들이 있다. 긴병에 효자 없듯이 몇몇의 가족들과 어르신 자신들이 그랬다. 그러나 이러한 생각은 내 머릿속에만 존재하는 착각이라는 것을 깨달은 것은 얼마 지나지 않아서이다. 마음으로부터 눈 마주침을 하고 손을 잡고 사랑을 전하는 가족들이 참 많았다. 전혀 의사소통이 되지 않는 치매어머니를 한 시간 이상 면회하는 것이 반증 중에 히니디.

요즘이
사람 사는 것 같아요

"다치시지 않으셨어요?"

"이 정도 갖고요. 뭘! 괜찮아요."

손가락 사이로 붉은 색의 위험물질이 수도꼭지에서 나오는 물방울처럼 꽉 잡은 손가락 사이를 뚫고 떨어지는 모습을 보니 나도 모르게 눈가가 순식간에 일그러졌다. 급하게 간호사님에게 도움을 청해 지혈한 후에 약품과 붕대를 감고 나니 혼탁하던 흙탕물이 차츰 아래로 가라앉았다. 상황이 정리되어 정황이 드러나니 미안한 마음뿐이었다.

오늘은 더욱 강하게 솟아오른 뜨거운 태양이 불볕더위를 앞당기고 있는 유월의 날씨에 잡초를 제초하기위해 낫을 사용하다 변을 당한 것이다. 다행히 간호사는 병원 갈 정도는 아니라고 했다.

"날씨도 덥고 손도 다쳤으니 이제 좀 쉬세요."

"아니에요. 저거 내일까지 정리하려면 쉴 시간이 없어요. 낫이라도 갈아야겠어요."

그는 해맑은 모습으로 웃음 지으며 그 무서운 낫을 아무렇지도 않게 또 집어 들고 있었다.

　요양시설에는 사회봉사자가 법원에서 봉사명령을 받고 부여된 시간동안 봉사를 하기위해 시설을 찾아온다. 김선생님과 인연을 맺게 된 것이 바로 사회봉사이다. 사회봉사자로 꽤 많은 봉사명령시간을 부여받고 요양원에서 봉사하고 있다. 자신이 맡은 바 책임과 역할을 다하며 한시도 쉬지 않고 열심히 한다. 사람에 따라 봉사내용과 질이 다르지만 그저 성격대로 최선을 다하는 사람으로만 생각했는데 나중에 그로부터 파란만장한 인생 이야기를 듣게 되었다.

　볼록렌즈로 모아진 햇빛처럼 집중적으로 광선을 내뿜는 뜨거운 오후에 물품을 가져오기 위해 김선생님과 함께 차에 올랐다. 한사람은 핸들 앞에, 또 한사람은 창밖으로 고정된 시선은 마치 무거운 적막이 되어 두 남자 사이에 짙게 내려앉았다. 무슨 일 때문에 사회봉사명령을 받게 되었는지 물어보지 않는 것이 에티켓이다. 그런데 김선생님은 성격도, 언행도 전혀 문제가 없어보였는데 그 이유가 궁금해졌다. 어쨌든 적막은 깨어져야한다.

　"시설에서 봉사한 경험이 있었나요?"
　"아뇨. 이곳이 처음입니다. 이렇게 많은 어르신을 만나보지 못했지요."
　"십 수 년 동안 봉사했던 사람이나 근무하고 있는 저보다도 더 헌신적으로 봉사를 하시는 것 같아서요, 어떤 계기가 있나요?"
　김선생님은 창가에 웃음을 던진다. 그리고 열리지 않을 것 같았던 자물쇠가 조금씩 열리면서 문틈사이로 한줄기 햇살이 비치고 있었다.

"전 정말 열심히 살았어요. 그런데 하는 일마다 운이 따르지 않았는지 크고 작은 문제가 늘 괴롭혔지요. 결국 인생의 끝자락까지 가고서도 자포자기하지 않았던 이유는 결코 희망이라는 생명선을 절대 놓지 않았기 때문이에요. 지금도 그렇구요."

살며시 미소 짓는 그의 얼굴표정에서 뭔가 모르는 자신감이 배어 있었다.

"지금은 누구나 살기 힘들 때인 것 같아요. 하시는 일이 잘 되지 않았나요?"

"아뇨. 일은 잘 되었지요. 흘린 피와 땀의 양은 결과와 절대적으로 비례한다는 것을 깨달았죠. 운이 좋아서 그런지 거래처도 늘고 일도 하면 할수록 기술과 열정이 더 생기더군요. 많은 돈을 벌진 못했지만 그래도 이렇게 살면 가끔 분위기 좋은 곳에서 가족과 함께 입에 기름칠을 할 수 있겠더라고요."

일도 잘되고 사람 됨됨이도 좋은 것 같은데 어떤 일 때문에 인생의 끝자락까지 갔는지 나는 손자가 옛날이야기 듣는 것처럼 다음이야기가 너무 궁금해 귀를 쫑긋 세우고 있었다.

"사기라도 당하셨나요?"

"하하하. 아니요. 사기당하지 않았어요."

사기란 말에 갑자기 그가 크게 웃었다. 나는 의아한 눈으로 그를 쳐다보았다.

"차라리 사기당한 것이었다면 맘이라도 편할지 모르겠어요. 저는 무일푼으로 기술도, 학력도 없이 그저 젊음과 열정만 가지고 열심히 일했습니다. 통장의 무게가 조금씩 무거워질 무렵 저는 조그마한 내 사업체를 가지게 되었지요. 전 재산을 투자하고 또 은행의 도움을 받아 퀵서비스 사업을 시작했습니다. 아이가 하루가 다르게 성장하듯이 제 사업도, 가정도 제자리를 잡아가기 시작했지요. 그때가 그래도 가장 행복했던 거 같아요."

잠시 회상하는 눈빛 속에서 그때의 지난날에서 깨어나기 싫어하는 듯 보였다. 깨우기가 미안했지만 뒷이야기가 너무 궁금해서 서둘러 재촉했다.

"사업에 무슨 일이라도 생겼나요?"

"네, 그날 장모님 생신이었죠. 가족들이 한자리에 모여 즐거운 시간을 보내고 있었습니다. 한창 이야기꽃을 피우고 있는데 한 통의 전화가 왔습니다. 퀵서비스요청이었습니다. 장모님 생신이고 모처럼 가족이 모인 자리라 거절할까 잠깐 망설였지만 주섬주섬 옷가지를 챙기고 있는 나를 발견했습니다. 오늘 같은 날은 가족과 함께 있어야지 일 나가는 사람이 어디 있냐며 볼멘소리를 하면서도 어쩔 수 없이 나를 챙겨주는 아내를 뒤로 하고 서둘러 문밖으로 발걸음을 옮겼습니다. 그날 나가지 말았어야 했는데…… 아내의 이야기를 들었어야했는데……. 제 인생에서 가장 후회되는 날이 있다면 바로 그날입니다. 그날은 이른 봄을 기다리는 삼월 초의 공휴일이었습니다."

나는 숨죽이며 그의 이야기에 귀를 기울였다. 그는 마치 고해성사를 하는 듯 이야기를 이어갔다.

"퀵서비스는 촉각을 다투는 일이기 때문에 오토바이를 자주 사용하는데 예상치 못했던 그날은 낡은 봉고차를 끌고 나갔습니다. 습관처럼 앞뒤좌우를 주시하며 액셀을 밟았습니다. 히디가 차안에 온기를 가득 채우니 늦은 시간의 피로가 몰려왔습니다. 천하장사도 들어 올리지 못한다는 눈꺼풀이 감기는 걸 절대 막을 길이 없었으나 쉬고 갈 수는 없

는 일이였죠. 창문을 열었습니다. 뒷목을 두드리며 잠을 깨우기를 수차
례 했으나 눈꺼풀은 너무나 무거웠습니다. 결국 차를 세웠습니다. 찬바
람이 온몸 구석구석으로 전달되니 정신이 번쩍 들었습니다. 간단한 체
조를 하고 다시 핸들을 잡은 나는 잠을 이겨낸 승리자가 되었습니다.
그러나 잠은 멀리가지 않았습니다. 어느 순간 난 또다시 눈꺼풀과 힘겨
운 싸움을 하고 있었습니다. 그때 늦은 시간의 한적한 도로에 브레이크
소리가 천지를 진동했습니다. 잠 같은 나부랭이는 이젠 전혀 문제가 되
지 않았습니다. 아니 그 나부랭이가 내 인생을 바꿔놓는 커다란 사건을
발단시켰지요."

잠시 숨을 고르더니 이내 이야기를 계속 이어갔다.

"학교 앞 횡단보도 가까운 곳으로 달려가 보니 한 사람이 피를 흘리
며 누워 있었습니다. 내가 분명 사람을 친 것입니다. 하늘이 무너져버렸
습니다. 119에 뭐라고 통화한지도 모르겠습니다. 가방을 메고 있던 그
학생은 마지막 숨을 힘겹게 내쉬고 있었습니다. 나는 어찌할 줄 몰라
본능적으로 피가 흥건한 머리를 들고 울음을 터뜨리며 목청껏 외칠 수
밖에 없었습니다. 그 학생이 눈을 떴습니다. 그리고 저를 봅니다. 그 눈
이 저에게 이야기하는 것만 같았습니다. 제발 살려달라고! 제발!! 숨소
리마저 짧은 적막한 하늘아래 시간이 멈춰버린 것 같았습니다. 그렇게
마지막 숨을 내쉬는 순간 119구급차량소리가 들리더군요."

그의 이야기가 영상이 되어 뇌리를 스치고 지나가니 소름이 끼쳤다.
난 한동안 아무 말도 할 수 없었다. 그는 차분한 어조로 이야기를 계속
했다.

"그 여학생은 대학교 3학년으로 늦은 시간까지 공부하다 귀가하는
길이었습니다. 청천벽력 같은 소식을 접한 부모들에게 내가 할 수 있는

최선의 길은 그저 무릎을 꿇고 고개를 숙이는 것뿐이었습니다. 나조차도 믿을 수 없는 일이 벌어졌고 또 앞으로 나에게 일어날 일들을 전혀 예상치 못했습니다."

"생활에 많은 변화가 일어났나요?"

"네, 많은 변화가 있었죠. 가장 큰 변화는 심한 죄책감에 사로잡혀 나 자신을 결코 용서할 수 없었던 것입니다. 악몽 같은 그 학생과의 짧고도 긴 눈 마주침이 날 괴롭혔습니다. 정말 미칠 것만 같았죠. 그 학생의 가족에게도 씻을 수 없는 상처를 주었죠. 두 눈을 감아도, 두 눈을 떠도 정신 나간 사람처럼, 그때 난 내가 아니었습니다. 한순간의 실수로 되돌릴 수 없는 아픔을 뼈저리게 느끼게 되었던 것입니다. 가장 현실적인 문제는 경제적인 부분이었습니다. 억 단위의 합의금이 지출된 데다 정말 운도 없었는지 자동차 보험이 만료된 지 불과 2주 만에 사고가 난 것입니다. 과태료와 눈덩이처럼 불어난 행정처리 소요경비, 자동차관련 수리, 보험비용 등이 이미 때늦은 후회와 막대한 죗값이라는 누명 아래, 손 내밀 것을 우려했는지 나와 가장 친한 사람들이 모두 내 곁을 떠났습니다. 주위사람들이 등 돌리니 내 주위엔 아무도 없었습니다. 가장 힘들 때에 곁에서 도와주는 진실한 친구는 아무도 없었죠. 부모와 친척들, 처갓집에게까지도 버림받았습니다. 마음의 위안도, 경제적인 도움도 그 누구에게도 할 수가 없었습니다. 난 철저하게 외면당했던 것입니다. 그래도 내가 희망의 끈을 놓지 않았던 이유는 무엇인지 아세요?"

그가 갑자기 나에게 질문했다. 처음부터 보인 웃음과 열정, 긍정의 힘이 어디에서 나오는지 무척 궁금했다. 사십대 초반이었던 그에게 마지막으로 남은 것은 가족이 아닐까 싶었다.

"선생님의 가족들이 힘이 되었나요?"

"네! 맞습니다. 소원했던 아내하고의 관계가 더 돈독해지는 계기가 되었습니다. 아이들에겐 결코 부끄럼 없는 아빠가 되기 위해 이대로 무너질 수 없었습니다. 구치소에서 좌절과 눈물의 시간을 보내며 자포자기 하려했던 나는 새로운 힘과 희망이라는 용기가 생겼습니다."

그가 가슴 한쪽에서 낡은 사진 한 장을 꺼내 나에게 건네주었다. 단란한 가족사진으로 뒤쪽에 붙어있는 종이 한 장 한 장에 빼곡히 적혀 있는 글귀들이 눈에 띄었다.

사랑하는 당신이 젊음과 열정으로 최선을 다해 일했지만 세상은 우리가 뜻하는 대로 이루어지지 않음을 잘 알고 있어. 우리가 젊음을 팔고 세월을 아껴 번 전 재산과 앞으로 갚아야 할 대출금도 당신과 우리 가족보다 더 중요하지 않음을 잘 알고 있어. 주위의 친구들과 부모형제들을 결코 원망하지 않아. 더 열심히 사랑하며 최선을 다하라고 신발 끈을 단단히 묶어주는 계기라고 생각해. 이대로 무너지면 당신 스스로에게 지는 거야.

세상이 무너지지 않았잖아. 당신의 건강도, 우리 가정도 멀쩡하잖아. 앞으로 해야 할 일이 더 많아졌잖아. 사진을 봐. 당신은 당신 혼자 몸이 아니야. 당신에겐 희망과 살아야 할 목적과 이유가 분명하잖아. 올라갈 날이 있으면 반드시 내려갈 날이 있을 거야. 지금은 잠시 올라가는 길이라 생각해. 손 내밀면 옆에서 언제든 잡아줄 테니 마주잡은 손처럼 평생 함께하자. 그러니 늘 힘내!

당신이 있어 감사해. 그리고 사랑해!

코끝으로부터 찐한 감동이 밀려왔다. 떨리는 손으로 말없이 사진을 건네주었다.

"제 인생은 그 사건 이후 새로운 인생의 전환점이 되었습니다. 왜 나에게만 이런 일이 일어나느냐고 세상을 원망하며 술을 마시고 좌절하는 그런 소모적인 낭비는 하지 않았어요. 그리고 전 생각했죠. 그 학생과 부모님에게 내가 할 수 있는 최선의 도리는 그 여학생의 몫까지 이 세상을 더 열심히 살아야한다고 말이죠."

가족의 위력이 느껴졌다. 그에게 성공이란 단지 시간상의 문제일 뿐 반드시 이루어질 것을 확실히 알 수 있었다. 동시대를 살아가는 각자의 환경은 상대적인 것이 분명한데 웃음의 열정으로 긍정의 가치를 실현하기 위한 최선의 노력이 자신뿐만 아니라 주위사람들에게도 활력이 되지 않을까 싶었다. 그분의 희망적인 계획에 나조차 즐거워졌다. 그는 처음과 다르게 밝은 목소리로 이야기했다.

"저에겐 두 가지의 목표가 생겼습니다. 하나는 아내와 아이들을 위해 가장의 역할을 충실히 이행하는 것이고 또 하나는 내가 살아있는 동안 자녀들에게도 사랑이 필요한 사회복지시설에 행복 나눔 도우미가 되려고 합니다. 그 학생은 사회복지를 전공했더라고요."

오늘따라 그분 손바닥위에 놓인 난 무척이나 작아보였다. 난 사회복지를 한다고 입으로만, 생각으로만, 머리로만 주위에서 윙윙거리는 파리가 아니었나 싶었다. 상당히 먼 거리가 오늘따라 너무 짧게 느껴졌다. 네 바퀴가 멈추자 그는 아무렇지도 않게 차에서 내리며 물품을 보고 이야기한다.

"이거 옮기면 되는 거죠?"

"네, 같이 옮겨요."

되돌아오는 차 안에서 그가 했던 말 중에 가장 기억에 남는 것은 바로 이것이다.

"요즘 전 정말 사람 사는 것 같아요. 갚아야할 경제적인 손실과 봉사가 끝나면 일해서 벌어야한다는 압박감, 마음의 빚까지 생각하면 몸이 부서질 정도로 힘들지만 그런 힘겨움조차도 활력이 되고 있어요. 철도 길에서 개미가 여섯 개의 다리를 다 들면서 아무리 오지 말라고 해도 기차는 서슴없이 지나쳐가잖아요. 내 자신이 풀어갈 환경은 결국 내 몫이라는 것을 깨달았지요. 상대적인 환경 속에서 전 긍정의 열정을 선택할 겁니다."

그는 10년이 지나도 '요즘 참 사람 사는 것 같다'고 이야기할 것만 같다. 그런데 나의 요즘은 어떠한지 생각해 보았다. 마음가짐으로부터 생활의 변화는 실천되어야 할 것임을 사무치게 깨달았다.

차 창문을 열었다. 스쳐가는 향기로운 바람을 타고 이동한 푸른 하늘이 더 높고, 더 넓게 다가오고 있었다.

마음으로
가슴을 울린다

"할머니, 무슨 생각하세요?"

차창 밖으로 액자 속의 화면들이 잡히지 않는 듯 안할머니 눈동자 속에서 빠르게 지나간다. 긴 겨울잠에서 깨어난 듯이 오랜만의 나들이라 춥지 않은 오월의 따스함이 할머니의 시선을 창가에 머물게 만들었는지도 모른다. 자연의 신비로움을 경탄하게 만드는 이 계절의 사랑스러움 때문일까? 기억할 수 있는 과거의 추억들 때문일까? 여전히 이어지는 오늘의 여러 걱정들 때문일까? 할머니의 생각이 차창밖에 길게 걸려있다.

"생각은 무슨……. 그냥 보는 거지……."

할머니가 살아온 인생의 무게처럼 생각의 깊이가 중후하다는 것이 느껴진다.

"할머니, 지기 지 하천 생각나세요?"

차는 천안의 용곡교를 지나고 있었다. 같은 창밖을 보고 있던 할머니는 그저 말없이 고개만 끄덕이신다.

할머니와 내가 인연을 맺은 건 7년 전이다. 요양시설의 사회복지사로 일하고 있었던 나는 출근 후 긴박하게 울리는 한 통의 상담전화를 받았다. 어르신이 일하다 갑자기 뇌졸중으로 쓰러져 응급실로 옮겨졌는데 건강상태가 매우 좋지 않아 중환자실에 입원 중이라고 했다. 그런데 퇴원하게 되면 거처할 곳도 마땅치 않고 돌봐줄 부양자도 전혀 없다고 이웃사람이 딱한 사정을 전해준다.

난 어르신의 상태를 파악하기위해 서둘러 핸들을 잡았다. 정해진 시간 외엔 열리지 않는 중환자실을 어렵게 들어갔다. 할머니 몸 밖으로 나온 몇 줄의 튜브가 몸 상태의 심각성을 나타내준다. 자신이 누구인지, 여기가 어디인지, 어떻게 된 일인지 할머니는 전혀 의식이 없다. 의료장비와 의료인력이 상시 요구되어야 할 것 같아 그저 집처럼 지내는 요양시설에서는 모시기 힘들 것 같았다. 담당의사 선생님은 시간을 두고 건강상태를 더 지켜봐야한다는 짙은 안개 속의 이야기만 확인해 줄 뿐이었다. 할머니의 상황이 안타깝지만 내 역할은 여기까지가 한계인지라 무거운 먹구름 같은 마음을 안고 시설로 돌아왔다. 한 달여 시간이 지난 후 어느새 일상에 묻혀 안할머니를 기억의 한쪽 구석에서조차 잊고 지내다가 퇴근 전 경쾌한 전화벨소리처럼 밝은 목소리를 들었다. 안 어르신의 건강상태가 많이 회복되었다는 것이다. 그렇게 해서 우리는 할머니와 한 지붕 아래 한 가족이 되었다.

짐을 실은 수레가 내리막길을 내려오면서 점점 더 가속도가 붙는 것처럼 할머니의 신체적 증상은 76세라는 연세에 비해 회복이 빨랐다. 그러나 할머니의 정신은 미로속의 문을 열면 또 다른 문이 생기는 것처럼 확실한 기억을 하지 못했다. 단지 자신이 원하는 기억만 부분적으로 이야기할 정도였다. 할머니가 기억할 수 있는 과거와 지인들의 이야기를 종합해보면, 할머니의 과거력과 가족력이 절정으로 치닫는 소설 같은 이야기의 연속이다. 중간 중간 확인할 수도 알 수도 없는 내용이 찢겨져나간 페이지처럼 뒷장의 결과만 확연히 나타날 땐, 그저 별들에게 물어볼 수밖에 없었다.

서류상 확인할 수 있는 할머니의 호적은 간단명료했다. 자녀도 형제도 없이 전적으로 혼자서 살아왔다. 평양이 고향인 할머니는 어릴 적 개울가에서 물장난하며 재미있게 놀았던 그 기억만 웃음 지을 뿐 청소년기를 지난 후의 기억은 가물가물하다. 어쩌면 험난한 시대적 가시밭길을 거쳐 오면서 기억조차 하기 싫었는지도 모른다. 한국전쟁 이후 남으로 피난 내려와 천안에 터를 잡았다. 젊어선 미모를 겸비했던 할머니이기에 그 무엇도 아쉬울 것이 없었다. 그러나 인연의 불운이었을까? 할머니는 사기와 배신을 몇 번이나 당한 후 세상을 적대시하게 되었다. 술과 담배를 입에 대는 횟수와 시간이 늘어났다. 영원할 것만 같던 젊음도 세월 앞에 무기력했다. 근근이 입에 풀칠이나 하던 하루살이 같은 삶이 잘못됐음을 뼈저리게 느낀 것은 그나마 다행이었다.

그 후로 할머닌 열심히 일했다. 먹을 거, 입을 거, 하고 싶은 거, 구경할 곳, 사고 싶은 거 이런 건 사치였다. 오로지 돈을 모으기 위해 닥치는 대로 일했다. 집 앞에 있는 앞산이 옷을 수십 차례 바꿔 입더니 결국 할머니 머리칼에도 하얀 서리가 찾아왔다. 젊었을 적 어긋나게 행동했던 것이 미안해서였을까? 할머닌 오늘도 여전히 일하다가 쓰러졌다. 술 담배의 영향 때문에 발생한 부분적인 기억력손상이 현재의 슬픔으로 나타난 것이다.

시설에서 생활하시며 여유가 생기자, 할머니 입가를 늘어뜨리는 달이 깊은 어느 날 촉촉해진 눈으로 할머닌 내게 말한다.

"나 어떻게 살아야하지?"

"할머니 무슨 걱정이라도 있으세요?"

"지금 내가 가지고 있는 돈이 얼마나 있어?"

"오천만 원정도 있어요."

자신을 깎고 세월을 아껴 피땀 흘려 번 전 재산이다. 처음 시설에 들어올 때 일억의 자식 같은 돈을 가지고 왔는데 어느새 반으로 줄어들었다. 할머니는 돈 관리를 잘 하지 못해 처음엔 은행직원이 맡아서 관리했다. 시설에 들어온 얼마 후 할머니 요구에 따라 십 년 동안 통장을 관리하고 있는 농협의 지점장님에게 전화해서 할머니에게 통장을 되돌려드렸다. 자신이 통장을 가지고 있을 땐 분실위험과 비용처리의 비효용성, 본인도 모르게 예민해지고 노심초사하게 된 자신을 발견하게 된 후에서야 사무실의 금고에 통장을 맡기게 되었다. 할머니에겐 자식도, 친척도, 신뢰할 수 있는 그 무엇도 없다. 단지 자신을 지켜줄 것은 통장뿐이다. 그래서 할머니에게는 철칙이 있다. 사람은 도무지 믿을 수 없지만 돈 하나만큼은 절대 거짓과 배신을 하지 않는다는 것이다. 치매란 반갑지 않은 손님도 할머니의 통장에 대한 기억을 완전히 다 빼앗아가지 못하는 이유다.

내가 근무하는 시설은 장기요양보험제도를 적용하기 전에는 유료요양시설이었다. 보증금과 월정액을 수납하여 운영하였기에 지속적으로 비용이 지출되었다. 할머니는 처음부터 잘 알고 있었지만 애지중지하던 자식 같은 돈이 담배연기가 허공에 사라지는 것처럼 너무 빠르게 소모되는 것이 마음 아팠을 거란 걸 잘 알고 있다.

"할머니 걱정하지 마세요. 장기요양보험이 적용되면 60%이상 비용이 절감될 거예요. 그리고 할머니 돈을 다 사용하면 국민기초생활보장 수급권자가 될 수 있어요. 그러면 전액 무료로 시설에서 지낼 수가 있어요."

"그게 정말이야? 어떻게 확신할 수 있는데? 어쨌든 난 한선생만 믿을게."

할머니는 미소를 담고 있었지만 경계의 눈꼬리가 남아있었다.

노인복지의 새로운 패러다임이 열리는 2008년 7월 1일부터 장기요양보험제도가 일사분란하게 진행되었다. 우리시설에서는 신청자의 94%가 인정대상자가 되었다. 그러나 인정을 받지 못한 그 6% 안에 안할머니가 포함되었다. 할머니는 실망의 기색이 역력했다. 공단직원이 인정조사를 했지만 결과에 대한 책임은 고스란히 내 몫이 되어 칼날 같은 시선이 가슴에 꽂혔다. 내가 그런 건 아니지만 늘 죄스런 마음이 들었다.

그 후 할머니는 건강상태가 나빠지기 시작했다. 인지기능의 저하, 언어사용의 어눌함, 거동의 불편 등으로 노화의 시계바늘이 할머니 주위에서 쉴 새 없이 째깍거리더니 예전의 날카로운 시선조차 찾아볼 수 없게 되었다. 몇 개월 후에서야 할머니는 다행히 3등급을 받아 시설급여 혜택을 받게 되었다. 하지만 정작 본인의 생활은 그저 시계추가 좌우로 흔들거리는 것처럼 무의미한 생활이었다. 늦은 밤, 할머니가 나에게 이런 말을 한 적이 있다.

"내가, 내가 아까워서 어떻게 해."

'시간은 돈으로도 살 수 없으며 후회는 되돌릴 수 없을 때 찾아온다.'

는 진리를 새삼 깨우치게 해주었다.

"물이 많이 더러워졌네. 크기도 줄고……."

할머니는 예전에 저기서 일을 많이 하셨다. 생존하기 위해 악착같이 살아야했던 저 삶의 터전에서 기억할 수 있는 것은 젊은 기억뿐이다.

"간식 드세요."

직원이 한 봉지씩 할머니와 봉사자에게 나눠주었다. 그 속엔 과일과 떡 그리고 내가 좋아하는 에니타임사탕이 들어있다. 오늘은 안면도 세계 꽃박람회 나들이 가는 날이다. 원래 안어르신은 참여자 명단에 포함되지 않았었다. 신체적 제약으로 인해 가시기 힘들었지만 난 어르신과 함께 가기로 했다. 안면도 꽃박람회 전시장은 막바지임에도 불구하고 많은 관람객으로 붐볐다. 6명이 한 팀이 되어 정해진 시간동안 여러 곳을 관람했다. 후문으로 가면 바닷가로 연결되어있는 곳이 있었다. 우린 사진을 찍기 위해 바닷가로 나갔다. 바다 향기가 코끝을 부드럽게 스치고 지나간다. 어르신 세 분은 거동이 불편해 휠체어에 의존하고 있었다. 바닷바람을 즐기며 먼 바다를 보고 계시는 안할머니에게 여쭤보았다.

"할머니, 바다는 얼마 만에 와보는 거예요?"

"오늘 처음 와보는 거야."

설마! 난 믿기지 않았다. 살아온 세월이 얼마인데! 그러나 할머니가 바다를 향해 비추는 눈빛이 날카롭게 반짝이는 것을 보니 정말 그럴 수도 있겠구나 싶었다.

"할머니, 그럼 우리 모래사장으로 내려가 봐요."

할머니의 어눌했던 언어는 사라지고 또박또박하게 안 된다며 두 손까지 젓는다. 절대 있을 수 없는 일이라는 듯이 엉덩이를 휠체어에 딱 붙이고 있다. 그러나 사실 난 잘 알고 있다. 내려가는 것이 싫은 게 아니라 폐를 끼치는 것이 미안하다는 것을 표정으로 읽을 수 있다.

"할머니, 배경이 너무 좋네요. 저기서 사진 딱 한 장만 찍어요."

동기를 부여하고자 노력했지만 할머니는 완강했다. 안할머니가 오늘 본 바다는 처음이자 마지막이 될 수도 있다. 모래사장의 촉감과 멋진 배경을 사진으로 담고 싶었다. 우리 모두는 약간의 실랑이 속에 정녕 싫다던 할머니를 힘겹게 바다 쪽으로 내려오게 했다. 첫발을 내딛는 것이 힘들었을 뿐 할머니는 모래사장을 한 발 한 발 쉽게 내딛었다. 사진을 찍고 다시 할머니를 휠체어에 모셔다 드렸다. 안할머니 먼저 휠체어에 모셔드리고 다른 어르신들을 이동하니 등에서 물줄기가 흘러 내렸다. 그런데 안할머니가 어찌된 일인지 고개를 숙이고 있었다.

"할머니, 무슨 일 있으세요?"

미동도 없으시다.

"할머니, 어디 다치셨어요? 불편하세요?"

어깨가 약간 들썩이고 있었다. 휠체어 아래로 물방울이 떨어졌다. 난 앉아서 할머니를 천천히 바라보았다. 할머니는 물기 가득한 눈망울로 소리도 없이 흐느끼고 있었다. 할머니도, 나도, 동료들도 한동안 아무 말도 할 수 없었다.

"할머니, 이제 가요."

숙연의 시간이 잠시 지난 후 정해진 초침이 귀가를 재촉하고 있었기에 우리들은 서둘러 차량으로 이동했다.

나들이를 무사히 마친 그 날 늦은 시간, 요양원 주위에도 어둠이 내려앉았다. 나들이를 정리하고 안할머니방을 노크했다. 할머니는 기다리고 있었다며 어서 오라고 반갑게 맞이해 주신다.

그리고 이미 준비해 둔 에니타임 사탕을 한 움큼 나에게 쥐어주신다. 순간 난 코끝이 터져버렸다. 그 사탕을 간식으로 남기고자 또 다른 어르신에게서 싫은 소리를 들으며 힘들게 구했을 것이다. 할머니에게 물질이나 돈이 없어서가 아니다. 이보다 더 감동적인 선물을 받아본 적이 있었던가! 자신이 할 수 있는 최선의 감사표현인 것이다. 그저 마음을 담아 상대방이 좋아하는 것을 애써 준비하는 정성이야말로 가장 값진 것이 아닐까.

"할머니, 고맙습니다."

사회복지 일을 하는 사람들에게 기적과도 같은 힘이 생기는 이유이다. 안할머니에게도 돈보다 사람을 더욱 신뢰할 수 있는 계기가 되길 간절히 소원해본다.

손을 잡은 따스한 온정 위에 어눌하신 입술로 내게 이야기하신다. 그리고 기분 좋은 웃음을 짓게 만든다. 얼마나 좋았으면 그랬을까. 삶의 희망은 오늘을 활기차게 살 수 있는 원동력이 될 것이라 확신한다.

"동해 바다는 더 좋다던데 ……. 가봤어?"

내가 아는 사람이야?

방에 들어서니 홍할머니는 옆자리를 쓸어내며 앉으라고 손짓하신다. 옆에 앉았다. 한동안 나를 빤히 쳐다보시고는 입을 여신다.

"내가 아는 사람이야?"

'글쎄요. 한번 맞춰보세요!'라는 표정으로 할머니 옆으로 다가가 앉았다.

"내 손주야? 손주 맞지?"

확신에 찬 자신감으로 말씀하신다.

"아니에요."

난 고개를 저었다.

"그럼 누구야? 조카야?"

저녁 9시가 넘었다. 이 늦은 시간에 할머니를 뵈러 왔으니 친척이어야 한다.

"할머니, 전 손자도 조카도 아니에요."

또다시 고개를 저으니 할머니는 단 한마디를 아주 쉽게 허망하도록 말씀하신다.

"남이구나."

할머니는 귀가 어두워 잘 듣지 못한다. 입모양을 보더라도 이해하는데 어려움이 많다. 남이라는 관계가 확실해졌으니 관심이 없으시다.

"우리 손주는 어디 갔어?"

"저는 잘 몰라요."

분명히 그렇게 말했는데 할머니는 딴 소리다.

"출장 갔다고?"

"아니요. 저는 잘 모른다고요."

"출장? 어디로 갔는데?"

자신이 믿고 싶은 대로 현실이 되어버린 망상, 이럴 땐 같은 공감대를 형성해야한다. 그저 할머니 말씀에 맞춰드려야 한다. 난 작년에 손주가 중국을 자주 다녀온 것을 기억하고 있었다.

"중국 상하이에 갔대요."

"일본에 갔다고? 누가 보냈는데?"

또박또박 중국에 갔다고 두세 번 말했는데도 할머니는 일본이라고 고집하신다. 없던 이야기를 할머니위주로 전개해나갈 수밖에 없다. 할머니는 펜을 쥐고 있는 작가다. 그러나 픽션인지 논픽션인지는 좀 더 확인해봐야 알 것 같다.

"회사에서 보냈대요."

"지 아버지가 보냈다고? 언제 온다는데?"

"한 달 걸린다구하네요."

"한 달씩이나. 잘 다녀오라고 해."

휴우…… 한 달 기간만 정확하게 알아들으시네. 전에 손주를 부모가 일본으로 출장을 자주 보냈었는가보다. 또한 홍할머니가 일본에 대한 집착이 큰 건 할머니가 젊어서 일본을 한번 다녀온 좋은 추억이 있고 남편이 일본 출장 때마다 가전제품을 사왔기 때문이다. 일어서며 그 옆에 계신 장할머니에게도 인사했다.

"할머니 편히 쉬세요. 또 올게요."

"조심해서 잘 다녀와."

인지기능이 저하된 장할머니가 걱정과 아쉬움의 눈빛으로 말씀하신다. 내가 손자가 되어 일본을 출장 가는 상황이 되어버린 것이다.

"네, 할머니, 잘 다녀올게요."

가슴 속에 느낄 수 있는 사랑 가득함이 넘쳐있다. 다음날에는 어떤 픽션 같은 논픽션이 펼쳐질까 기대된다.

자식에게
짐이 되긴 싫어

2등급이신 한할머니는 요양시설을 2010년 1월부터 이용하고 계신다. 할머니도 장기요양인정 갱신신청을 해야 한다. 유효기간이 일 년이기 때문에 적어도 90일전에는 신청을 해야 한다. 현재 1,2등급은 시설급여(요양시설)로 요양시설을 이용할 수 있지만 3등급 어르신은 재가급여를 이용할 수밖에 없다. 요 며칠 사이 할머니 걱정이 문밖까지 넘쳐났다. 잘 지내고 계셨는데 무슨 문제가 있을까? 할머니를 도와줄 사람은 시설의 직원이다.

"끊고 싶은데 끊어지지가 않아!"

한할머니는 한숨과 함께 푸념을 늘어뜨리며 고개를 좌우로 절레절레 흔든다. 순간 난 할머니의 삶이 고스란히 들어있는 일기장 속의 이야기를 꺼내 들여다보고 싶어졌다. 할머니는 누구와 어디에서 무얼 하며 어떻게 살아왔는지 할머니의 울타리를 잘 파악해야만 정확하게 자원을 연결하고 지원할 수가 있다. 그러나 할머니는 처녀의 속살을 보여주는 듯, 비밀스런 과거와 현재의 이야기를 자신만이 가지고 있는 자물쇠로 꼭 닫아둔 채 겉으로 드러내지 않는다. 젊은 나에게 자신의 고민이나 문제점을 이야기한다 해도 해결되거나 변화되지 않는다는 것을 잘 알고 있으리라. 난 할머니 침상 옆에 앉아 할머니의 일기장을 손에 쥐어주며 경청할 자세를 취하고 있었다.

"어둠이 내려 고요가 주위를 둘러싸면 난 창밖을 보며 한참동안 이야기를 하곤 했지. 창밖엔 내 젊은 시절도 있고 부모형제와 친구들도 있어. 창은 추억을 담은 영상이야. 그 속에서 난 행복한 웃음을 달고 과거를 회상하다가도 현재의 내 모습을 인식하는 끝자락엔 꼭 눈시울이 붉어지게 되더라고. 나이가 들어가면서 창밖을 보는 시간은 점점 늘어 가는데 기억속의 이야기할 내용은 점점 희미해지는 거야. 어느 순간 무의미하게 창밖을 멍하게 쳐다보고 있는 나 자신을 발견하게 되었지. 그때부터 외로움이 검은 그림자처럼 내 주위로 엄습해왔어. 누구에게도 말할 수 없고 말한다고 해도 변할 리 없겠지만, 난 대답 없는 검은 창문보단 단지 들어줄 친구가 있으면 좋겠다고 생각했지."

그렇다. 경청해주는 대상자가 있다는 그 자체만으로도 충분히 속내를 털어낼 수 있으리라. 할머니는 오래된 서랍장에서 기억을 꺼내 그 누구에게도 이야기하지 않았던 과거와 현재 그리고 미래에 대한 자신의 생각을 차분하게 이야기하기 시작했다.

"난 유복한 가정에서 태어나지는 않았지만 생존을 위협받을 만큼의 어려운 생활은 하지 않았어. 그 시대에 우리 오 남매는 삼 시 세 끼니를 밥상에 앉아 먹을 수 있다는 행복을 피부로 느낄 수 있었어. 그것을 내 또래의 아이들이 길거리를 헤매고 구걸하는 모습을 보면서 알게 되었지. 아버진 집안배경이나 학식, 인맥도 없이 그저 머리카락 자르는 기술만 가지고 우리 식구를 먹여 살렸지. 젊음의 땀이 마를 날 없이 밤낮으로 세월을 깎으며 한 푼 두 푼 번 돈을 우리형제들을 위해 사용했지. 노력하는 자에게 행운도 따라오듯이 아버진 사업수완이 참 좋았어. 고위층을 주고객으로 모시게 되었던 거야"

할머니는 모처럼 기억이 생생하신지 창가로 시선을 던지며 잠시 숨을 고르시더니 이야기를 계속했다. 창이 스크린이 되어 영상화되는 것처럼 또박또박 그림을 보고 설명하는 듯 과거를 이어갔다.

"그런데 우리가족에게 예상치 못한 슬픔이 찾아왔어. 오빠가 스무 살이 되던 때에 공장에서 일하다가 사고를 당했어. 아버진 땀을 깎아 번 돈을 아낌없이 수술비로 내놓았지. 그 당시엔 번번한 보험도 없었지. 수술을 여러 번 하다 보니 쌓였던 통장의 무게가 점점 가벼워지더니 결국 빚을 지게 되었어. 아버지 사업도 정권이 바뀌면서 더 이상 고위층을 상대로 돈을 벌기가 쉽지 않게 되었어. 어떻게 해서든 낫게 하려는 부모님의 의지는 의료비가 문제는 아니었어. 자식을 위한 눈물겨운 간호는 아들의 건강 그것이 최종 목표였지. 그러나 부모님의 간절한 바람을 뒤로하고 오빠 스물두 해를 넘기지 못하고 저세상으로 갔어. 그때부터 아버진 삶의 의욕을 잃어버렸던 거 같아. 그리고 그 많은 빚을 엄마와 나, 그리고 동생에게 남기고 아버지마저 호흡을 멈춰버렸어."

할머니는 잠시 숨을 골랐다.

"엄만 죽을힘을 다해 세상과 싸웠어. 잘 살던 때와는 다르게 친척들의 도움도 뜸해지고 몸이 약했던 엄마는 세상과의 처절한 싸움에서 중풍이라는 퇴행성질환을 얻게 되었지. 어머닌 자식에게 빚을 떠넘기기가 미안하여 병든 몸으로도 악착같이 벌었던 돈으로 빚을 청산하고 홀연히 우리 곁을 영원히 떠나버렸어."

슬픔이 밀려왔다. 그리고 작은 소리로 흐느끼듯 중얼거렸다.

"엄만 늘 미안하다는 말을 달고 살았어. 자신이 못나서 이렇게 자식들 고생시킨다고. 내가 그 시절엔 엄마를 잘 알 수 없었지. 이해하기도 힘들었어. 듣기 싫다고 그만하라고 소리 친 적도 있었지. 어머닌 돌아가시기 며칠 전에도 내 손을 잡고 미안하다고 하셨어. 결국 그 한마디가 살아계실 때의 마지막 말이 되었지. 나중에 나이 들고 자식을 키워보니 어머니의 미안하다는 말은 심장으로부터 꺼낸 말이라는 것을 이해하게 되었어."

현재 자신의 모습을 자녀와 연관하며 잠시 한숨을 길게 내쉬었다.

"등급이 올라간다고 해서 좋아질 게 없어. 단 몇 푼이라도 본인부담금이 인상되고 아프면 약조제비, 의료비가 더 들어갈 테니까. 난 딸에게 해준 것이 아무것도 없는데, 또 앞으로도 해줄 것이 아무것도 없는데 이렇게 살아서 딸의 어려운 경제상황을 좀먹고, 어쩔 수 없이 간신히 쉬는 숨을 아슬아슬하게 쉬면서 살아갈 수밖에 없는 기생충이 되어버렸어. 끝이 보이지 않는 이 짐을 빨리 벗어던지고 싶은데 끊어지지가 않아."

살아간다는 의미가 무얼까. 삶의 가치가 있을까. 존재의 이유로부터 무의미한 시계의 추가 좌우로 똑딱거리는 것은 아닐까. 죽음마저도 자식을 위한 부모의 마음인 것을 우리들은 알 수 있을까. 동시대에 같은 하늘을 바라보고 살지만 부모와 자식의 생각은 확연하게 다르다는 것이 느껴진다.

"너무 부모입장에서만 생각하신 거 아닌가요?"

"그렇지 않아. 부모는 늘 그랬던 기 같이. 자식을 위해 사는 인생이 대부분을 차지하지. 나이 들어도 자식을 위해 물질과 마음을 다하여 자식을 챙겨주지. 자식이 아프다면 목숨까지도 바칠 수 있는 거야. 그런데 부모와 자식의 입장을 바꿔 생각해 보면 많은 차이가 있어. 부모가 늙고 가진 것이 없다면 자식이 제 속으로 낳은 제 자식만을 생각하는 것처럼 부모에게 맘과 물질의 정성을 다할 수 있을까? 나도 그랬고 내 자식도 그럴 것이 분명한데. 내리사랑만 했지 치사랑은 그리 쉬운 것이 아닌 현실임을 잘 알고 있는데 말이야. 내 처지가 자식을 더욱 힘겹게 하고 있다고 생각하니 생의 의미가 없어."

　부모님 때문에 자신이 존재하고 있다. 이 세상에서 삶이라는 가장 큰 선물과 감사를 주시고, 이 땅위에서 숨을 쉬고 살아가게 해준 분이 부모님인데 어느 순간 필요의 잣대가 뒤바뀌어 자식에게 유리한 권력의 키가 주어지는 상황이 되었음에도 불구하고 부모님은 늘 자식걱정뿐이다.
　"그건 할머니 생각 아닌가요? 자식도 그렇게 생각하진 않을 거예요."
　"물론 나도 그렇게 생각했지. 그런데 지난 달 딸이 사위와 통화하는 내용을 들었어. 나 때문에 대출을 받겠다는 거야. 현재 이자도 갚기도 힘든 상황인데. 요양시설에 있는 기간이 장기화되자 경제적으로 감당하기 힘든 거야. 그러니 내가 살아야 할 이유가 뭐가 있겠냐구?"
　"할머니, 제 생각에는 말이에요. 관점을 다르게 생각하면 어떨까 싶어요. 부모와 자식의 일방적인 관점이 아니라 수평적인 입장으로요. 할머니의 아버지가 갑자기 돌아가셔서 힘들었던 것처럼, 부모님이 살아계시는 것 자체가 자녀들의 인생에 살아갈 희망이 아닐까 싶어요. 자식은 아직 젊고 견뎌낼 힘이 있지만 부모는 견뎌내는 대상이 아니잖아요."
　"내가, 병든 내가 희망이라구?"
　"네! 병든 노인이 아니라 어머니로요."
　할머니는 잠시 생각하시더니 살며시 미소를 지었다.

어머니의 가슴 속
자식사랑

    오른쪽 바짓가랑이로부터 낯선 떨림이 온몸을 휘감았다. 이내 환하게 밝아지더니 액정에 익숙한 번호가 뜬다.

    "여보세요? 네가 어쩐~?"

    말꼬리가 끝나기도 전에 들리는 다급한 목소리로 보아 뭔가 심상치 않다.

    "너네 집에 불났어!! 검은 연기가 먹구름처럼 하늘로 치솟고 있어!!"

    애가 무슨 장난을 하나 싶었다. 그러면서도 걱정은 조그마한 가시처럼 피부를 찌른다. 서둘러 핸들을 잡고 있는 나를 발견했다. 그 가시는 아무생각 없이 액셀만 더 깊숙이 밟게 할 뿐이었다. 그저 빨리만 가려고 정신 나간 사람처럼 핸들 위에 두 손을 놓은 난 부들부들 떨고 있었다. 자칫 이러다 교통사고로 내가 먼저 저세상으로 갈 수도 있겠구나라는 생각이 번쩍 든 긴 그나마 다행이었다. 숨을 장가로 돌리며 자 장문을 열었다. 늦가을의 바람이 등 뒤를 타고 내려오는 긴장의 땀방울을 다소 식혀주고 있었다.

집근처에 다다르자 믿지 못할 광경이 눈앞에 펼쳐졌다. 말 그대로 집이 훨훨 타고 있었다. 싸움구경, 불구경이 재미있다고 했던가! 마을 사람들은 모두 다 모인 것 같았다. 슬레이트지붕과 판자철재지붕 사이로 거세게 불어오는 바람이 불쏘시개역할을 하여 검은 연기를 더욱 쏟아 내고 있었다. 빨간 소방차 세 대가 집주위에서 이미 빈차로 대기하고 있고 두 대는 연신 물을 뿜어내고 있었다. 집안에 있는 가정용 LPG가스통이 언제 폭발할지 모르는 위험한 상태였다.

그럼에도 약간의 실랑이를 벌이고 있는 광경이 눈 안에 들어왔다. 실성한 듯한 사람이 울지도 웃지도 않는, 하늘이 무너진 표정으로 집안으로 자꾸만 들어가려고 했다. 아버지다. 눈물이 핑 돌았다. 저안에서 자신의 인생이 고스란히 타들어가고 있었으니 아버지의 눈이 뒤집어질 만도 하지 않는가! 어머닌 그저 발만 동동 구르며 눈물 한 바가지를 쏟아내고 있었다. 주위사람들은 이미 소용없는 불씨 탓을 하며 소곤거리고 있었다. 소방의 날에 이런 일이 터지니 참 아이러니하다는 어느 소방관의 이야기를 스치며 불은 절정에서 한풀씩 꺾이고 있었다. 꺼진 불도 다시 볼, 색깔도 없는 연기가 아지랑이처럼 피어오르는 잔잔한 시간이 된 후에서야 눈물겨운 뒷정리가 시작되었다. 어느덧 해는 저물고 사람들은 제각기 보금자리로 되돌아갔다. 그렇게 2005년 11월 9일에 전기누전 화재로 우리 집이 없어져버렸다.

당장 거처할 곳이 없었다. 난 친구네 집에서, 부모님은 이웃집에서 잠자리를 해결한 후 눈뜬 이른 새벽부터 검은 재와 그을린 속을 파고 쓸 만한 물건을 찾기 시작했다. 다행히 동네에 빈집이 있어 이웃들이 그곳에서 지낼 수 있도록 배려해 주었다. 많은 도움의 손길이 있었지만 부모님은 자신의 삶과도 같았던 집이 한순간에 없어지고 앞으로 살아갈 길이 막막했는지 뜬눈으로 지새우는 날이 많았다. 집은 우리 재산이었지만 터는 남의 것이었다. 건물은 타서 무용지물이 되었고 땅주인은 그 땅을 팔지 않으니 당장 나갈 수밖에 없었다. 빈집에서 장기간동안 거주할 수도 없는 일이었다.

35년 가까이 산 정든 동네를 떠날 수도 없고 동네에서 집을 구할 수도, 지을 수도 없는 어려운 상황이었다. 우리 재산 중에는 동네 끝자락에 200평 남짓한 땅이 있었다. 그곳은 동네 산제당이 가까이 있는 곳이다. 그곳에 집을 지을 수밖에 다른 선택의 여지가 없었다. 그러나 동네 사람들은 절대 그곳에 집을 짓지 말라고 한다. 좋지 않다고 한다. 미신이라고 가볍게 한쪽 귀로 흘리면 그만일 텐데 혹시나 악재가 있으면 어쩌나하며 며칠을 뜬눈으로 고민하던 부모님은 결국 그곳에 집을 짓기로 결정했다. 정말 선택의 여지가 없었다. 그렇게 해서 이듬해 새집을 얻게 되었다.

"이놈아 언제 정신 차리려고 만날 그 모양이야? 내 속이 시커멓게 탔어! 버는 것은 쥐꼬리만 한데 그렇게 쓰는 것이 헤프니 어떻게 살려고 하는지. 으이구 내가 못살아~!"

아침부터 어머니 잔소리가 풍선처럼 커지기 시작했다. 난 애써 귀를 막으며 죄지은 어린양이 되어 출근준비에 바빴다. 아무런 대꾸를 할 수 없었다. 해서도 안 된다. 어머닌 불어오는 바람을 지고 더욱 거세게 비를 내뿜어대는 7월의 폭풍우기 되어 날 몰아치기 시작했다.

"술 처먹고 좋을 게 뭐가 있느냐 말이야. 나이 삼십이 넘어서 결혼도 못하고 미친놈마냥 술만 들이켜고, 뭐하나 제대로 하는 것이 있느냐 말이야! 아무 쓸모도 없는 미련한 놈아. 언제 철들려고 하냐. 언제!"

귀에서 모기가 쉴 새 없이 앵앵거리는 것을 도저히 참을 수 없었다. 난 주먹을 쥐고 서랍장을 힘껏 가격했다.

"제발 좀 그만해요!"

어머닌 손가락 사이로 빨간 위험물질이 나오자 더 이상 잔소리를 하지 않았다. 새벽까지 마신 술로 인해 아직 깨지 않은 불편한 마음은 심한 두통을 수반하여 이성적인 판단을 흐리게 하고 있었다. 출근길 차안에서 내가 왜 그랬을까 눈시울을 붉히며 다시는 그러지 말아야지 하며 돌이킬 수 없는 후회를 했다. 온몸에서 퍼져 나오는 술 냄새를 풍기며 핸들을 잡은 두 손위로 앞뒤좌우 차량에 신경을 써야하는 출근길이 괴로웠지만 술을 끊어야하겠다는 생각은 하지 않았다.

그날 퇴근 후에도 아침의 일을 아주 잊은 채 이른 저녁부터 술잔을 기울이고 있었다. 일이 힘들다고, 친구에게 배신당한 마음을 달랜다고, 나에게만 스트레스가 너무 크다며 하루가 멀다 하고 술을 먹었다. 술을 먹으면 황소고집이 되는 더러운 주사가 있음에도 내 곁엔 늘 함께해주는 술 동료와 단골집이 있었다. 더욱 심한 고질적인 나의 엄청난 문제는 필름이 끊이는 단기기억장애 현상과 음주 후에도 차를 두고 가지 않는다는 것이다. 술과 함께 차를 직접 가지고 가려다 발생한 크고 작은 문제가 그림자처럼 날 따라다녔다. 차가 망가져 경제적인 비용 부담이 늘어가고 주위사람들의 소곤거림이 잦아질 때, 정신 차리고 술을 끊든지 운전을 하지 않았어야 했는데, 난 절정으로 치닫기 위해 갈 때까지 가고야만 소설책의 주인공이 되고야 말았다. 아스팔트가 불타오르는 뜨거운 팔월 말 새벽, 결국 사건은 터졌다.

삐뽀삐뽀~! 앰뷸런스 경적소리만 새벽하늘가에 가득했다. 내 주위에 누가 있는지 볼 수도 없었다. 그저 몸이 죽을 만큼 아플 뿐이었다. 타들어가는 헛바닥과 목구멍 속으로 콧줄을 넣고 한참 후에 난 환한 무영등 아래로 초록색 옷을 입은 사람들을 보며 기억을 다시 한 번 잃었다. 내가 깨어난 것은 수술을 받고 열일곱 시간이 지난 후라고 한다. 내가 눈을 떴을 땐, 난 숨을 쉬기도 몸을 가누기도 무척 어려운 중증환자가 되어 있었다. 쇼크로 인해 한동안 제정신을 차릴 수 없었던 내가 어렵사리 기억해 낼 수 있었던 것을 머리로부터 살펴보면 코에 연결된 콧줄과 산소호흡기, 목과 가슴, 배에 붙어있는 몇 줄의 폴리, 스템플러처럼 꿰매진 배 전체를 포함하고 있는 사람인(人)자의 수술자국, 팔과 다리에 기브스, 소변줄, 팔에 연결된 여러 개의 링거가 거미줄처럼 복잡하게 뒤섞여 있었다.

그날부터 어머니는 병원과의 사투를 시작하였다. 중환자실에 있는 나의 생사를 확인할 수 없었기 때문에 자식을 잃게 될 불길한 슬픔을 쫓아내기 위해 어머니는 하루에 두 번 그것도 삼십 분만 열리는 중환자실 주위에서 결코 밤낮으로 내 곁을 떠나지 않았다.

일반병실로 옮긴 후에도 어머닌 가정도, 일도 다 팽개치고 전적으로 나에게만 매달렸다. 숨소리만 거칠어도, 새벽녘 조금만 뒤척거려도 어머닌 무슨 일이 있는 양 한숨도 못 자고 노심초사하며 다 큰 자식을 자신보다 더 지극히 간호했다. X-ray, 장비교체, 각종 치료, 의료적인 체크와 정기적인 검사 등으로 하루가 일찍 시작되었는데 어머닌 침대이동, 소변, 식사, 위생청결, 한자복과 침대보의 탈착 등 온갖 일과 내 싸증을 다 받아주며 내 그림자가 되었다. 그때 나는 내가 어머니의 사는 이유이자 목적이었음을 뼈저리게 느낄 수 있었다.

내가 사경을 헤매다 조금씩 회복이라는 희망을 품을 무렵, 병원 밖에서는 아니 땐 굴뚝에 연기가 무성하게 피어오르고 있었다. 대형사고로 크게 다쳐 얼마 살지 못할 것이라는 소문과 집터를 잘못 골라서 벌을 받은 거라는 소문이 가장 설득력 있게 옆집에서 옆집으로 순식간에 퍼져나가기 시작했다. 가장 현실적인 문제는 경제적인 부분이었다. 음주사고로 인해 보험적용이 되지 않았다. 되는대로 오늘 하루만 생각하며 살았던 난 제대로 된 사회보험도 없었다. 시간은 흐르고 눈덩이처럼 불어난 병원비의 납부고지서를 받았을 때 어머니의 눈가가 무척이나 수척해 보이셨다. 종종 자리에서 벗어났던 것은 아버지와 통화하며 병원비 걱정에 많이 우셨던 것을 나중에야 알게 되었다. 어머니는 마르지 않는 샘물처럼 쏟아지는 눈물을 남모르게 삼키며 오직 한 가지 목적에만 매달렸다. 돈이나 남들의 이목 따위는 자식의 생명과는 비교도 될 수 없었을 것이리라. 감사하게도 난 머리를 다치지 않았다. 뿐만 아니라 일상생활에 문제될 건강상의 이상이 없었다. 팔다리도 시간이 지나면 제자리에서 제 역할을 할 수 있으며, 손상된 간도 재생이 가능해진다고 했다.

　무더운 여름날, 물 한 모금도 먹지 못했던 난 물과 미음, 죽과 밥을 먹을 수 있게 되었다. 또 하루 종일 같은 자세로 누워있어야 하고 목과 입, 한쪽 팔다리만 움직일 수 있었던 나는 어머니의 간절한 바람대로 조금씩 건강을 회복하여 앉고 서고 걷게 되었다. 병원에 누워있으면서 가장 뼈저리게 느낀 것이 있다면 그건 가족의 사랑이며 어머니의 헌신이다. 어머니가 내게 보여준 사랑은 단지 어머니이기 때문에 당연히 그런 줄로만, 받아야 하는 줄로만 알았다. 하지만 당연한 것은 아무것도 없다. 그동안 어머닌 피눈물의 시간을 보낸 것이다. 난 무엇을 하고 있었던 것일까. 내가 할 수 있었던 것은 무엇인가. 너무 철없이 살았던 것이 아닌가. 이제부터라도 어머니이기에 자식 된 도리를 다하는 것 또한 당연하리라. 입으로만 머리로만 생각으로만 살았던 나를 변화시켜야한다. 내가 내 마음대로 하늘을 보고 걷게 된다면 너무나도 할 일이 많을 것 같았다.

그 후 집 앞에 있는 커다란 소나무가 옷을 세 번이나 갈아입었다. 집으로 향하는 네 바퀴는 경쾌한 음악소리와 함께 힘차게 구르고, 어머니가 좋아하시는 수박의 세로무늬는 덩실덩실 춤을 추는 것만 같았다.
"어머니 지금 막 병원 같이 다녀왔어요."
"그래 잘 다녀왔니? 의사선생님이 뭐라고 했니?"
"시월에 어머니 손주가 생긴다고 하네요. 글쎄 제가 아빠가 된데요."
"그래? 정말 축하한다. 정말 잘 했어. 앞으로 더 사랑하며 아끼고 챙겨줘야 해."
어머니 음성만으로도 웃음과 행복이 수화기를 타고 따뜻하게 전해온다.
"어머니 감사합니다. 그리고 사랑합니다."

난 결코 살아서도 아니 죽어서도 정녕 다 갚지 못할 큰 사랑을 받았다. 내가 배운 것 중 가장 값진 것이 있다면 바로 '효(孝)'다. 사고로 인해 건강과 시간이 얼마나 중요한지, 물질보다 소중한 가치가 무엇인지를 뼈저리게 느끼게 되었다. 부모님이 살아계시기 때문에 난 효도 할 수 있는 최대의 감사를 얻었다. 이제부터의 내삶은 감사를 실천할 일로 가득하다.

행복한 이별은
만남의 시작

　삼십대 초반의 여성이 사무실 문을 열고 들어왔다. 피로함이 얼굴에 짙게 드리워져 있었으나 목소리는 밝고 힘차게 느껴졌다.

　"상담 좀 할 수 있을까요?"

　"네, 이쪽으로 앉으세요."

　요양시설을 찾는 사람들은 대부분 발등에 불이 떨어져서야 급하게 문제를 해결하려고 한다. 갑작스런 일상생활에 대한 장애는 현대의학기술의 발전으로 인한 장수로부터 늘 자유롭지 못하다. 언제 누구에게 어떠한 형태(질병)로 다가올지 모르기 때문이다.

　내담자는 이미 두 곳을 상담하고 온지라 유료요양시설에 대한 정보를 잘 알고 있었다. 자신이 원하는 궁금증을 중심으로 시설을 살펴본 후에 시설의 규정과 서류, 비용과 물품에 대한 안내를 했다.

　"언제 들어올 수 있나요?"

　"서류와 물품, 비용만 준비되면 내일도 입소 가능합니다."

　며느리라고 자신을 소개했던 내담자는 입소할 어르신의 상태에 대해서 구체적으로 잘 알지 못하는 것 같았다. 개괄적인 어르신의 상황을 파악한 후 바쁜 일정이 또 있는지 내담자는 문을 향해 서둘러 발길을 재촉하고 있었다. 어쩌면 이곳이 마지막 상담이 될지도 모른다는 느낌이 들었지만 이용할 시설을 결정할 주도권은 내담자가 쥐고 있기에 선택을 기다릴 뿐이었다.

다음날에 어제 상담한 방문자로부터 전화연락이 왔다. 서류와 물품을 준비했으니 입소를 하겠다고 한다. 그리하여 2003년 2월 겨울의 끝자락에서 전어르신과의 첫 만남이 시작되었다.

한 지붕 아래 한 식구가 되었으니 할머니에게 인사를 했다. 84세인 전할머니는 1개월 전 대퇴부골절로 수술을 받은 후 거동에 불편이 있을 뿐 다른 장애는 전혀 없었다. 외형적인 측면에서 전할머니는 너그러운 모습과 안정되고 여유로운 언행이 전형적인 한국의 인자한 할머니상이었다. 어르신의 인적사항과 가족력, 과거력, 증상, 욕구, 성격, 취미, 경제력를 파악하고 어르신을 둘러싸고 있는 신체, 정서, 사회적인 측면과 더불어 어르신에게 적용할 자원에 대한 구체적인 사정을 통해 단·중·장기적 요양플랜을 세웠다. 할머니와의 많은 이야기를 통해 친밀감및 신뢰를 형성했다고 생각했는데 세상을 경계하듯 할머니에게는 비밀의 문이 있는 것처럼 가슴속 깊은 곳에서는 아직 마음의 벽이 높은 듯했다.

할머니는 처음부터 환경적응을 잘 하셨다. 룸메이트, 직원, 자원봉사자와의 관계 및 프로그램에도 적극적으로 참여하며 요양원 생활의 인정적인 모습을 보이셨다. 본래 퇴행성인 만성노인성 질환을 얻게 되면부정, 분노, 협상, 우울, 수용이라는 다섯 단계의 심적 변화가 나타나는데 할머니는 긍정적인 수용을 통해 현실을 자연스럽게 받아들이고 인정하여 신체적 제약이라는 생활의 장애를 극복한 것처럼 보였다.

할머니 침상에는 늘 성경책이 놓여있었다. 할머니의 평온한 미소는 언제 어떤 일이 일어나더라도 늘 등불을 준비하고 있는 신부의 모습이었다. 적응기간이 끝나고 할머니를 찾는 사람은 가족보다는 친인척이 많았다. 요양시설에서 요양하고 있다는 소식을 전해들은 형제들은 먼 길을 한걸음에 달려왔다. 면회객들은 한결 같이 반나절이나 이야기꽃을 피우며 할머니와의 행복한 추억과 기억 속에 머물다 가곤 했다. 그러나 아들내외, 딸 내외는 잘 오지 않았다. 아들내외는 직장생활로 많이 바쁘기에 그런 줄로만 알았다. 그리고 딸 내외는 관계가 소원하여 연락을 끊고 산다고 했다. 아들은 바쁜 생업으로 잘 오지 않았으나 편지를 종종 보내곤 했다. 할머니는 요양원에 거주하면서 습관이 생겼다. 시간이 날 때마다 그 편지를 자주 읽는 버릇이었다. 비용을 담당한 자부는 결코 체납하거나 이용료로 인한 갈등이나 문제가 전혀 생기지 않았기에 우리들은 어르신을 모시는 일에만 더욱 집중할 수 있었다.

할머니 생활하신 지 두 달이 지난 후이다. 영정사진을 찍어준다는 봉사자의 의뢰로 대상자를 신청받기 시작했다. 의외로 많은 보호자들이 영정사진을 이미 준비하고 있었다.

"사진관에서 할머니 장수사진을 무료로 찍어준다고 해요."

"이렇게 고마울 데가 있나. 그런데 난 한복도 없는데. 어떻게 하지?"

"할머니, 걱정하지 마세요. 한복이랑 미용이랑 화장까지 다 해줄 거예요."

"아이고. 감사해라. 언제 찍는 거야?"

할머니 입가가 귀에 걸려있다. 잊혀졌던 기억 속 서랍 깊숙한 곳에 있는 먼지 묻은 립스틱과 분을 꺼내 화장하고 한복을 입으니 할머니는 참 고왔다. 행복한 모습에 젊음을 다시 되찾은 것 같은 느낌마저 들었다. 행복한 장수사진을 찍었으나 예상치 못한 알레르기가 생겼다. 립스틱을 바른 후 입술이 건조해져 갈라지고 주름이 많이 생겨 결국 피가 나는 것이다.

"내가 무슨 영화를 누린다고."

노년이란 부질없는 희망과, 삶의 의욕을 희미하게 만드는 건 세월과의 싸움에서 허물어지게 되는 현실적인 이치가 당연하단 말인가. 그렇지 않다고 아무 상관없다고 해도 부정할 수 없는 것은 세월을 그만큼 살아왔다는 것이다. 젊어선 아무리 많이 발라도 아무렇지도 않았는데 이깟 립스틱이 사람의 마음을 아주 괴롭고 비참하게 만들고 쓸쓸하게까지 한다.

"할머니 입술은 원래 연분홍색이라 립스틱 바르지 않아도 되는데 봉사자가 잘 몰랐나 봐요. 할머니가 이해해주세요."

여자로의 자존심이 무너지는 신체적 변화라 더욱 가슴 아파하실 것 같아 더 이상 이야기하지 않았다. 며칠 후 영정사진을 받은 후 이리저리 살펴보시며 흐뭇해 하셔서 잘 보이는 곳에 걸어두었다. 그러나 7년 동안 몇 번의 생활실을 이동하여 그 후론 영정사진을 볼 수 없었다.

할머니는 사람들에게 인기가 많았다. 할머니와 인연을 맺게 된 사람들은 아이니 학생이니 이른이나 상관없이 어르신과의 만남을 유익해하며 함께하는 동안에는 즐거운 이야기보따리가 한가득했다. 할머니에겐 사람을 끌어당기는 마력이 있었으며 할머니 또한 사람들을 좋아했다.

할머니의 인자한 모습과 닮고 싶은 노년의 주름은 요양원 홍보의 주축이 되었으며 어느 순간부터 요양원에서 정신적인 버팀목 역할을 하게 되었다. 언젠가 봉사를 마친 대학생에게 물어보았습니다.

"이번 한 학기동안 봉사를 하면서 가장 크게 느낀 점은 무엇인가요?"

"저는 전○○ 할머니를 보고 많은 것을 배웠습니다. 처음 봉사를 이곳에 왔을 때는 시설에 계신 어르신들은 어떤 표정으로 하루하루를 지내실까? 냄새나고 우울해하고 마지못해 생명을 연장하는 버림받은 모습으로 살아갈까?라는 편견이 있었습니다. 하지만 아름다운 노년은 시간이 거저 주는 것이 아님을 깨달았습니다. 할머니는 생활의 불편함속에서도 긍정의 웃음을 잃지 않았으며 배려를 통해 사람들과의 관계의 중요성을 몸소 보여주었으며, 끊임없이 자기성찰과 계획을 통해 삶의 의미를 부여하고자 노력하는 모습을 보여주었습니다. 몸이 불편하여 한정된 공간에서 죽음만 바라보는 불쌍한 노년의 모습일거라는 제 편견을 뒤집는 시간이었습니다. 할머니는 젊은 저에게 어떻게 무엇을 하라고 알려주지는 않았지만 분명한 것은 내 인생의 지도를 볼 수 있는 나침반을 주셨습니다. 오늘이라는 최고의 선물을 내 인생의 지도에 어떻게 반영할지 시야가 트였으며 무엇을 할지 희망과 도전이라는 분명한 목표가 생겼습니다. 저에게 할머니는 살아 움직이는 교과서였습니다."

정말 그랬다. 할머니는 그만큼 영향력이 컸다. 실습생들의 기억에 남는 어르신 1위에 선정되었을 뿐만 아니라 위문편지도 가장 많이 받을 만큼 할머니는 요양원의 중심인 안방의 아랫목에 위치하고 있었다.

그렇게 계절이 몇 번이나 바뀌었다. 밤낮의 길이가 달라져 밤이 우위를 점령한 어느 늦가을, 할머니가 유난히 창밖을 많이 보시더니 결국 아들 내외가 면회를 왔다. 할머니가 좋아하시는 음식과 이야기꽃이 금세

식고, 향이 사라질 무렵 할머니는 자식이 떠나간 창밖이 아쉬운 듯 여운의 끝자락을 길게 늘어뜨리고 있는 검은 창을 우두커니 보고 계셨다.

"할머니 무슨 걱정이라도 있으세요?"

"걱정은 무슨……."

창밖으로 내리는 짙은 어둠이 무게를 더하는 것처럼 할머니의 시름도 더 깊어지는 것 같다.

"아드님에게 무슨 일이라도 있나요?"

"일은 무슨……."

촉촉한 눈망울 속, 앙상하게 남은 나뭇가지 위로 할머니의 한숨이 걸려있다. 분위기를 바꿔보려고 할머니의 어린 시절을 물어봤다.

"내 어린 시절 기억은 좋지 않아. 8남매의 맏이로 태어나 짧은 젊음을 내 위주가 아닌 부모님, 동생들을 위해 살아왔지. 맘 편히 두 다리를 펴고 자본 적이 없어. 눈뜨면 할 일이 태산이었거든. 그땐 다들 그랬지. 사흘에 한 끼 입에 풀칠만 해도 다행이었지."

할머니는 깊은 한숨을 길게 내쉬었다. 그리고 숨을 고르더니 물꼬가 터진 것처럼 말씀을 계속 이어갔다.

"요즘 젊은 사람들은 전혀 이해하지 못할 거야. 먹을 것이 없어 허기를 달고 살아야만했거든. 늘 배고픔의 해결이 생존의 절대적인 이유였지. 먹기 위해서 아니 살기 위해선 뼈가 휘도록 일해야 했어. 어린 동생들은 공복감에 울음으로 눈물짓지만 그땐 물 이외엔 먹을 것이 없었어. 동생이 아프기라도 하면 우리 집은 울음바다가 되었어. 배가고파서, 몸이 아파서, 슬퍼서 눈물을 흘리는 우리 보누는 어떻게는 이를 악물고 살아야만 했지."

할머니는 일제 강점기라는 시대적 소용돌이 속에 평양에서 유년시절을 보냈다. 그리고 연이어 한국전쟁으로 할머니의 일기장은 페이지가 더 깊어졌다. 할머니는 역사의 주역으로 현재 산증인의 모습을 보여주고 있으니 살아있는 자체가 위대하다. 그렇게 자신의 젊음을 동생들을 위해 헌신했으니 형제들이 자주 할머니를 찾아오는 것이 당연하겠구나 라는 생각이 스쳐갔다. 이야기를 잘 들어주는 것이 고마운 듯 할머니는 늦었으니 들어가라고 손짓한다. 할머니와의 이야기로 시간가는 줄 몰랐다. 아들에게 어떤 일이 있는 것 같아 더 물어보고 싶었으나 창밖으로 어둠이 무거워지는 것처럼 할머니도 피로해 보였다. 다음날 할머니 계신 방에 들어섰다. 할머니는 아들이 보내준 편지를 읽고 계셨다.

"아드님이 많이 바쁜가 봐요?"

"늘 일하느라고 정신없다고 해. 요즘은 더 바빠. 이제 막 병원을 오픈했거든……."

아들은 의사다. 얼마나 바쁜지 전화통화도, 면회도 없이 편지로 서로의 소통을 만들어간다. 어제 면회도 4개월 만에 온 것이다.

"저도 그 편지를 좀 읽어볼 수 있나요?"

"이거 뭐 하러 읽어. 아무 소용도 없는 내용뿐인데."

할머니는 점잖게 거절하며 서둘러 편지를 보관함에 넣었다. 아들에게 각별한 속사정이 있는 것 같아 여쭈어보니, 나에 대한 신뢰감이 생겼는지 마음의 벽을 허물기 시작했다.

"내 자식은 원래 2남 1녀야. 동생들이 너무 많아 힘들어서 난 절대 아이를 많이 낳지 않을 거라고 다짐했지. 아들 딸 아들 순서야. 그런데 큰아들이 50되던 해에 서둘러 저세상으로 갔어. 자식이 부모보다 먼저 가는 것이 가장 큰 슬픔이라는 것을 심장을 도려내며 실감했어. 그리고 내 나이 마흔이 넘어서 낳은 자식이 이 막내아들이야. 그 당시 마흔이 넘으면 손주를 볼 나이지. 난 막내아들에게 내 인생 모든 것을 다 걸었어. 그렇게 아들은 열심히 공부해서 의사가 되었는데 결혼을 잘못한 거 같아. 많이 싸우는 거 같아. 나 때문인 거 같아서 매일같이 걱정하다가 내가 직접 시설에 들어가겠다고 해서 이곳에 온 거야."

"따님은 연락을 잘 하지 않나요?"

"딸은 부산에 살아서 자주 보지도 못하고 먹고사느라 바빠서 연락도 뜸해."

어르신 요양에 관한 두 가지 문제가 꼭 포함된다. 하나는 가족관계에서 나타나는 부양에 대한 문제이고 또 하나는 비용부담에 대한 문제이다. 전할머니는 전자에 문제가 있었으나 후자는 전혀 문제가 되지 않았다. 적어도 할머니 인생의 최대변수가 발생하기 전까지는 말이다.

할머니가 창밖의 무엇인가를 기다린 것이 5개월째이다. 아들의 편지는 두 달 전에 끊어져 최근편지만 닳도록 보고 있다. 꿈자리가 좋지 않다며 불길한 한숨을 창밖으로 내던졌으나 오늘도 여전히 자식소식은 없다. 할머니의 굵고 잔주름은 시름과 함께 더 깊어졌다. 하루하루 깊어지는 한숨을 창밖의 나무에 걸어놓았는데 그 무게가 점점 더 불어나 땅바닥으로 떨어질 무렵 청천벽력 같은 소식이 날아들었다. 아들이 죽었다는 것이다. 삶의 이유이자 목적이었던 늦둥이 막내아들을 더 이상 이 세상에서 볼 수 없게 된 것이다.

1개월가량 감히 소식을 아무도 전해주지 못했다. 결국 자부가 불길한 전령사가 되어 역할을 수행했다. 우린 어떤 위로노 할 수 없었다. 그 무엇도 아들을 대신할 수 없다는 것을 잘 알고 있기 때문이다. 할머니가 사는 하늘은 시꺼멓게 무너져 그 후로 할머니는 급속도로 피폐해져갔다.

"여보세요? ○○요양원입니다. 전○○ 할머니 자부되시죠? 이번 달 비용이 ○○만 원입니다."

"네, 이번 달만 비용을 제가 부담할 테니 다음 달부터는 부산에 있는 형님한테 연락하세요. 그리고 보증금 1천만 원은 형님이 처리하도록 할게요"

주보호자에서 손을 떼겠다는 것이다. 남편이 죽었으니 할머니와는 이제 아무런 관계가 아니란 것이다. 큰자부도 그랬듯 막내자부도 더 이상 부양의 의무를 하지 않겠다는 것이다. 불과 한 달밖에 지나지 않았는데 이렇게 냉정할 수 있다니 관계가 얼마나 악화되고 있었는지 짐작이 든다. 부산에 있는 따님에게 전화를 걸었다. 당연하다는 듯이 따님은 즉시 주계약자에 서명을 하고 일체 할머니의 관한 사항을 전적으로 책임지겠다고 했다. 따님은 먼 걸음을 자주 재촉하여 어머니를 정성껏 면회했다. 본인은 요양원에 계신 줄 몰랐다고 한다. 본인보다 아들을 더 애지중지했던 어머니가 서운할 만큼 차별도 했단다. 이제와 무슨 소용이겠는가마는 올케와도 관계가 좋지 않았다고 한다. 할머니의 요양원 생활과 직결된 핏줄은 이제 딸 하나뿐이다. 어찌했든 그때의 쓰라린 시계추는 여느 날처럼 고장 나진 않았다. 자신의 전부였던 아들이었지만 그래도 산사람은 살아야만했다. 시간이 약이었을까. 할머니의 기력은 다소 회복되었지만 심리적 후유증으로 생의 의미를 잃어 정상적인 생활이 좀처럼 회복되지 않았다. 요양원 생활이 장기화되자 가득 차 있던 통장의 잔액도 점점 줄어들기 시작했다.

"보증금도 거의 사용을 다 했으니 경제적 부담이 큰 문제입니다. 다른 방법이 없을까요?"

"어르신에겐 현금과 부동산도 없으니 국민기초생활보장수급권자로 신청해 보세요. 혜택이 되지 않는다면 차상위 계층으로 신청해보세요."

신청하는 장소와 방법, 서류 등에 대한 안내를 해주었다. 한 달 후 대상자에 포함되지 않는다는 결과를 알려왔다. 다른 요양시설에 갈 처지도 안 되고 집에서 모실 상황은 더욱 아니었다. 어르신 건강상태는 날로 나빠지고 의료비용은 눈덩이처럼 불어나고 언제까지 요양원생활이 이어질지는 모르고……. 깜깜한 진퇴양난의 상황이었다. 그렇다고 비용을 무료로 하거나 인하할 수도 없는 상황이다.

그때 행운처럼 만난 제도가 노인장기요양 보험제도이다. 어르신은 다행하게도 3등급을 받았다. 본인부담금과 비급여비용을 합해도 60%가 절감되었다. 이 얼마나 감사한 일인가! 그러나 어르신의 건강상태는 점점 더 나빠지기 시작했다. 예상치 못한 의료비용이 추가되기 시작했다. 한 달에 두 번 수혈을 받던 것이 횟수가 일주일에 한 번으로 늘어나게 되었다. 한 번 수혈을 받으면 7시간이 소요되었다. 우리는 비번에 맞춰 수혈 받는 동안 어르신 곁에서 지원했다. 그리고 운 좋게도 중증질환자 진료비 혜택을 받아 본인부담금 10%를 적용받았다. 또한 더욱 감사하게도 사랑 나눔 후원신청에 어르신이 포함되어 월 10만 원씩 후원금을 받게 되었다. 상태가 조금씩 더 악화되어 2009년에는 등급갱신에서 2등급을 받았다. 수혈 받는 횟수도 일주일에 두 번으로 늘어나게 되었다. 신입직원 때 어르신을 만나 현재 나는 사무국장이라는 성장을 거듭하고 있는데 어르신은 급격하게 인생의 내리막길을 걷고 있는 것이다.

"이렇게 살아서 뭐하나 몰라. 여러 사람 페민 끼치고……."

"할머니, 조금만 힘을 더 내세요."

"내가, 내가 너무 불쌍해. 하루 종일 수혈을 받고 오면 뭐해. 혈변으로 다 쏟아내니 무슨 소용이 있느냐 말이야. 지독한 냄새는 나조차도 맡기 싫은데 선생님이 시트와 기저귀를 매번 다 갈아주니 얼마나 내가 싫은지 몰라."

"그런 말씀 마세요. 수혈 받지 않으시면 건강에 좋지 않아요. 꼭 참고 이겨내야 해요."

"저 노인처럼 정신이라도 없으면……. 비 온 뒤 하늘처럼 정신은 또렷하게 맑으니 아픔도, 생각도, 미래도 다 알고 있으니 정말 미칠 지경이야."

할머니 말씀은 전적으로 옳았다. 난 내가 할 일이, 해줄 것이 없었다. 그러나 할머니에겐 반드시 죽음으로 가는 길이 바짝 다가오고 있었다. 할머니는 그 누구도 세월을 이겨낼 수 없음을 잘 알고 있었기에 시간의 순리에 자신을 내려놓았다. 현실이 자신과 맞지 않더라도, 더 소유하려고도, 요구하려고도, 움켜쥐려고도, 점령하려고도 하지 않고 모든 것을 긍정적으로 내려놓았다. 그렇기에 행복한 죽음(well dying)을 언제든지 준비하고 있었다. 난 문득 아드님의 생전 마지막 편지가 궁금했다. 할머니에게 정중하게 부탁하니 손때 가득한 편지가 내 손에 들어왔다.

…… 중략 ……

어머니 품에서 떠난 이후로 내 맘 같지 않은 세상과의 관계는 끝없이 저를 괴롭히고 있습니다. 어머니에게 약한 모습을 보이지 말아야하는데 철없는 저는 아직도 어머니 품을 떠나지 못하고 있는가 봅니다. 어머니가 지갑을 제게 내주었을 때 난 어떻게 해서든 성공하고 싶었는데 쉽지 않은 경쟁 속에 또 다른 악재는 부채에 대한 압박 그것뿐입니다. 저도 이제 버텨낼 힘이 없어요. 어머니. 기도해 주세요. 어머니에게 속마음을 말할 수 있어 정말 다행입니다. 누구에게도 터놓을 수 없는 제 가슴을 어머니만이 너그럽게 품어주시니 감사할 따름이에요. 어머니, 정말 죄송하고 감사합니다. 또 소식 전할게요.

이 편지가 마지막이 될 줄 누가 알았던가! 어쩌면 할머니는 자식의 미래를 알고 있었는지도 모른다. 편지를 보며 밤처럼 깊은 한숨을 내쉬는 어르신의 눈물 젖은 창가를 기억한다. 이 편지를 읽은 후 얼마 되지 않은 날 비 내린 창가를 보았다. 그날 할머니 인생의 심지도 바닥을 드러내더니 결국 아들 곁으로 가고 말았다.

장례식장에 들어섰다. 영정사진이 보인다. 7년 전 할머니와의 기억을 툭 건드려주니 그때 추억이 되살아났다. 할머니 영정사진을 자세히 보니 입술이 진한 분홍색으로 칠해져있다. 빛에 반사되는지 입술이 웃음 지으며 나에게 말하는 것 같다.

'그동안 고마웠어.'

'할머니와 함께할 수 있는 인연이 되어서 오히려 제가 감사해요.'

따님은 연거푸 감사하다며 내 손을 꼭 잡았다. 우리 모두는 장례식장을 나오며 행복한 이별에 가슴 뿌듯한 보람을 느꼈다. 2010년 봄이 시작되기도 전에 어르신을 떠나보냈다.

전어르신을 모시며, 시설에 근무하며 장기요양보험제도의 이점을 생각해보았다. 먼저 가장 중요한 것은 건강수명을 늘릴 수 있는 예방적인 측면이다. 이미 진행된 퇴행성 질환은 현대의학으로는 고칠 수가 없다. 노인성질환인 뇌졸중이나 노인성치매의 치료목표는 증상을 지연시키거나 현존상태를 유지하는 것이 최선이다. 따라서 예방만이 건강한 노후를 영위할 수가 있는 것이다. 정보와 교육을 통해 치매 등의 노인성질환을 예방을 홍보해야한다. 사람을 잡아먹는 괴물이 사는 호숫가에 가지 않도록 교육하고 정보를 제공하여 처음부터 불상사가 생기지 않도록 해야 한다.

둘째는 가정 중심의 찾아가는 서비스를 통해 저등급인 이용자의 재활의지를 구체화하여 자립생활을 적극 지원하는 것이다. 노인성 질환을 가진 어르신들에게 적용할 초기의 대응전략이 무엇보다 중요하다. 신체적, 정서적, 사회적으로 타격을 받게 된 어르신들이 일상생활에 대한 어려움으로 가족 간의 관계, 의료서비스, 경제적, 사회적 고립 등의 악영향을 받게 된다. 이에 우리나라 정서에 맞는 가정 중심의 서비스제공을 통해 건강한 사회의 구성원으로 제 역할을 수행할 수 있도록 이용자중심의 환경에서 개별적 맞춤서비스를 전문 인력이 지원하는 것이다. 괴물이 사는 호숫가에 발을 내딛었다면 본인 스스로 빠져 나올 수 있도록 적극적인 대처능력과 방법을 가르치고 지원하여 더 이상 깊은 곳으로 가지 않도록 하는 것이다. 이 제도가 좀 더 일찍 시작되었다면 전어르신은 본인이 그토록 원하는 가족과 함께 생활을 영위했을지도 모른다.

마지막으로 신체적, 정신적 장애로 인해 가정이나 자립생활이 어려운 어르신들에게 가족을 대신하여 의식주와 의료, 여가, 생활위주의 시설서비스를 제공하는 것이다. 가정에서는 도저히 모실 수 없는 노인성치매어르신이나 가족 내에서 해결할 수 없는 부양의 어려움을 시설이라는 최적의 공간에서 간호사, 요양보호사, 사회복지사, 물리치료사, 영양사 등의 전문 인력이 상주하여 어르신의 행복한 노후를 마지막까지 지원하는 것이다. 호수의 깊은 곳에 들어가 괴물에게 발견되어 본인 스스로 헤쳐 나올 수 없게 되었다면 인명구조단 등 각계 전문적인 외부 인력을 동원하여 구출하는 것이다. 여기에서 말하는 호수는 우리가 사는 세상이며 괴물은 어느 누구에게나 맞닥뜨릴 수 있는 치매나 뇌졸중 등의 퇴행성질환임을 인지해야한다. 결국 장기요양보험제도의 기본전제는 평균수명과 건강수명이 비슷해지도록 정책적인 지원을 하는 것이 출발점이다. 그리고 그 종착은 사회연대원리에 의해 가족의 부양부담을 경감하고 노인의 삶의 질을 향상하여 보편적으로 행복한 죽음에 이르도록 하는 것이다. 전할머니는 고부간, 부양의무자 간의 갈등으로 삶의 질을 보장받지 못했다. 다행히 시설을 이용하여 생활의 안정을 통해 장기요양보험 제도를 잘 적용한 것은 긍정적으로 평가할 수 있다.

오늘은 당직이다. 지긋이 나이 드신 부부가 주위를 두리번거리며 사무실 문을 열고 들어오신다.

"무엇을 도와 드릴까요?"

"시설을 좀 알아보려고……. 우리 어머니가 이번에 등급갱신을 받았는데……."

"네. 상담하러 오셨군요. 이쪽으로 앉으세요."

귀를 쫑긋 세우고 어르신을 둘러싼 환경을 사정했다. 오전의 향기로운 햇살이 창가로 눈부시게 반짝거리고 있다.

시간과 부모는
기다려주지 않는다

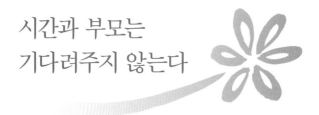

잠자리에서 두 눈을 감으면 오늘이 언제 지나갔나 싶어 찬찬히 되돌아보면 어제가 휙 하니 저 멀리 가 있고 어제를 생각하면 일주일이, 또 한 달이 쏜살같이 기억 속에서 사라지고 있다. 어릴 적 무서움에 양 한 마리로부터 백 마리까지 세어야 잠들었던 그 느릿한 시간이 이제는 양 스무 마리도 세기 전에 내일 해가 떠오른다. 시간은 나이에 비례하는 듯 점점 빠르게 흘러가고 있다.

부모님 댁에 자주 찾아뵈려고 하는데 이런저런 환경적인 이유가 쉽지 않다. 발목을 잡는 이유를 합리화하며 이 주일에 한 번, 한 달에 한 번씩 횟수가 줄어들고 있어 아들 며느리 손주를 더욱 기다리게 하고 있다. 그래서 의식적으로 전화통화를 더 자주하려고 한다. 어르신과 함께 생활하는 직업을 가진 난 내 스스로에게 얼마나 내 부모님에게 잘하고 있는지 되돌아본다.

부모님 집에 전화를 하면 대부분 어머니가 받으신다. 어머니는 매일

같이 할 말이 참 많으시다. 그런데 오늘 밤 수화기에는 아버지의 목소리가 들려왔다.

"아들이냐?"

"네, 아버지."

"밥은 먹었어?"

"아뇨. 이제 먹어야죠."

"아직도 집에 안 갔어?"

"네, 퇴근하는 길이에요."

"애는 잘 크고 있어?"

"네. 걷고 뛰고 장난치며 잘 놀아요."

"그래, 얼른 집에 가서 밥 먹어라."

난 한참을 수화기를 귀에 대고 있었다. 적막이 어색해질 무렵 난 아버지에게 물었다.

"아버지?"

"어."

"아들한테 그렇게 할 말이 없으세요?"

"난 물어볼 거 다 말했는데……."

아버지와 통화할 때면 내가 대화를 주도하는 편이다. 대부분 건강에 대한 부분이다. 아버지 발목과, 어깨통증, 병원진료나 투약 관련하여 확인하며 잔소리하고 수화기를 내렸다.

며칠이면 아버지 생신이시다. 뭐 필요한 것도, 드시고 싶은 것도 없다고 한다. 한평생, 그리고 지금도 자식만 바라보고 사는 삶이란 부모의 이름이 아닐까 싶다. 곁에 두어도, 품안을 떠나도 늘 자식걱정이시다.

아버지의 모습이 떠오른다. 요즘 어깨가 아프시면서도 자식걱정 할까봐 제대로 표현도 안하시는 아버지의 고단한 한숨……

아버진 월별로 늙어가고 있다. 일평생 세월을 깎고 땀으로 헌신한 자식에게 어떠한 보상이나 대가를 바라지도 않으신다. 험난한 세월에 온몸을 내던져 상처투성이면서도 오히려 자식걱정에 자식을 위해 오늘을 살아가시는 부모님의 세월이 총알처럼 지나가고 있다.

이번 주말엔 아버지께서 좋아하시는 홍어회를 사가지고 가야겠다.

인생의 향기가 묻어나는
요양원 풍경

초판 1쇄 인쇄 2012년 5월 3일

지은이 한광현
발행인 김재홍
교정교열 류정보
책임편집 이은주, 황다원
마케팅 이연실

발행처 도서출판 지식공감
등록번호 제396-2012-000018호
주소 경기도 고양시 일산동구 견달산로225번길 112
전화 031-901-9300
팩스 031-902-0089
홈페이지 www.bookdaum.com
전자우편 book@bookdaum.com

가격 12,000원
ISBN 978-89-968332-6-0 03810